读客® 知识小说文库

读小说，学知识

湘西往事

黑帮的童话

讲述八十年代至今，社会巨变中一代迷失青年的暴力成长史诗

浪翻云 著

百花洲文艺出版社
BAIHUAZHOU LITERATURE AND ART PRESS

图书在版编目（CIP）数据

湘西往事：黑帮的童话 / 浪翻云著．-- 南昌：百花洲文艺出版社，2013.4

ISBN 978-7-5500-0547-1

Ⅰ．①湘… Ⅱ．①浪… Ⅲ．①长篇小说－中国－当代 Ⅳ．①I247.5

中国版本图书馆 CIP 数据核字（2013）第 055230 号

出 版 者 百花洲文艺出版社
社　　址 南昌市阳明路 310 号　　邮编：330008
电　　话 0791-86895108（发行热线）　0791-86894790（编辑热线）
网　　址 http:www.bhzwy.com
E-mail bhz@bhzwy.com

书　　名 湘西往事：黑帮的童话
作　　者 浪翻云
出 版 人 姚雪雪
责任编辑 张　越　程　玥
特约编辑 唐正申　吴　涛
策　　划 读客图书
版　　权 读客图书　021-33608311
经　　销 全国新华书店
印　　刷 北京盛兰兄弟印刷装订有限公司
开　　本 1/16　680mm x 990mm
印　　张 15.5
字　　数 221 千
版　　次 2013 年 7 月第 1 版
印　　次 2013 年 7 月第 1 次印刷
定　　价 29.90 元
ISBN 978-7-5500-0547-1

赣版权登字—05-2013-70

如有印刷、装订质量问题，请致电 021-33608311（免费更换，邮寄到付）

目录

第四章　要想当老大，先学做小弟/108

唐五说了，他现在是生意人，有些事情，街里街坊的，他已经不好直接去办。这句话就是告诉我，我和他不同，我最多也只是当年的唐五，一个刚出道的小流子而已。打赤脚的从来就不用怕穿鞋的，我没有任何顾忌，我准备明刀明枪地办人。最差的结果就是跑路，但总有一天我会回来，得到了唐五的帮助，对我今后却是益处多多。

第五章　泛着血光的第一桶金/146

当车子停下时，有几个市里人也许想要看看什么情况，朝着车子迎了过去。刚走了几步，一把雪亮的马刀直接从车厢里面对着市里人飞了上去。市里人大惊之下，四散逃开，车里众人却不依不饶，手举长刀，在大街上紧紧追赶。

这一战时间非常之短，几乎刚一开始就已完结，就像来的时候那般迅速，转瞬间小巴车就已经扬长而去，无影无踪。

第六章　终于有人肯为我卖命/186

我把钱送到了牯牛面前，牯牛停顿了片刻，手终归还是伸了出来，握住了钞票的另外一头。一股试图将钞票从我手中抽离的力道传来，我也加大了握住的力气，牯牛有些诧异地抬头看着我。

突然，我就感到了愧疚，我说："兄弟，你一定要想好，这就是买命的钱。"

牯牛没有说话，眼睛还是那样盯着我，我只感到指尖一松，钞票已经离开了我的手。前方，牯牛的脑袋轻微地点了点。

第七章　自古江湖，有鬼途，无人归 /218

戴上了事先已经预备好的棒球帽，拉开半截拉链，将手伸进胸膛，我握住了杀猪刀上那个带着体温的干燥刀柄。

吸进最后一口烟，把帽檐向下一拉，擦动了身边植物的叶子，我走了出来。熊市长低着头在前方十几米处向前走着，也许是因为寒冷，今天他的脚步比昨天快了一些，少了点昨天的轻灵，多了些冬夜的归意。

致父亲:

父亲用了三十年，等我长大；又用了三年，等这部作品成书。

公元二零一三年五月五号凌晨六点二十分，父亲走了，再也不会回来。三个星期之后，本书正式出版。

这是我再也无法弥补的遗憾。

我们从哪里来？又将到哪里去？人生如旅途，无数个驿站匆匆过往，千百位游客分分合合。天空没有翅膀的痕迹，小鸟也曾经飞过。

谁能陪伴一生？惟有记忆！

谨以此书献给我英俊的，曾经同样来过这个世间的父亲。愿他安息！

第一章 每个湘西人心中都潜伏着一头野兽

早恋

我知道很多人怕我，在他们的口中，我是一个坏人。我承认，现在的我确实是一个坏人,但他们不知道的是，我也曾经努力过，想要做一个好人。

我姓姚，名叫姚义杰，很多年前，人们送了我一个外号：义色。这些年来，我已经习惯了这个称号。所以，你也可以叫我义色。

1972年，我出生于中国中南部某省一个叫做九镇的地方。小时候，除了过于倔强之外，我应该算是一个很不错的小孩，成绩不错，长相不错，道德品质也不错。

直到17岁那年。

人们经常说时间可以改变一切，但是回首前尘，我却发现，这是错的。因为时光飞逝，我依旧不曾有片刻忘怀过1989年5月27号的那个夏日午后，那片碎裂在枝头上的阳光。

我一个人站在学校政教处的门前，偌大的操场上空无一人，一只麻雀停在不远处那棵老榕树的枝头，阳光被无数片树叶扯成斑点，洒在我的面前。南方夏天的天气又热又潮，我浑身上下滑腻不堪，就像有无数条小虫在爬。一阵连着一阵的厌烦从心头升起，我扭过头去，看见政教处里面，那位向来喜欢装腔作势的教导主任正跷着二郎腿，有一口没一口地抿着手中那一大杯热茶，玻璃杯中升腾的烟雾让他本就丑陋的五官显得更加诡异。而我的父母则恭恭敬敬地坐在对面，父亲面带笑容说着什么，母亲不断地点头。我知道，父母是在求情，为了他们的儿子而放下老脸，苦苦哀求。但在那一刻，他们身上所体现出的卑微却让我心中的厌烦变成了一种莫名的愤怒，我朝着地上吐出了一口唾沫，转身走到了树荫下——那片碎裂阳光照耀不到的阴暗地方。

我想，就是从那一秒钟开始，我成了一个只能看着阳光，隐身于黑暗之中的人。

那天，学校要开除我，原因是一个叫做王丽的女孩。认识王丽是在1988年，我刚刚考进九镇唯一的一所高中。那时，我的成绩已经不再像小时候那般优秀。十多年的学习已经让渐渐长大的我开始厌烦了教科书上那些似是而非的定律、逻辑混乱的故事、装腔作势的说教。

我将更多的时间留给了不知道什么时候开始出现，却在一夜之间就流传开来的港台武侠小说和日本动漫书。那些新奇的故事，那些从来都不曾想到，更加没有见过的人生，让我深深地着迷，也让我的老师非常愤恨。她尝试着要拯救我堕落的灵魂。

其实，我的班主任人不坏，是个很古板但很认真的老太太。她对学生非常负责，她希望所有被她教出来的学生都能有出息，上大学。所以，她做出了一个安排：班上成绩好的同学，每人负责一个，专门帮助、监督成绩最差，最调皮的那几人，并且把每一对的位置调整成了同桌。成绩最好、最有威严的班长王丽，负责的就是最不听话、胆子最大的我。

班主任得意地为这个安排取了一个非常具有时代特征的名字：“一对一，两样红。”这个安排的效果是非常显著的。因为，没过多长时间，我和王丽两个人在九镇千真万确地红了，而且红得发紫。

我很想说王丽是我这辈子最爱的女人，但她不是。她只是我这辈子最忘不了的女人。

她出生在九镇附近一个叫做泉村的小乡村，贫穷落魄的家境让她非常自强，一心想着要考到北京、上海的大学，改变自己和家人艰难的命运，所以她很努力。她在初中会考时考出了全县第三名的成绩，却毅然放弃在那个时代还非常吃香、很多男生都梦寐以求的中专，转而选择离家近、可以更省钱的九镇高中，只为了圆大学梦。这个消息传出，轰动了全九镇。

一时之间，几乎每个学校、每个有小孩的大人，都以她为榜样来教育自己的学生、儿女。我家也不例外，我很清楚地记得，在知道老师安排我和王丽坐到一起之后，有那么一段时间，姆妈（土语，母亲）无数次带着期望的眼神跟我说："老儿（九镇附近对于晚辈的昵称），你听话些咿，你天天和那个泉村的王家女伢儿在一起，怎么就学不到呢？未必比一个女伢儿还差些啊？你要好生读书，要考大学、读博士，帮大人争气，晓不晓得？"

这本是一个有着光明前途、美好未来的女孩。她的故事如果能够继续这样发展下去，在不久的将来，也许会成为一部鼓动人心的打拼成功史。可惜，她所梦想的如同童话般美好的一切却最终没有实现。因为，她爱上了一个人，一个完全改变了她的生活，也完全被她改变的人。那个人就是我。

刚坐在一起的时候，从王丽的眼中，我可以很清楚地看到她对我的鄙视和刻意冷漠。我是年轻人，年轻人难免有些敏感，敏感也就难免有些受伤。我确实有些受伤的感觉，但是我也不服气。

我认为她除了会一天到晚蠢读书之外，也没有什么了不起的地方。你不想理我，我更加懒得理你。于是，最初的那段时间里，我们不但没有相爱，甚至连话都没有说上几句。

改变总会在人们意料不到的情况之下到来。

我们学校有一片很大的橘园。在每年的上半学期，老师都会组织全校学生一起为橘园施肥、锄草，为期三天，美其名曰"忆苦思甜"，实际上也就是为学校创收。那一次，班主任依旧将王丽和我安排在了一组。王丽家里很穷，她买不起很多的衣服，平时上课，她总会穿一件土黄色的运动衫。劳动的时候，她舍不得穿这件衣服，于是换上了另外一件很少穿的外套。

那件外套很旧也很小，而王丽已经变得丰满诱人，体力劳动又需要大幅度的动作，所以她的衣服破了，顺着腋下的缝线，一路破开。我看到了王丽半边浑圆洁白的乳房，每一次的跳跃抖动都显示着它的坚挺与弹性。这让我血流加速，面红心跳。我想过要提醒她，但是我不敢，也有些舍不得。而且，看到这一幕的不只我，还有同校的其他男生，于是一些猥琐的男生在王丽的周围指手画脚起来。

王丽显然发现了这点，但是她不明白人们为什么看她，又为什么偷笑。她是一个过于骄傲的女孩，整日独来独往，拒绝男孩的追求，也疏远着女孩的嫉妒。她只是一如既往地视而不见，自顾自地挥舞着手上的锄头。

其实，我不伟大，也不高尚。我只是突然就觉得她很可怜，我不愿意见到她像一只猴子一样被人戏弄，更不愿意其他的男生窥视她的乳房。我走了过去，脱下身上的衣裳，披在了她的身上。那一刻，我看到了王丽那充满了戒备、疑惑的眼神，她半抬起头，就那样一动不动地仰视着我。她刚想要拿下衣服，就发现了一切。她的脸刹那间变得通红，这辈子我再也没有从另外一个人的脸上见到如此一般地红。那是一种羞愧到了极致的红，悲凉而愤怒。她的手紧紧地抓住了我的衣裳。

我不想给她太多的尴尬，便转身走开。那一天，直到劳动结束，王丽也没有再开口说过半句话，甚至连眼睛都不再抬起。

但是，第二天，当她把洗净叠好的衣服递到我手里的那一刻，我看到了她眼里有一种前所未见的光芒，那么柔软，却足以让我惊心动魄，为之销魂。从此之后，在一帮闲人口口相传我与她恋爱的故事时，我们越走越近，直到爱情真正降临。

只可惜，那时候的我与她都太过年轻，年轻到相信“有情饮水饱”这样缥缈的传说。甜蜜的爱情足够让我们感觉拥有了世间一切的美好。

所以，年轻的我们也就忘记了另一个致命的问题——早恋，发生在愚蒙未开的20世纪80年代的早恋。悲剧也就从这里开始诞生。

我和王丽的悲剧

事情的第一次转折出现在我的学习成绩上面。

与王丽相爱之后，我的成绩开始极大幅度地提升，甚至彼此之间还许下了大学相见的约定。只是，当监考非常严格的期中考试的成绩出来之后，老师发现原来我的学习并不像她预想的那般喜人。她开始彻查，很快水落石出：我确实读了书，可也作了弊，王丽帮我作的弊。

本就不爱读书的我，在遇到人生第一份爱情之后，几乎已经将所有的精力投入到了让王丽开心，以及憧憬彼此的未来当中去了。我没有太多的心思读书，而王丽又太过要强，她一定要让我的成绩提升。于是，在我的要求下，她答应了帮我作弊。

老师是个好人，古板的好人。古板的好人眼中往往掺不得一颗沙子。王丽和我都受到了学校的处分，死猪不怕开水烫的我被记小过，王丽被记大过。然后，班主任在班会上当着全班同学的面，点名批评了我们。这种事情在我的身上并不是第一次发生，它只会让我反感，而不会让我恐惧。只不过，听到王丽名字的那一刻，我侧过头，看见第一次被扯下光环的她目光呆滞，在全班人叵测的目光下，倔强地抬着头，望着老师，却硬生生将下唇咬出了一排血红的牙痕。

那一刻，我第一次感到了后悔与心疼。

第二天，老师将我们的位置分了开来。如果换做另外一个女孩，在这样的压力下，也许从此之后就会和我分道扬镳，不再来往。可惜，王丽不，她太骄傲，也太倔强。她相信，要出这口气只有真的让我的成绩飞跃式地提升。于是，在我试着冷却彼此关系失败之后，我们反倒变得更加黏糊，老师同学们也看得更加不顺眼。

终于，在一个漆黑的夜晚，事情迎来了最后一个转折。一直以来，在九镇，我无数次听到过关于这件事情的传说。流传最为广泛的一种说法是：那一晚，我叫出了王丽，两人一起在车站旁边的小旅社开房睡了一觉，被学校发现，然后开除。传说传得多了，也就成了事实，但是实际的情况并不是这样。

实际的情况当时我没有告诉任何人，没有必要去说，说了也没有人会信。直到多年后的某一天，那个早已经变成了黑道大哥的我在喝多了酒之后，首次对另外一个极为亲近的人说出了这段尘封的往事："什么开房啊？！那个时候，老子亲都没有亲她一下，就是牵了几下手。那么点大，那个年代，哪里来那么大的胆子？还开房，嘿嘿，小钦，唐一林你晓得吵？那天晚上，他从市里搞到了一台录像机、几盘外国的电影带子。录像机啊，那个时候哪个看到过？老子专门到学校喊她一起看下稀奇，何勇、铁明、鸭子当时都在。这些造谣的狗杂种啊，都他妈的不得好死！"

第二天酒醒之后，那个亲近的朋友告诉我，昨晚我说了很多。不过，我还没有说的是，学校能查到王丽一夜未归，是因为在王丽的寝室里住着另外一个女孩。另外一个同样来自农村、同样希望考上大学、同样努力勤奋，却没有王丽那么好的成绩、那么漂亮的女孩。当这个女孩的嫉妒与欲望战胜了人性淳朴一面，终于决定敲开政治处大门去告密的那一瞬间，所有的一切都已经成了定局。

最后，班主任做出的决定很简单，让那个告密的女孩成了班长，王丽和我已经记过在先，依旧不思悔改，为正校纪学风，开除学籍，扫地出门。被开除的那天晚上，王丽来到了我家，将我叫出了家门，我们真真正正地向彼此献出了人生的第一次，就在传言中的那家位于车站旁的小旅社。

无论是在九镇，还是在泉村，流言飞语，甚嚣尘上，一夜之间，王丽就从天堂跌落到了地狱。

我是一个懦弱的人。我忘不了王丽，但是那个时候的我还不懂什么叫做爱情，什么又叫做责任。在父母的痛骂之下，在周围所有人的热切关注之下，我明白了我和王丽之间关系的“肮脏”，而这种“肮脏”让我感到了害怕。我想要远远躲开，躲开王丽背后那些鄙视、嘲笑的眼神。我知道，这是一个男权的社会，作风败坏的通常都是女人，只要我躲开了，那些眼神将不会再这样地对着我。

所有一切的承受者，将会是王丽，而我可以回到往日平静的生活。我不知道王丽究竟有没有怪我。我只晓得，在联系了我几次，却被我一再拒绝之后，王丽终于不再找我。

和家里大吵一架之后，王丽再次回到了九镇，在穿过九镇的那条国道旁边的一家餐馆中当起了服务员。那家小饭店是当时九镇为数不多的几家饭店之一，它的主要客源是那些走南闯北、浪迹天涯的货车司机。那个年代，出趟远门对于大多数人来说并不是一件容易的事情。所以，那些到过不同地方、听过不同方言、见过不同风情的司机们，也就成了见多识广、视野不凡的男性代表。一个倔强敏感、年少无知却又貌美如花的女孩，每天面对着这样的一群油嘴滑舌、老奸巨猾的男人，会有一个什么样的结局？

时间慢慢过去，刚开始人们还经常看见王丽在打工之余，翻看着高中的课本。接着，人们发现她不怎么看书了，没客人吃饭的时候，她经常一个人坐在店里若有所思。后来，人们发现，在寒冷的冬天她开始往脸上涂蛤蜊油或者百雀羚雪花膏；炎热的夏天，她的身上则会散发出阵阵花露水或者檀香皂的香味。

再后来，据说她和一个经常路过九镇，在店里吃饭的河南货车司机好上了。因为她的身上会时不时多出一些如今看来一钱不值，当时却令那些老少娘们儿垂涎欲滴的小饰品、小挂件。那些东西就是司机送给她的。人们一致认为她已经成了一个靠出卖肉体为生的婊子。

那些用心险恶的男女们躲在黑暗深处，怀着恶毒的心理，用一根肮脏的指头对着王丽指点、唾弃。他们说：“她是彻底不要脸了，不怕丑。我们看不起她，说不定她心里还看不起我们呢。你瞧，她对谁都没有一张好脸色，也不和人说句话。”

时间一长，我居然也开始对王丽有些不以为然起来，甚至还隐隐约约有了某种被侮辱的感觉。在这样的压力之下，坚强的王丽也终于忍受不住，迎来了她人生的结局。

一个下着大雨的夜晚，派出所的几位警察一脚踢开饭店大门，连打带踢将王丽抓进派出所，关了起来，据说是因为她涉嫌嫖娼卖淫活动。再过几天，王丽被放了出来。穿过大街小巷，迎着人们险恶嘲弄的眼神，她昂首挺胸，目不斜视，走进了位于饭店后面那小小的房间。之后不久的一天深夜，我睡觉的时候隐隐约约听到了门前的小巷里传来一阵类似母猫叫春，又好像人低声哭泣的声音，响了差不多一整夜，其间还夹杂着呼唤我名字的声音。

我知道那是王丽，但我没有起来，除了不敢之外，我还恨她，恨她如今的堕落和无耻，恨她在堕落无耻之后依然对我纠缠不休。对于她的哭泣，我没有一丝怜悯，反而带着满腔的愤怒。那夜之后，王丽再没有找过我。她还是照常上班，一如之前，不过她却不再化妆了，同样也不再看书。她就那样沉默着，一整天一整天地不与其他人说一句话。

在这样奇怪的沉默中，王丽的肚子居然一天天大了起来。终于，王丽的父母在某日清晨赶到了九镇，她的母亲当街捶胸顿足，呼天抢地，几欲自绝。而她的父亲则铁青着脸，对王丽拳脚相加，而她依然站在人群的中央，双目无神，忍受着一切。

王丽的父母在大闹一通，酣畅淋漓地向父老乡亲们表达了自己为人的高尚纯洁，以及对女儿所作所为的鄙视唾弃之后，心满意足地带走了她。他们去了哪里，没人知道。后来听说，他们找了一个地方，让王丽把小孩生了下来，马上就托亲戚把小孩送给了远在贵州山区一户求子的人家。因为，他们觉得女儿就够丢人了，再留下这个野种只会更丢人。

从那之后，很多年间，我没有再见过王丽，但是我一直都晓得她的消息。她出了问题，她不哭不闹，不喊不叫，只是整天整天地坐在一边，连拉屎撒尿都已经不晓得。村里为她申请了低保，每个月百来块钱，靠着这点钱和父母的照顾，她还活着。

不过，我常常在想，如果她父母死了呢？也许，最好、最残酷的答案，就是带着她一起共赴黄泉。不然，她该怎么办？

这件事发生的最初，除了少数的女人对我表现出一丝厌恶与失望之外，人们并没有过多地指责我。甚至，那些经常一脸贱笑地拿这件事调侃我的男人们，我都能透过他们微微眯上的双眼看到那一副副虚伪恶心的嘴脸下面掩藏着的羡慕与嫉妒。不过，自从传出王丽疯了的消息之后，我的境遇被彻底改变了。人们一改往日对王丽的鄙弃、仇视，转而无比同情起她的遭遇来。人们认为就是这个平时一副鸟样、让人很看不顺眼的毛头小子弄大了王丽的肚子；是我勾引了原本美丽、优秀的王丽；是我教着王丽一步步学坏；又是我最终无情地抛弃了可怜的她，导致一个花样的女孩到了今天这般田地。

甚至那些看着我长大的老街坊们都开始发出了这种议论。

终于，我也继王丽之后，在一夜之间成了九镇的臭狗屎，没有一个人愿意自己的孩子与这个名字扯上半点关系。只是人们根本就不愿正视，或者还在刻意地去忽视一个事实：那个孩子真的不是我的。在最初的第一次之后不久，我就已经离开了王丽，我们之间再无肌肤之亲。不过，我知道，对于那些人来说，真假其实不太重要。有段可以让他们在茶余饭后，开心一谈的趣闻艳事，这是个很大的快乐。何况在这件事中，有一个可以供他们发挥怜悯与仁慈的可怜女孩，还有一个可以让他们表现正派与道义的无耻流氓。

王丽在压力中疯癫了，我却在压力中开始疯狂。我越来越忍受不了别人看向我时眼白上翻的神情；我越来越承受不住，别人有意无意、指桑骂槐地说给我听的议论，还有那些家里饭桌上的责骂、学校课堂中的嘲笑、街道人潮里的指点……

在人们的眼中，我永远都是一坨又臭又脏的狗屎。不过，他们并不知道，我没有害怕，更没有羞愧。我的心中只有愤怒，让我整夜整夜无法入眠，无论何时何地都感到心如刀绞的愤怒。

我恨所有的人，我需要的只是一次彻底的爆发。在狗一样活着的日子中，机会终于来了。

皮铁明、何勇、鸭子

九镇是个非常古老的小镇，而且位于群山深处。它的偏僻闭塞让它保存着千百年以来小镇应该有的一切东西，比如“逢场”，也叫赶集。九镇的集市在每月逢九的那三天，尤其是月中十九，是大集，周边乡镇的人们都会过来“赶场”。那个年代的年轻人并不像现在这般幸福，当时的我们没有这么多娱乐休闲的场所和认识同龄姑娘的途径，可少年人激情澎湃的天性总是一脉相承。于是，每月十九的大场，对于九镇所有年轻人来说就成了一件头等的大事。每个月的那一天，体恤民情的镇文化站都会在九镇中学的大操场上免费为大家播放露天电影。

这也是泡妞交友、吹牛皮的最佳时机。每次赶大场的前一天，九镇的小伙子们都会把自己最漂亮的衣裤洗好、晾干，然后叠好，贴着床板放在被褥的最下面，裤子的缝一定要刚好压在最中间，衬衣和外套的领子也一定要平平整整。

第二天早上起来，衣裤都已经被自身体重压得一丝不乱。夜晚降临，当九镇文化站的大广播开始播放“一条大河波浪宽，风吹稻花香两岸”的时候，少年们就如同打了鸡血，匆匆扒完碗里的饭菜，拎着铁皮桶就去洗澡，无论平时多么懒、多么不爱干净的人都是一样。然后，他们再穿上压好的衣裤，带着一身的肥皂香味，单手提一个小马扎，赶赴盛宴。

事情发生的那天也是十九，大集。

我本来不想去，我知道九镇的人们不太喜欢看到我。所以前一天晚上我没有压衣服，甚至连澡都没洗。当大广播开始放歌的时候，我端着一大碗饭，坐在自家套屋（方言，客厅）里，边吃饭边看一本叫做《五凤朝阳刀》的武侠小说。我正看得有趣，放在凳子上的书突然被人一把抢走，一个熟悉的说话声响了起来：“你搞什么麻皮（方言，小鬼，混混）啊？今天是十九呢，穿成这个样子。走吧，还吃个屁！何勇和鸭子抢位置去哒。”

一抬头，我看见了已经打扮得油光水滑、神清气爽的好友皮铁明。

在很小的时候，我就有三个关系非常好的朋友——皮铁明、何勇、鸭子。他们同样也是这个故事的主角。

何勇是一个简单、直接而又非常奇妙的人，他的奇妙在于他有着自己一套独特而怪异的思维方式。举两个例子来说明，第一件事发生在20世纪80年代中期，我们还在一起读初中的时候。某次，我和他一起坐车去市里买东西。那时的交通远远没有现在这般发达，到市区三十多公里的路，要颠颠簸簸两个多小时才能走完。那个时候也还没有提倡“五讲四美树新风”，这么长的路程，给别人让座的并不是很多。可是，何勇让了，让给了一位中途上车，年纪也并不是太大的老人，而那位老人一句客气话都没说，赶紧将位置让给了自己的儿子和儿媳。

一般人遇到了这样的事，也就只能是暗自窝火，不再多言。何勇不，他直接走过去，要那两个年轻人起来，把位置还给他。两人不还，不但不还，还犯了一个中国人通常都有的坏毛病，说话带脏。何勇要他再说一句，他说了，于是何勇就打了他。我在旁边，不能不参加。

那一架，我们并没有打赢。因为九镇通往市区的公路两旁都是农村，中途上车者一般都是务农的人，能拿着锄头修理地球的人都有一个显著的特点——有劲，而我和何勇又还太年轻。何勇被打得一鼻子血，我问他：“你何必啊？就为了一个座位，我拉你都拉不住。”

他说：“什么何必？我问你，什么何必？让位子，我是好心，我是让给那个老婆娘坐，不坐就给我。这个杂种比我们还壮实些，我的位置为什么要给他坐啊？他是大妈妈（方言，正房太太的意思）生的？他还骂我的娘，我不打？”

我没有再回答。我知道他是一个与众不同的人，他说得也并不是没有道理。

第二件事发生在20世纪90年代中期，这个时候的何勇早就不用再坐公车，不用再给人让位，更没人敢去骂他娘，还打他。记得那几年，每天他都要往家里买几十斤的酒和菜。为什么？因为他要请客。朋友、朋友的朋友、他想结交的人、想结交他的人，甚至专门闻风而来吃白食的人，只要来了就吃。什么叫流水席？他家里每天的晚餐就是流水席，人换了，菜再来。

某一次，兄弟相聚，酒到正酣，我说："兄弟，你何必啊？赚几个钱不容易，你这么搞有意思吗？这条路上，树大招风。"

他看了我半天，点燃一根烟之后，将眼光移开，望着地面，非常低沉地给我说："老三，而今这几年，是不是觉得自己想搞个什么生意啊，帮人摆平件什么事啊，各方各面的关系都好搞些哒？都给面子哒？"

我没有回答，我知道他还有话要说。果然，吐出了一口烟之后，他又转头看着我，眼光凌厉而复杂，说："你以为他们是喜欢我们啊，是佩服我们，是尊重我们啊？不是的，告诉你，他们是怕我们，就像是走在路上，怕一个手上提着刀的癫子一样地怕我们。晓得不？不摆酒？呵呵，你以为我真是钱多了？"

说到这里，他的声音更加低沉，几不可闻。他说："只有摆酒的时候，每天看着他们在我屋里喝酒，我才感受到了尊重。那种笑，都笑得让我舒服。钱？钱算个什么？狗都不如！"

同样，我也没有回答；不但没有回答，我甚至再也没有劝过他。因为我了解他，他所体会到的一切，在我的生命中也同样刻骨铭心。

皮铁明则和何勇不同，他绝对不会去为了一个位置与人打架，更不会为了得到别人的尊重而去散尽千金。何勇的强大在于他的争，皮铁明的强大却在于他的不争，他有着一颗我和何勇都没有的平静而坚定的心。

所有的一切，皮铁明都只向自己交代，自己觉得舒服了那就是舒服。无论何时何地，你看到皮铁明，他的脸上都带着笑，不做作，也不盛意，就是那样淡然自如。在能够坐着的时候，他绝对不会站着；在能够躺着的时候，他也绝对不会坐着，就连走路，他都是一副全身发软，任由惯性往前拖的感觉。他说过一句话："摆着个架子怎么过都是假的，自己开心，平平淡淡、自自然然才是真的。"

我想，这也是为什么皮铁明虽然没有坐上我与何勇的位置，一直以来却是我们兄弟中受到最多尊重与称赞的人。

认识鸭子比上面二位要稍微晚点。鸭子有个非常少见的姓，漆，名叫漆遥。他不算九镇人，是跟着开餐馆的父母一起到九镇之后，才认识了我们。

还记得，我七岁的一天，跟何勇、皮铁明两人正在吃一只我二哥出差时从四川带回来的烧鸡。这个东西在当时非常少见，好东西当与兄弟分享。于是，我打开家里的碗柜，把鸡偷了出来。我们正吃得津津有味，蓦然抬首，发现身边四五米处站了一个和我差不多大的陌生小孩。他靠在墙上，一言不发，死死地盯着我们这边。

何勇招呼他过来一起吃。鸭子半句客气话没有，抓起烧鸡就吃。烧鸡吃完，我们也就成了兄弟。因此他最初落下的外号是鸡。后来，大家嫌鸡不合适，外号就慢慢地变成了鸭子。

鸭子来自乡下，但他偏偏是我们当中看上去最洋气、最斯文的人。他不像皮铁明，他从来不穿拖鞋上街；也不像何勇，无论多热的夏天，他也不会光着上身在街上晃悠；也不像我，他从来不会迟到。他就像是活在一个守则中的人，永远都是那么规规矩矩、古井不波、精准至极。

他一生中唯一做过一件不在情理中的事情，是在13岁那年，看完了《岳飞传》之后，在满腔热血的刺激之下，学着岳飞在背后文上了“精忠报国”四个大字。帮他文身的我，用了一根打火机烧过的普通绣花针和一瓶英雄牌蓝墨水。

为此，他后悔了十年。90年代，他去了一趟深圳，回来之后，他脱下衣服给我看。巨丑无比的四个大字已经消失不见，取而代之的是一个极为秀美的太极图。他专门找了当地最好的一家文身店，耗费巨资，改正了童年的错误。

1987年，初三的皮铁明因为成绩太差，创纪录地连续留了三次级。他家里又太穷，实在是承受不住再这样继续浪费钱财，于是托关系将他搞到九镇的小煤场去上班了。

没过多久，鸭子与何勇两人则因为在街上与人打架，让派出所当场逮住，拘留了几天之后，被校长亲自踢出校门，整天跟着另外一个极为要好的朋友唐一林一起，开始了打流（方言，混黑道、混社会）生涯。在被学校开除，与王丽分手之后那段最难熬的日子里面，全九镇不说我半句坏话，愿意时时刻刻陪在我身边的人就只有他们三个。

我当然很高兴能和他们在一起，但是今天不行，今天有了太多太多的外人。

“我不去了，没得意思，饭都没有吃完呢，你去玩吧。”我边说边站起身，想把皮铁明手里的小说抽出来。

“啪”，他却一把将书远远地丢在了沙发上，伸出手拉着我就要走。我还想挣扎，却听到他说：“莫啰唆，女伢儿都约好了。”

我的名声已经臭了，我不应该再去沾惹任何一个女孩。可是，我是一个年轻人，一个才17岁，终日无所事事、无聊之极、精力无处发泄的年轻人。我抗拒不了几个最好的兄弟和一群年轻的姑娘组成的聚会所能带来的诱惑。所以，那天我还是跟着去了，去参加这个一月一次，属于九镇所有青春男女的狂欢盛宴。其实，现在回想起来，那一晚确实是一个盛宴。不过，不是我预想的那种盛宴，而是血雨腥风的流子（方言，混混）的盛宴。

我早被命运所注定的人生也就从此开始正式转弯，走向了这个让我臭名昭著、罪孽缠身的未来。

流子的盛宴

电影是在九镇高中的露天广场上放映的，因为没有座位，人们通常都要自带马扎。

皮铁明没有拎马扎，流子和帅哥们都不拎马扎，因为这是一个没有品位的做法，不能泡到妞之后还带个小马扎送人回家或者送人上床。那天我却鬼使神差地坚持拎了，不仅拎了马扎，还带上了那本叫做《五凤朝阳刀》的武侠小说。因为，我对九镇人确实有些心灰意懒，虽然渴望参与，我还是担心到时候没人理我。

当我们赶到的时候，电影还没有开始，但是操场里面已经坐满了人。镇文化站的几个工作人员正满面红光地站在操场正中央，摆弄着各种各样的机器。平时看不到他们有多露脸，但是这一刻就连与人说话的口气中都显示出了一种权威。

人，无论高贵还是卑微，只有在自己独有的领域里才能找到尊荣。我也不例外，半个小时之后，我就用我未来半生中最为擅长的方式，找到了属于我自己的尊荣。

流子们从来都不坐在正中间，那片位置是看电影用的。泡妞最好的位置是在四边，九镇上正值青春的姑娘们好像也摸透了这个规则，几乎都远远地离开了自家大人与亲朋好友的视线，三个一群，五个一伙地坐在操场周边的树荫下、花丛旁。

何勇和鸭子两人早就占好了位置，在操场西头的一个角落边上，他们的旁边还坐着四五个姑娘，有美有丑，却无一例外地春情荡漾、面带桃花。与他们会合之后，皮铁明甚至都来不及打声招呼，就奋不顾身地加入了泡妞的行列。我很想，但是我却没有加入进去。因为我没有瞎，我只能无可奈何地承受这些女孩看向我的那种复杂而微妙的眼神，里面有惋惜、好奇、惧怕、不齿……

这让心如刀绞的我彻底地失去了所有的兴趣。为了保存住自己身上的最后一丝尊严，再三拒绝了兄弟们的召唤，我坐到了他们身后两三米处，那儿有一根竹竿，上面挂了个电灯泡。虽然那种羞愤交加的感觉让我一个字都看不进去，但我还是装模作样地翻开了那本武侠小说。

电影开演了，在《牧羊曲》轻快的旋律中，我看见何勇已经牵住了他身边一个姑娘的小手，鸭子、皮铁明也正和其他人言谈甚欢。只有我坐在那里，心不在焉，看周围是否有人在注意我、在指点我。

不经意地抬头，我看见左前方，一个流里流气、让人感觉有些讨厌的年轻人从人群里迎面走了过来。显然，他也看见了我，好像有些不敢置信地微微一愣之后，他的嘴角往上一扬，似笑非笑，鄙视的神情溢于言表。

那种神情让我感到自己脑袋“嗡”的一声炸开，我再也控制不住自己了，我想杀人，但是在我准备站起来捍卫自己尊严的那一刻，那个人却面露笑容，走向了我的兄弟。我不想让兄弟们难堪，只能缓缓地坐了下来。

“嗨，勇鸡巴，鸭子，你们都在啊。”

“啊，是啊，林飞，你也来了，坐坐坐。”

在何勇的招呼声中，叫做林飞的人没有坐下来。他站在那里，好像是刚刚才看见一个稀奇宝贝一样，用一种极为夸张的语调说：“哎，陈妹子，你坐在这里啊。我还找了你半天哒，过去咯，我们在那边有位置，小芳她们几个都在。”

被叫做陈妹子的那位就是女孩中最漂亮的一个，她几乎没有半分犹豫地站了起来，同时还扯了坐在身边的另外一个女孩一下，说：“真的？小芳她们都在那边啊，我还以为没有来呢。张琳，那我们坐过去咯。”

“是的，她们都来哒，你还坐在这边干什么咯？有什么意思？过去咯，一路玩。勇鸡巴，你们也一起过来吵。人多，讲白话（方言，聊天、闲谈）有意思。”说到这里，那个年轻人还故意压低声音，很暧昧地看着何勇，笑着说，“人多，路子也多些吵。”

何勇心领神会，报以一笑，边起身边看向我这边，叫道：“义杰，走咯，一起过去，到那边去玩。”

我其实已经决定开口告诉他，我不去。无论是刚才那些女孩的表情，还是林飞嘴角的那一抹微笑，都已经让我对这个夜晚感到兴趣索然。我留在这里的唯一原因是兄弟，既然现在兄弟们有了更开心的地方，我也就不用再跟着去丢人，我可以走了，回到自己那个虽然孤独，却也没有人鄙视我、没有人嘲讽我的世界里。

但是，还来不及回答，我就听到了另外一个声音：“哎呀，勇鸡巴，你怎么这么不懂味啊？你喊他搞什么吵？你喊他了，到时候，只怕连我们都搞不到妹子了。还有哪个妹子不晓得他咯？义色，你回去带你自己的伢儿（方言，小孩，儿女）去吧，还在这里凑什么热闹？”

这是我第一次听到有人叫我义色。

那一瞬间，何勇眼里的歉意与那些女孩们略带同情的嗤笑，让我领会到了这个外号背后所包含的那些压得我喘不过气的含义。抬起头，我看见林飞皱着眉头，一脸的不耐烦，毫不掩饰他的轻蔑与挑衅，直勾勾地盯着我。

双膝一紧，站起身来的那一刻，我发现自己手上那本厚厚的《五凤朝阳刀》，已经劈头盖脸地对着林飞飞了过去。

“砰！”书本砸在了毫无防备的林飞头上。他右手捂着头，看了我大概半秒钟之后，大骂道：“操你妈！”

他飞快地朝我扑了过来，没有扑到。因为几乎在他动身的同一瞬间，皮铁明已经一把扯住了他。何勇则站到了我们之间，右手抵着他的胸膛，说：“林飞，你搞什么？他是我的兄弟。”

在女孩的注视下，林飞已经变得歇斯底里，奋力想要挣脱皮铁明和鸭子的环抱，大吼着说：“老子管你！小杂种，还敢打我。老子要弄死他！勇鸡巴，不关你的事，你莫要多管闲事。今天哪个来哒我都不给面子。”

何勇沉默了一两秒钟，然后让了开来，指着我这边，对林飞说：“那好，那你去咯，去打吵。铁明、鸭子，莫拖住他，让他去。”

何勇的奇怪态度让所有人都惊异万分，皮铁明和鸭子在看了他几眼之后，终于还是听从了他的建议，放开了手。林飞惊疑不定，看看何勇，又看看我，却没有移动，直到他看向了周围的那些女孩。没有一个血气方刚的男子愿意在自己中意的女孩面前丢人，林飞也一样。

他一把推开身边的鸭子，杀气腾腾地向我走来。他与何勇擦身而过的时候，何勇猛地一脚踢在了他的腰间。女孩的尖叫声响起，林飞直挺挺地倒在了地面。

“小杂种！”我狂吼着扑了上去。旁边看电影的人喊叫着，如同潮水般向四周散开，在退潮的中心，却有两个黑色的影子逆流而上，跟随着我一起扑了上去。

鸭子、铁明！

一林

我不晓得自己打了多久，又是怎么打的。我只感到了一种可以让每一个毛孔都舒展开来的畅快。这是我离开学校之后再也没有体会过的美妙感觉。它让我忘记了身在何方，所为何来，所做何事。我快乐地陷入了癫狂。然后，我发现自己已经被何勇、铁明、鸭子三人合力拉开，隐隐听到一个说话声响起：“义杰，莫搞哒，莫搞哒。差不多哒，也是认识的人，差不多哒。”

接着，世界又一次变得清晰，我看到了周围探头探脑、指指点点却又噤如寒蝉的人们，看到了女孩脸上已经失色的花容，看到了兄弟们眼中的恳求，看到了满脸是血的林飞从地上爬起。

我终于醒来。林飞转头走了，走之前，他指着我们四人，说：“等着，你们等着！”

我的胸膛依旧起伏不定，何勇搂着我，把我向操场外面推，他说：“义杰，你回去，你回去。这里的事，我来摆平。”

“是的，义杰，你回去咯，不碍事。明天，我到你家去找你。”皮铁明也附和着。

抵抗着何勇双手向前推搡的力道，转过身，我看着他说：“是兄弟，你就莫逼我哒。我已经快要被逼死哒。老子不走，我看今天到底有什么鬼！”

何勇的瞳孔飞快放大，看了我半晌之后，他收回了双手，移开目光，招呼鸭子走到一旁，指着操场的东头说了一句什么。鸭子点了点头，转身离去。然后，何勇回到原地，坐下来，再对我招了招手。周围依然还有无数的人在注视着我，依然还有无数的恶意在揣测着我，但是，我已经不再怕了，我也不想多问鸭子为何离去，我走向了何勇。我知道，在万人的操场上，只有他们三人站我的一边，他们不会害我。我只想和我的兄弟们好好休息一下，然后，一起迎接那即将到来的一战，迎接那酣畅淋漓的轻松感觉。

几分钟过去了，在我的等待中，终于，斜前方那片人群如同开水般沸腾起来。七八个年轻人高声大骂着，黑压压的一伙走向了我们这边。听到自己胸腔中不断传出的剧烈心跳声，眼角看见黑影移动，我顾不上多想，跟在何勇后面，站起了身。

“何勇，不关你的事。也不是一天两天的朋友哒，给个面子。”人未到，声音已经传来。

说话的是为首一个个头不是很高，但是很壮实的年轻人。他穿着一身在昏暗灯光下分不清是黑色还是深蓝色的劳动布工装。

人群已经走到了我们面前。

“是不是这个小麻皮？林飞，刚刚打你的是这个小麻皮吵？”不待何勇回答，此人气势极盛地伸出一根指头指着我，眼睛却扫都不扫我半下，径直扭过头去向林飞问道。

何勇踏前一步，半个身子挡在了我前面。他扔掉手里的烟头，故意漫不经心地对着地上啐了一口唾沫，看着来人，硬邦邦地说：“怎么不关我的事？他的事就是老子的事，怎么了？”

工装服显然对于何勇的回答有些意外，呆滞了片刻之后，脸色变得更加严峻，一字一句地回答道：“何勇，一场朋友，我的老弟被打成这个样子哒，你是不是不给一点面子，要这么轻狂？”

何勇又踏前了一步，几乎是胸部贴着胸部地站在了工装服面前，说：“老子向来都轻狂惯哒，不舒服啊？”

工装服显然在顾忌着什么，对于何勇的这般挑衅，他一反片刻前指向我的威风样，居然没有发作，看了何勇半天之后，才说道：“好，你要管，你凭什么管？他是你的小弟啊？他跟哪个混的？跟哪个，就哪个帮他出这个头。何勇，我告诉你，如果你今天实在要这样不讲规矩，乱搞，只怕会搞出大事。”

何勇脸色一变，还没有说话，所有人就听到了另外一句嚣张到不留丝毫余地的话响了起来：“跟我混的，我出头。军妹子，你想要怎么搞吵？你个小杂种，吃了几天饱饭，活得不舒服了，找死路走？”

就在我的左后侧，一个看上去年纪与我们差不多大的年轻人气势万千地扒开人群，大步向着这边走了过来。他没有像在场其他人一样盛装打扮，仅仅穿一条西裤和一双回力劳保鞋，上身还有些不合时宜地打着赤膊。

他的身后还跟着三个人，鸭子赫然就在其中。我还是站在那里没有动，但是在听到这个年轻人说话声的那一刻，我却感到自己的手上突然一松，手指隐隐有些酸疼。低头看去，原来始终被我紧紧握在手上，卷成筒状的小说书已经很放松地平摊了开来。

一林终于到了！一林到了，还有什么好怕的呢？

无论在白道黑道，都有一种人。他们有着别人无法享有的某些优势资源，他们盛气凌人，恃才傲物，洋洋得意；他们锐利，激进，勇猛。一林，就是这样的人，当时九镇黑道挂上号的绝对大哥。他也是我们四个人，除了彼此之外，关系最为亲近的朋友。在我遇到敌人的时候，何勇、铁明、鸭子三个人也许会帮我打，也许不会，他们只会为我做出最好的选择；但是一林不同，如果让他遇见了我的敌人，他通常都只有一个选择。

打！

今天，他遇见了。

在所有人或兴奋或忐忑地注视下，一林当那伙人并不存在一样，径直走到我的身边，一拳打在我的背上，对我说："妈的，好久没有看到你了。听说你还被开除了啊？哈哈，还不长记性，一露面就敢搞事啊。哈哈哈，哪个小麻皮打的你啊？"

捂着痛彻入骨的后背，我没有回答。在这样的情况下，面对这样的热情，让我实在有些不好意思回答。何勇不管这些，他甚至懒得去想今天的事情到底是我打人还是被人打。他拍了拍一林的肩膀，也不说话，只是伸出一根指头指向了对面的林飞。

一林没有再说一句话，直接跑过去，扯着林飞的衣领，一把将他从人群里面拖了出来，噼噼啪啪地打起了耳光。

林飞显然被打蒙了，没有半点挣扎，只是眼巴巴地看着身边的工装服。几下过后，一林仍然毫无收手之意，工装服也终于看不下去了。毕竟他有这么多小弟在场，本来是来帮人出气的，却闹成现在这样，面子上怎么都不好下台。

于是，他走了过去，看样子是想要劝一下一林，结果当他的手刚刚碰到一林裸露的肩膀，一林转过身对着他脸上就砸去了一拳。

工装服愣在了那里，一林也没有继续打，站在原地，指着他大声说："你们彤阳的就给老子滚回河那边去，乡巴佬少鸡巴到九镇这边来，耍狠是不是？老子告诉你，你不舒服，你今天就再碰我一下，你试试看咿。看老子怎么弄死你们这些穷麻皮、小杂种！"

在一林的追骂之下，工装服脸上一阵青一阵白，站在那里，也不知道在想些什么，半天之后，他才将一句话憋了出来："这是我和他们几个人的事，和你一林没得半点关系。我也没有喊我师傅出头，你凭什么出头？你看我们彤阳的朋友不顺眼，有狠你就莫以大欺小，让我们个人（方言，自己）搞。"

他语调不高，却隐隐有着破釜沉舟的意思在里面。话一出口，他身后那帮人的脸上也显出了一种被侮辱之后的愤怒表情。

"什么麻皮以大欺小？老子今天就……"没有等一林的话说完，何勇打断了他。沉默了半天的何勇猛扯了一下一林的手臂，再看着工装服说："那要得，我们兄弟自己扛下来。你想怎么搞？今天陪你搞舒服。"

在己方人多的情况下反被压制了半天的工装服，顿时高兴万分，毫不犹豫地大声说出了三个非常公平的字来："单挑啊！"

我的名字叫义色

"哈哈……"每个人都望着发神经一样狂笑不已的一林，他却没有半点羞涩之意，犹自笑了半天，边笑边指着何勇说，"哈哈，勇鸡巴，这个乡巴佬找你单挑。哈哈哈，要得。我不管，我不管，你们单挑！"

何勇脸上挂着一丝高深莫测的笑意，默然不语。但是，我做不到，这些日子以来，我已经受够了太多的白眼、太多的轻蔑。片刻前和林飞的一架，让我懂得了如何去找回自己的尊严。那种疯狂而美好的感觉让我做不到像何勇那般沉静。

于是，我飞快地插了一句：“莫忘记哒，还有我一个！”

也许是我这个小麻皮也敢主动扛事上身的态度惹怒了他。他又一次伸出手来，指向了我：“那要得，老子就找你！”

我顿时无名火起，一巴掌就拍在了工装服的手上：“指你妈，你再指一下看看。”

一林拦住了我，说：“这里人多，莫嚇到（吓到）别个看电影的啦，惹麻烦。要搞就出去安安静静地搞，搞死了也没人管。”

大家都没有意见。

我把书给了皮铁明，一手插在口袋，一手拎着马扎，混在两伙人中间，向着学校大门走了出去。刚走了两步，一林突然转过身，走到了我旁边，望着我一笑，搂住我的肩膀，神神秘秘地从裤兜里掏出了一样东西要塞给我。黑暗里，我只看到寒光一闪。

匕首!

那些年间道上混的年轻人随身带把刺刀、匕首之类的东西很常见，捅人见红的事情也时有发生，可是我从没做过。我虽然有些调皮，胆子还是没有大到那样的地步。我被吓了一大跳，抬起头，却看见面前极近的地方，一林的两颗眸子在黑夜里闪闪发光，那种光芒甚至比手里匕首的光更加凛冽。他眼睛一眨不眨地看着我，脸上的笑容显得有些陌生而狰狞。

我张了张嘴，想要说什么，却感到喉咙里面一阵发干，满嘴又苦又涩，到了嘴边的话根本说不出来。

“义杰，拿起！”一林小声说着，急促而干脆。我知道一林是为我好，他是一个流子，他用刀捅人已经不是一两次了，他怕我打不过，他担心我受伤，所以他想用他的方式来帮我。但是那个时候的我从来没有想过要去打流，当然也就更加没有想过要砍人或者杀人，于是我飞快地推开那把匕首，说：“一林，你如果为我好，就莫害我。我不要这个东西，没得必要。”

说完之后，我感到一林搭在我肩上的手指一紧，他还想再说什么。我的脑袋一偏，丝毫不让地与他对视。相望几秒之后，一林将目光移开，他轻轻拍了拍我的后背，将匕首装回了兜中。

一林欲语还休的眼神让我感到了有些歉意。“玩了这么多年，就这么不相信我啊？没得事。”我晃了晃手上的马扎，尽量用轻松的语气轻轻地说，不待他回答，大步走向了前方。

这些年来，一直有很多人在背后说我太阴、太毒。我不知道这是在骂我还是在夸我。我只晓得，我的人生是一条只有无头野鬼才能走的死道。如果要在这条路上活下去，活得比别人好，我就不能不阴毒。那一晚，是我第一次无师自通地学会了阴毒。

九镇很穷，所以还保留着新中国成立以来的规模，并没有开始扩建。高中大门外面向右50米处就是一条通往泉村的简易公路，路两边都是田，也没有路灯。

本来我和工装服约定单挑的地点就在这条公路上，但是我等不及了。刚刚离开操场上看电影的人群，还没有走到校门口，我就已经等不及了。

“喂，朋友，我不想和你打了。”走在两伙人中间的我突然对着前面的工装服大声喊了一句。显然，我这一声狂喊出乎了所有人的意料，每个人都像是被点了穴道一般停下了脚步。

“义杰，你搞什么麻皮？”身边的鸭子一把拉住了我，压低声音在我耳边说道。

我来不及回答他，因为我看见满脸恼怒的工装服已经扒开人群，站在了我的眼前。

“小麻皮！而今你是不是以为我和你开玩笑啊？你要搞就搞，不搞就不搞。你到底什么意思？”

“他不搞，老子陪……”

何勇的话没有说完，就被我圆睁的双眼瞪回了肚里。顾不上向满头雾水的兄弟们解释，我踏前一步，站在了距离工装服一尺左右的地方，尽量轻言细语地说："我不是打流的人，我怕万一搞出事来哒，不好向屋里的人交代。朋友，我们就这样算哒要不要得？我给你的兄弟道个歉、赔点钱也行。"

面对着一帮脑袋别在裤腰带上，靠着刀口舐血过日子的流子，我如此没种的话当然是丢人至极。包括一林在内的兄弟们脸上都露出了尴尬羞愧的神色。工装服则在最初不敢置信的惊讶之后，情不自禁地露出得意而轻视的笑容。

他说："哈哈，这真是有意思啊，老子长这么大第一回遇见。要得咧，一林哥，我给你个面子咧。你看赔好……"

在说话的过程中，他看向了我身后的一林。就在他目光离开我的同一瞬间，我做出了回答，让所有人都满意的回答。

"赔你妈！"伴随着这一声狂叫，我几乎用尽了全身的力气猛地一曲右膝，再向前弹起，同时高高举起了手中的马扎，用马扎上的一个尖角，狠狠地砸在了他还在四处张望的脸上。当马扎接触到他脸部的那一刻，我无比清晰地看见，工装服瞪到极大的双眼中并没有痛苦也没有慌张。他表现出的是漠然、诧异，接着就是无穷的后悔。被马扎尖锐的边角砸破的地方，一片煞白之后，鲜血猛地一下就流了出来。

"啊……"工装服惨叫着，下意识地想要伸出手抚摸面颊。鲜血越发地刺激了我，打出了第一击之后，原本狂跳得让我有些不舒服的心脏舒缓了下来，双手掌心里那种又冷又滑、不断冒汗的感觉也消失不见。我的脑中想的只有一件事情。

打死他！

打死所有那些看不起我、厌恶我、憎恨我、诋毁我的人。

"咔啪！"没有丝毫犹豫，第二下又重重地砸在了工装服想要抚摸脸颊的手臂之上，马扎破裂的声音随之响起。这让我有些意外，那一个瞬间，我微微停滞了准备继续击打的动作，甚至还用余光瞟了一眼手上的马扎，确定已经破裂的马扎还可以继续使用之后，再次挥起了手臂。

震惊到极点的人们全部清醒过来，像是往已经沸腾到冒烟的滚油里面突然投入了一颗水滴，顿时，周围的一切都在那刻炸翻了锅。

无数的喝骂连带着繁杂的脚步声一同响起：

“狗杂种！玩阴的，捅你娘！”

“军哥！”

“搞死他！”

我站直身体，看向扑面而来的人群，做好了迎击或者挨打的准备。

“单挑！哪个敢动？”这一声狂喊如同一张锅盖，盖住了正四处飞溅的油滴。随着喊声，对面愤怒的人群停下了脚步，甚至连极度紧张的我都忍不住循声看去。

一林！

他不知何时已经来到了我的身旁，站在人群的中心，远远地抛开手上的衣服，双眼寒光闪闪、面沉如水地看着前方，并不健硕的胸膛剧烈地起伏着，根根肋骨清晰可见，那把闪着寒芒的匕首紧握在他的手中。

他如同一只嗜血的恶狼！就那么单薄瘦削的身影，却让一大群疯狂的人们完全停了下来，周围的一切都陷入某种奇妙的均衡与安详。这样的场景，让我无比清晰地感受到了权威的魅力。这足以让我羡慕到为之疯狂。

半秒之后，收回目光，埋下头，追随着本能，我第三次举起手中的马扎打向了已经半躺在地的工装服。

一下、两下、三下、四下……

工装服开始还击，但是他的拳头打在我的脸上、身上却并没有让我感受到如何的疼痛，只是让我更加愤怒：没人敢打一林，他居然还敢还手打我。

我不断地扒开他向上伸出、想要还击的双手，死命挥舞着自己手里已经被拍打到四分五裂、晃动不已的马扎。慢慢地，他的双手由还击变成了阻挡，又由阻挡变成抱住了自己的头，再由抱头变成了无意识地抓着我的身体，最后，终于完全放了下去。

将马扎远远甩开，双手提着工装服的脑袋往地上猛磕，剧烈的动作甚至让我将自己的手指背都一起磕在了坚硬的地面，痛彻入骨。我又站了起来，高高跳起，对着躺在地上的那颗脑袋跺个不停……

停下了所有的动作，站在原地，我才蓦然发觉，此刻的自己四肢发软，肺里面像是要爆炸一样，胸膛剧烈地起伏不停，脑中一阵眩晕。我大口大口地呼吸着空气，渐渐地，呼吸开始平稳。做了一个艰难而干涩的吞咽，看着对面那帮鸦雀无声的人，我说："还有哪个来？"

声音喑哑，恍如他人。奇怪的是，居然没有人再上前来，甚至都没有一个人搭腔。在我目光的来回搜寻中，每一双同我对视的眸子，都无一例外地露出了胆怯和心虚，每个人都像是上了砧板的待宰羔羊，怯弱而慌张，一如片刻之前他们面对一林时的表情。

那一晚，我第一次发现了另外一个更为真实的自己，也第一次领略到了权威的感觉。但是，我没有想到的是，同样在那一晚，我惹下了连绵不尽的祸事，也让我踏上了那一条不堪回首的苦途。

在我们离开的时候，工装服口齿不清地对我说："你要得，你有种的话告诉我名字。"

没有片刻的犹豫，没有半分的迟疑，我鬼使神差般地脱口说出片刻前才听过的两个字：义色！

那一瞬间，那些如同毒刺般扎在心尖，让我痛苦万分的过往再也消失不见，剩下的只是隐隐带着心疼的快感。就好像是九镇的那句老话：要死卵朝天！

这，就是义色故事的真实起源。

河对面的大哥

第二天，工装服的兄弟就找上了我的家门。当时，我坐在自家的客厅里面，带着邻居家一个叫做胡元的小孩一起玩跳棋，而父亲则一个人安安静静地端着一杯茶，坐在家门前的那棵大梧桐树底下。

隐隐约约听到门外响起了一阵脚步声，由于家门前本来就是一条人来人往的小巷，所以我根本就没有注意，连头都没抬。专心致志地拿起一颗棋子，刚要落下，却听到父亲的询问声："喂，喂，喂，哎，你们搞什么？你们找哪个啊？”

声音由小变大，越来越急，最后一个字几乎变成了吼叫。我下意识地抬起头，准备看向门外，却只看到眼前一黑，一块窑砖已经劈头盖脸地朝着我砸了过来。云里雾里当中，我还没有弄清楚是怎么回事，就已经有几双手扯住了我的头发，我身不由己地从板凳上跌落下来，被人往门外拖了出去。

“洪儿!”

“哇……”

父亲的喊叫与胡元的哭声几乎同时响起。随着父亲的叫声，我努力挣扎着想要站直，扯住头发的手却更加用力，头顶一阵剧痛传来，我的腰板反而被扯得更弯。

“当啷”一声脆响，扯住我头发的手突然松了，我的腰一下直了起来。我看见父亲高大的身子就站在我前方一尺之遥的地方，他手拿一个破碎不堪的陶瓷杯，杯里的茶水溅湿了他的前胸。一个年轻人双手捂着脑袋，不知道是被烫了还是被茶杯打了，鬼叫鬼喊着跳往了一旁。

扔掉手上的破杯，没有丝毫停顿，父亲扭身又与旁边一个比他矮了一大截的人纠缠在了一起。勒住了那人的脖子，父亲扭过头，朝我这边的里屋，又大喊了一句：“洪儿！”

父亲并不是九镇人，他来自一个我至今都没有去过的地方——陕西。其实，我并不晓得他年轻的时候是个什么样的人，又经历过什么样的事。但是，我晓得飘零在异乡的这些年，父亲早就已经习惯了沉默与孤独。在我的眼中，他是一个很少说话却非常温和的人，没有什么朋友，更加没有敌人，甚至连我们兄弟三人，他都很少动手打过。

但是，那一刻父亲的脸上却是一种我从来没有见过的神情，他圆睁的双眼血丝尽显，凶狠之极，霸道之极。

刚好在家的大哥听到父亲的叫唤，提着菜刀从里屋跑了出来，左邻右舍们也都闻声赶了过来。那帮人不敢久留，摆脱父亲的纠缠，骂骂咧咧地飞奔而去。

父亲转过头来看着我，我以为他会问到底是怎么回事，我已经在心底想好了说词。可是，他并没有问，他的嘴唇抖动半天，看了看我，又看了看正在帮我揩脸上血迹的母亲，猛地抬起脚，一下将面前的凳子踢飞，指着我，大吼了一声："老子恨不得打死你！"

说完，他转身走进了卧房。

我没有说话，我说不出来，我只有愧疚。父亲是个老实人，是个好人，却养了我这样一个臭名在外的混账儿子，我对不起他，我今天又给他丢了人。转瞬间，这种愧疚就变成了更大的愤怒，对那些让我丢人的人的愤怒。

其实，那个时候的我很单纯，和跑社会的流子发生了冲突，我不但没有考虑到流子会来找我，居然还起了主动去找他们的心思。只不过，从来没有人可以制定这个世间的规则，而只有规则来主宰人。流子有着流子的规则，在这些规则里面，有着传承了千古的一条：打狗要看主人。狗被打了，还打了两次，主人当然就要出面了。

所以，事情并没有完。

我很深刻地记得一句多年之后还依然在九镇流传的话："跛爷保长，胡力飞强；唐五一林，猴儿敢闯。"

这句话说的就是80年代到90年代初期，九镇黑道上的几位大哥。虽然这句话里面的那些人，在两年之后，就将因为亚运会前的那场全国严打，坐牢的坐牢，跑路的跑路，退隐的退隐，剩下的一些在新一代更为强势、聪明的几位大哥不断地冲击、打压之下，也七零八落，风光不再。

可在当时，他们绝对是九镇方圆百十公里范围的地下秩序中毫无争议的掌权者。而工装服的师傅就是这句话里的最后那个字所指的闯波儿，他是九镇区第二大镇，位于九镇河对面的彤阳镇的老大。

在工装服的朋友去我家之后的第二天，何勇找到了我，他告诉我说，闯波儿约一林三天之后，为这件事摆场（黑话，双方约好火并）了难（黑话，摆平，搞定，了结困难）。

（注：在90年代末期，撤区并镇之前，中国的行政单位，在县之下、镇之上还有一个区。九镇当时就是我市的一个大区，辖下有三镇

十五乡。除了九镇镇，八王镇之外，还有与九镇一河之隔的彤阳镇。撤区并镇之后，九镇才与彤阳合并，统一称为九镇。）

闯波儿的真名叫卫波，他的父亲曾经是彤阳公社的一个会计。60年代，正值那场史无前例的人类浩劫，当时九镇的很多道路两旁都树立着一些稻草人，稻草人的身上挂一块布，写着“打倒XXX、打倒XXX！”的大字。几乎每一位路过的人都要对着这些稻草人吐口水、喊口号。如果遇上了狂热分子，那一堆倒霉的稻草还要被踹上几脚、打上几拳。

卫会计性格有些内向，不善言辞，但他是一个脾气非常火爆耿直的人，他看这种愚蠢的行为很不顺眼。不曾想到的是，最终他为自己的火爆与清高付出了生命的代价。

有一天，卫会计和单位上的一个人一起路过某条街边的稻草人时，别人都在对着稻草人骂，他却不骂。

别人问他：“卫会计，你怎么不打呢？”

“扯卵谈（方言，胡说，胡扯，开玩笑的意思），无缘无故打个啥子？这是一堆稻草，你看不出来啊？”

“咦，你这个人怎么这么说话？就算是一堆稻草，也是反革命的稻草。为什么要这么做？那是要让广大人民搞清自己的革命立场，万万不能忘记阶级斗争。晓不晓得？”

据说起初卫会计并没有说话，他只是阴沉着脸一言不发。只可惜，他遇到的那个人是个死缠烂打，“革命立场”非常坚定的家伙，一定要拉着卫会计喊口号、吐口水。拉来拉去，倔驴子脾气的卫会计终于急了，说出这么一句话来：“要打你去打，老子今天硬是不打，看有个什么鬼？他们未必杀了你的娘啊？天远地远的，还立一堆稻草在这里搞，扯鸡巴卵谈！”

就是这句话让他见到了鬼，真正的鬼。

没过几天，这件事情就被人报了上去。于是，一连串的游街、批斗、公审落到了卫会计的身上，一时之间，老实巴交的他成了彤阳公社人见人恨的反革命典型。

在九镇河边召开的一次批斗大会上，卫会计被群情激奋的红小将们用皮带、木棍劈头盖脸地当场暴打至奄奄一息，不出一个月，不治而亡。卫会计死了，留下老婆和一对儿女。孤儿寡母的辛酸没有人知道。

人们只晓得，卫会计的大儿子卫波读了两年小学之后，就没有再读书，跟着人去学了木匠活。可是，随着时间飞逝，这小子却越长大越不听话，木匠活后来也不好好学，整天与街上那帮无所事事的流子们混在一起，惹是生非，以敲诈、打架为生。天长日久，号子里面几进几出，在人们的白眼和唾骂中，卫波终于理所当然地变成了闯波儿。

在卫波出头之前，当时的彤阳镇并没有一个所谓的大哥，小流子们都各自为营。卫波变成一个流子之后，做出了一件事情。这件事让他从这些流子里面一跃而出，成了彤阳镇有史以来的第一个大哥。

很多朋友都知道，当年有一些民间武装，号称“忠肝义胆，保家卫国”。它们起了一些诸如“XX司令部”、“XX别动队”等不知所谓的名字，然后无事找事地杀人放火，大规模火并，美其名曰伟大的无产阶级革命斗争。

导致卫会计被打死的那次批斗大会，举办者就是彤阳公社一伙人组织的“向阳革命造反司令部”，那个“司令员”姓张。当他拿着手中的铜扣武装带和带着钉子的木棍一下又一下地敲打在卫会计头上、身上之时，他一定不会想到，台下的人群中，有一个幼小却充满了仇恨的心灵将这一切牢牢记住。

70年代末，张“司令”被政府清算了当初犯下的种种暴行，锒铛入狱，80年代被放了出来。出狱之后不到一个月的某天黄昏，重返社会的张“司令”在彤阳镇街边一处小摊子上和朋友打台球。

一位年轻人走了过来，开口就说了一句话：“你吃饭哒没有啊，张‘司令’？”

或许很久没有听到人叫他“司令”了，张“司令”一脸不解地看了那个年轻人半天，终于还是忍不住得意之情，笑着说：“吃哒吃哒，搭帮你（方言，谢谢你），还什么鸡巴司令不司令，好多年前的事情了。哈哈，而今是一个劳改犯。你是哪个屋里的伢儿啊？长这么大了。”

据说，当时周围的人都为这有些不太寻常的对话所吸引，纷纷停下球杆望向了这两个人。然后，他们听到了这样一句话：“那就好，吃饱哒好上路。”

年轻人说出这句话的同时，从身上抽出了一把明晃晃的刀，大步跨前，一把抓住了准备逃跑的张“司令”。人们清楚地看见那把刀直直地就捅入了张“司令”的腹中……

那天，年轻人并没有放过瘫倒在地上的张“司令”。光天化日之下，他将血淋淋的刀放回腰间，再抽出一根焊着三角形铁砣的链子，劈头盖脸地对着张司令打了起来……

打完之后，年轻人对他说：“你要是像我爷老子一样一个月后就死哒，那你交代你屋里的伢儿找我偿命。记好，老子叫闯波儿！”

自古以来，九镇都是一个民风极为剽悍的地方，当年，日本人打九镇都没有打下来。这股勇武的风气植根在每一个九镇儿女的基因里。在九镇，人们最崇拜的不是官员，不是富豪，而是血性汉子。

闯波儿下手的狠毒与为父报仇的忠勇一时间传遍了九镇地区三镇十五乡。从此，他雄霸一方，彤阳一统。

挨千刀的夏令时

何勇告诉我摆场的消息的时候，我正在用一个煮熟的鸡蛋努力地揉着脑袋上被昨天那帮人打出来的一个大包。我有些心不在焉，他说完之后，我也只是不置可否地“嗯”了一声。昨天的愤怒已经开始消散，一个晚上的时间已经足够让理智回到我的体内。

闯波儿点名道姓要找的人是一林，一林一定会毫不犹豫地将这件事情扛上身，而我仅仅只是一个名不见经传的人，根本就没有打过流。江湖上的这些事，我担不了多大的责任，也帮不了多大的忙。所以，当时我的心态是听过就算了。看到我的表现，何勇脸上露出了一种如释重负的表情。他站了起来，拍了拍我的肩膀，笑得非常真诚，说：“那就好，那就对了。义杰，你就安安静静地待在家里，莫管这些事，我还担心你要出头。这下就好办了。”

如果话只是说到这里，那么后面的一切都不会发生。只可惜，何勇很聪明，可他同时也是一个外向的人，外向的人往往都藏不住心里的想法。他又说出了一句话：“那我先走了，一林和铁明他们都还等着我去吃饭，我们还要商量这件事怎么搞。”

我揉鸡蛋的手停在了半空中。抬起头来，看着何勇，我说：“你们还去吃饭？”

“是啊，要商量下吵。毕竟是摆场，不是单挑哦，兄弟。”

我心里一阵不舒服，何勇那种如释重负的表情在我看来，顿时也仿佛有了另外一层说不清道不明的味道。何勇与鸭子早就已经和一林混在一起，开始打流了，但是皮铁明不同，他在上班，他和我一样，不是一个流子。今天这顿饭叫了他，却没有叫我。

一些话，我没有说出口，但是何勇明白了过来。他有些神色慌张地说：“没得别的意思，一林看你最近的日子也不好过，你也没有打流，他想……”

这样的解释更加让我心烦，我打断了何勇的话，说：“铁明也没有打流！”

何勇目瞪口呆地站在家门口，原本壮实的身体好像突然缩小一圈。他们从来就没有想过要叫上我，也许他们也同九镇的其他人一样觉得我只是一摊扶不上墙的稀泥、一坨避之不及的狗屎，连一起打架的资格都不够。

昨天那种愤怒又一次慢慢回到了我的体内，转身走向里屋之前，我吼道：“老子的事，老子自己摆平。”

这句话一说出口，那么，我生命中最为凶险、最为敌我悬殊的一场斗争就再也无可避免地发生了。

如果没有我变态的骄傲，和我关系最好的皮铁明不会临时决定陪我一起前往，何勇、鸭子两人也不会因为担心我们，而缺席了一林的宴席。如果没有上面的一切，现在，我与何勇就不会常常在夜深人静的时候，心有余悸地醒来，缅怀着那些同生共死的朋友与刻骨铭心的往事，却发现如今唯一拥有的只是那一句“大哥”的名声。鸭子也不会在生活中完全沦落，沉迷于毒品给予的虚幻美好，游走于生与死的边缘，痛苦不堪。皮铁明也会一如凡人，下班无事，牵着妻儿，走过路边，淡淡一笑。现在的我们也许还是朋友，闲暇一聚，彼此的身上不会有那么多的沧桑与感慨，而会增添几分平常人的快乐与简单，一如当年小镇上那四个青涩简单、意气风发的少年。

可是这个世界从来就没有如果。最终，在那个漆黑的深夜，我们四人还是顺从命运的轨迹走向了同样漆黑的宿命以及宿命开始的那座桥。

大概是晚上十点四十分的样子，我和何勇、鸭子、皮铁明四人踏上了九镇大桥。我本以为，桥上早就是剑拔弩张、一触即发的状态了，但是在亲眼看到桥上情况的那一刻，我还是大吃了一惊。

桥不大，也不长，三四十米的样子。一眼看过去，桥对面，靠彤阳方向的那边已经聚集了十多二十个人，三五成群地在那里抽烟、聊天，隐隐约约还能看到那些人手上有着明晃晃的寒光一闪而过。而桥的这一头，除了我们四个人，居然连一根人毛都没有见到。

过了一段时间，那边断断续续地还有人赶来，而我们这边依旧毫无动静。

刚开始，我并没有多问。人要有自知之明，我知道对于打流、摆场这些江湖事来说，我只是一个门外汉，是一个菜鸟，问多了只会更加丢人、更加露怯。所以，虽然心里有些害怕、有些担忧，我还是忍着。但是，随着对面人群聚集所形成的黑色越来越浓，我们兄弟四人之间的气氛也渐渐微妙起来。

没有人说话，可我们都清晰地察觉到空气中仿佛有着一根无处不在的弦，紧紧缠在每个人的心尖，越拉越紧。如我一样不曾打流的皮铁明脸色煞白，紧抿双唇，一根连着一根地抽烟，黑暗中，他两指之间的一点烟火颤得我心慌。何勇和鸭子脸上那种强作轻松的样子也越来越淡。

我终于下定决心，抛开虚伪的自尊，将满腹的恐惧与担忧说出了口:“何勇，一林怎么和你说的？是11点吵？”

“是的，没问题，应该在路上哒。一林这个人你又不是不晓得。打架他还会不在场啊？不碍事。”何勇回答的声音出奇地浑厚响亮、豪气万千，却让我更加清楚地听出了强装镇定的感觉。

但我只能点头，因为一林确实是个值得信任的人。可是，五分钟之后，当我听到桥对面发出了一阵巨大的起哄声，那帮人开始兴冲冲走向我们四人时，所有的镇定被完全击溃。我知道，他们的大哥闯波儿来了，而我们的“大哥”一林不会来了。

是的，一林不会来了。因为他早就已经来过。

在很多西方国家，为了节约能源，都实行了一种人为规定时间的制度，称之为“日光节约时间”或者“夏令时”。中国也曾经实行过这种制度，从1986年开始到1991年结束，整整六年。每年四月中旬第一个星期日的北京时间凌晨两点整，将时钟拨快一个小时，夏令时开始；到当年九月中旬第一个星期日的凌晨两点整，再将时钟回拨一个小时，夏时令结束。当时的中国正在实施夏时制，这个制度害惨了我们兄弟四人。那个年代人们普遍很穷，打流的也一样，所以，有钱买表的不多。

一林有钱，有表，却没文化。他读完初中就退学，平时只晓得喝酒、打架、泡妞、赚钱，并不喜欢看电视，更不喜欢看新闻，因此他并不知道打架的前一天夏令时已经结束了。那一天他喊了很多人，喝了很多酒。当所有人都喝得血气上涌之后，一林一看表，已经是晚上十点。于是，满脸红光、兴奋不已的他，一声令下，带着人浩浩荡荡地走向了九镇大桥。

然后，他们在深夜的河风中，站了差不多整整一个小时。终于，对面来了两三个人，喝多了的他们，就如同见到了宝一样疯狂地朝着那几个人扑了过去。对面的人不是傻逼，一看时间未到，这边的疯子居然就开始了，好汉不吃眼前亏，转头就跑。

寂寞地望着空无一人的大桥对面和那几位飞快逃跑者的背影，一林低下头看了看手腕上显示的夏令时十一点，仰天长叹，向着彤阳方向重重地吐出了一口浓痰。怀着满腔对于闯波儿的鄙视，他带人转身离去，回家安眠。

一林是条猛汉，但他不能当大哥。因为他太年轻，太好斗，太冲动，太嚣张。他之所以能成为大哥，是因为他有个哥哥。

“跛爷保长，胡力飞强；唐五一林，猴儿敢闯。”这句话里面的唐五就是他的亲哥哥。

唐五和唐一林虽然是一母所生，性格却完全相反。唐五要更加老练，也更加可怕得多。如果闯波儿约一林摆场这件事让他知道了，他一定可以完美地解决。可惜，屁大点的九镇，这么大的事他却硬是不知道。一是，他弟弟故意瞒住了他。一林打了很多架，可从来没有遇见过一个名动八方的重量级大哥，这样的终极对决，他已经期待了太久。而今机会终于到来，他生怕八面玲珑的老哥知道后，解决得太完美了，自己打不成架，什么风头都出不了，什么瘾都过不成。

二是，唐五当天并不在九镇，他在市内。他要帮一个人去办另外一个人，要他帮忙的人叫做李杰，当时我市的头号大哥。他要办的人有一个现在我市江湖中人非常熟悉，几乎成了传奇的名字——廖光惠。

这是后话，日后再提。

一林与我们兄弟活在不同的时空，唐五则对整件事一无所知。所以，当闯波儿带着一大帮人走向我们兄弟四人，而年轻倔强、不知天高地厚，只晓得充牛逼的我们又不放下脸面，扭头就逃的时候，留给我们的道路也就只有以卵击石，孤身面对这一条了。我们已经没有选择。

只不过，在那一刻，除了极度的紧张与害怕之外，脑海中还冒出了一句话。我认为另外三人想的应该也和我相同。

那就是：一林，日你娘！

何勇真勇

那天是我第一次见到闯波儿。他手上拎着一把刀，标志性地佝偻着上身，一副委靡不振的样子，一摇三摆地走在一大帮人的最前面，离我越来越近。

那时，我心中有两个感觉：这是一个很丑的人，这也是一个千万莫要随便去惹的人。

他的脸上带着一种极为奇怪诡异的表情，眼皮耷拉向下，似睡非睡，嘴唇几乎是一刻不停地以一种非常快速的频率蠕动，却又并不发言。说他在哭，却没有眼泪；说他在笑，露出的半点眸子里面，又是光芒四溅的寒星。仅仅只是这样的眼神，就几乎让我败下了阵来。

闯波儿的表情配合身后黑压压人群形成了气势，在那种无形无迹却又无处不在的压力之下，我的双腿居然不由地颤抖起来。

我不知道应该怎么办。打，绝对打不过，根本就不用试；跑吧，是很不错的想法，却又不知道为什么，两条腿抖是抖了，可也像是生根了一般立在原地，毫不听从大脑的指挥。

除了我之外，其他的人也显得很紧张。鸭子和铁明的眼睛不断地扫来扫去，每一次和我的对视中，我都能看出那些根本就无法克制的慌张和恐惧。只有一个人，一个终其一生都未曾让人低看半眼的人，在没有任何人知情的情况下，慢慢地从桥墩上站起来，借着夜色的掩护，悄悄把手伸入了后面的裤腰。

我想，这个人一定是在闯波儿刚出现的一瞬间，就用那一双天生狭小却如同饿虎般残忍凶狠的眼睛锁紧了他。因为如果不是早就打定了主意，光凭一时的冲动，他一定做不出片刻之后那嚣张到近乎疯狂，从而完全改变了事情发展的举动来。

何勇，一个日后与我分道扬镳，却依然是我至今最为佩服的人；一个在九镇打流史上，说不清道不明，但是绝对是当之无愧的猛人。

在一伙人的簇拥之下，闯波儿终于走到了面前。他一言不发，就那样毫无顾忌地盯着我们，如同一个挥金如土的豪客在挑选着几位一丝不挂的婊子。我再也忍受不了丝毫羞辱的尊严在这样的目光下被找了回来。伸头一刀，缩头也是一刀，既然如此，要死卵朝天，不死当神仙，怕个卵！

食指一动，指尖的烟头被我远远弹开，落入河中。我扭过头去，看着身边已经石化的兄弟们，压低声音，说："兄弟，莫丢脸。不可能要我们死。"

双手一撑，我从桥墩上跳下地来。显然，我的动作吸引了闯波儿的注意，他的目光不再左右搜寻，专注地盯着我。看了几秒后，他居然伸了个懒腰，把手里的刀递给了旁边的一个人："没得瘾，没得瘾。一林来都没有来啊。小毛，你开始不是说有好多人在这里等着我吗？"

不待旁人插嘴，他又马上提高了声音，大声问道："老弟们，军伢儿的仇，怎么帮他报？"

各种各样的让人胆气顿泄的叫喊在我耳边响起：

"打死他们！"

"搞死这些小麻皮！"

"大哥，今天摆平九镇！"

只有最后这一句话深深地刻入了我的心田。

那一刻，我再也感受不到先前的那种胆怯与害怕。我只是觉得自己是九镇人，他们现在敌对的不仅是我们兄弟，而是全九镇。于是，好像在突然之间，某种事关全九镇的荣耀与责任就落在了自己的肩上，需要我不惜一切去打拼、去捍卫。虽然这样的感觉是那么虚无缥缈，却又实实在在地让我的血液加速流动了起来。

这也许就是所谓少年人的血气方刚。在场少年人不只我一个，所以被这句话所激怒的也不只我一人。眼角人影一动，扭头看去，鸭子、何勇、铁明三人都已经站在了我的身边。

我们就那样并排站着，在周围狂热的叫嚣声中一言不发，如同木雕。无论心底是害怕还是愤怒，我们依然用尽所有力量去压抑着体内最原始的本能。

待周围的声音渐渐平息了下来，闯波儿居然好像早就认识我一般，看着我说：“小麻皮，我也不欺负你。军伢儿被你打得还来不了，今天我随便喊个人，你那天怎么打他，我的人怎么打回来。有什么意见，下回你再喊你大哥来和我讲。”

闯波儿说完之后，微微扭过头，目光扫过身边的小弟，似乎在准备挑人。闯波儿不屑一顾的口气和神态让我记起了我曾经是一坨又脏又臭、人见人嫌的烂狗屎。

我不喜欢这种感觉，我想要动手了，直接对闯波儿动手。虽然我还很年轻，也没有读过很多书，但是在这样的情况之下，擒贼先擒王这个道理还是懂得。我习惯性地想要先麻痹一下闯波儿。所以，我客客气气地说出了一句话：“不好意思，我不叫小麻皮，我叫义色，一林不是我的大哥。”

闯波儿回转过头，双眼蓦地一下圆睁开来，两道寒芒直直地罩在了我的身上。估计我的话出乎了所有人的意料，原本嬉笑喧闹的场子变得鸦雀无声，彤阳的所有人都用一种难以置信的目光看着我。闯波儿更是紧紧闭上嘴，望向我的眼中再也没有刚才的那种蔑视与轻狂。凝视半晌之后，他才一字一顿、速度极慢地说：“你的意思是，这件事你来背？”

他的声音未落，我还没来得及搭腔，一个人却说出了更加不可思议的话来，这句话也完全打乱了我预想的部署：“你一双眼睛是不是瞎哒？四个人，你看不到啊？”

顺着声音，偏过头去的我看到了永生难忘的一幕。当何勇说出这句话之后，我看到他再一次向着我的斜前方微微踏出半步，几乎完全挡在了我与闯波儿之间。皮铁明和鸭子也在同一时间瞟了我一眼，挺起胸膛站了出来，就那样紧紧地靠着我，站在我的身边，一同盯向了前方。

一股暖意从心底升起，温热到让我觉得胸口有些发堵。我突然觉得，眼前这些拿着家伙的人不再那么可怕，我完全可以与之抗衡。因为我并不孤单，就算我被打死在这里，也一定有人帮我偿命。我有兄弟。

短暂的沉寂之后，我心潮起伏，而对面彤阳的人大骂了起来。闯波儿如同一个傻子，呆呆地看看何勇，又看看我，再看看身边的铁明和鸭子。终于，他缓缓伸出双手，制止了彤阳人的大骂声，声音恢复到了起初的不可一世，对着何勇说："你刚刚是骂我啊？是不是骂我？"

"是的，怎么的？"

"我操你娘……"

何勇的回答还没有落音，闯波儿的腿就已经飞踢了过来。其实，在闯波儿对何勇说出第一句话的时候，我就意识到要开打了。我已经做好了冲向闯波儿的准备。

但我没想到，自己还是迟了一步。

随着闯波儿一腿踢出，他身后的人们也如同潮水般拥上。我们四个人如同惊涛骇浪之中的四艘孤帆，瞬间就被淹没。我冲向闯波儿的时候，看到他眼中突然冒出了一种绝对不应该在此时此刻出现的神情——后悔！

惊讶中，眼底光影移动，我看见一只宽厚修长的大手从我斜后方伸出，完全无视闯波儿腾空飞至的右脚，与之交错而过，做出拥抱、抓握的姿势，迎向了前方。

一切好像快如闪电，落入眼中却又慢如蜗牛，时间在那一刻停滞。何勇的左手在闯波儿踢到他身上的同一瞬间，搂住了对方的肩头，放在身后的右手从腰间飞出，上衣的下摆高高飘起，似有寒芒掠过，一把狭窄、锋锐的匕首已经没入了闯波儿的腹中。

"啊！"一声凄厉如同鬼嚎的惨叫响彻了宁静的九镇大桥。

那一刻，我发现了自己内心有一个念头一闪即逝：第一个动手的人本该是我。

接下来的过程，我已经很难再看到任何的细节。我只看到，一个个黑茫茫的、没有面孔的人影在我的四周飘来涌去，无尽无休……

当九镇派出所的警察赶到大桥时，人们已四散逃窜。分别躺在大桥不同地方的何勇、鸭子两人早已经血肉模糊、人事不知；我不知道自己在哪里，又出了什么事，我只想要试着去擦干那些遮挡了视线的红色液体，可是连抬手都已经那么力不从心。液体流过眼帘，透过微微的空隙看去，我看到一个人坐在不远处的地上，背靠大桥的一个桥墩，努力地把一只被打折了的手臂平放于膝前，手臂呈某种怪异而恐怖的角度扭曲着。他目露凶光，气喘吁吁，脑袋顶部一道深可见骨的伤口不断渗出汩汩鲜血，顺着面颊流下，触目惊心。那个人的面貌非常熟悉却又那般陌生。看了很久，我才想到，哦，这是我的兄弟，皮铁明。

躺在地上的除了我们兄弟四个之外，还有七八个虽然有着神智，却也一身伤痕，不断痛苦呻吟的人，以及另外一个同样毫无神智、不知生死的人——闯波儿!

那天，他居然被何勇前前后后捅了四刀。

幸运的是他并没有死。我们也没有坐牢。

首先是因为我在区派出所当指导员的舅舅帮了忙，更主要的原因是闯波儿坚持说是自己弄伤的，绝不报案。中国自古以来延续至今的不成文铁律：民不告，官不究。

只不过，奇怪的是，闯波儿拒绝了我父母所提出的任何赔偿。

他也没有说过任何挑衅的话，甚至在事后，舅舅插手这件事，专门找闯波儿聊天，他也矢口否认要找我们报仇。

没有人会真正觉得闯波儿已经决定忘却这件事，让它随风消散。正如没有人会忘记，他那历时多年、惊心动魄、震撼了九镇的为父报仇。当何勇悍勇无比、先发制人地几刀将闯波儿捅翻在地之后，一切都已经改变，该发生的也注定会发生。

只不过，有些事人们明明知道一定会发生，却还是毫无办法，就如同面对死亡的来临。没有谁可以预料到自己会死于哪天，怎么死的，也没有人能料到闯波儿会哪天报仇，如何报仇。

所以，当那血腥的一幕突然降临之时，就显得格外残酷，让人难以接受。

第二章
“姚义杰，你不是一个拿刀的人！”

一个叫夏冬的少年

和闯波儿的一战之后，我真的开始变了。

母亲痛哭流涕的担心与劝阻，父亲的欲语无言，砍在身上那些刀所带来的疼，侥幸活下来之后的后怕，一份正当而又符合理想的工作所能带来的快乐，这些都是让我改变的原因。我不想打流，也不想再和江湖上的事有任何联系，更不想继续做一坨九镇人口中的臭狗屎。

我想做一个好人。

我还在养伤的时候，家里就托关系为我找到了一份工作——九镇文化站的宣传员。因为会画画，在伤好之后，我被单位安排负责每星期一份的九镇区区政府大门前面的黑板报。

能够有一份发挥专长的工作的确是件很愉快的事情。你和别人一起看着同样的一块黑板，别人看到的只是黑，而你的心中却已经有了线条与文字的交错。

当一切在脑海中成形，你拿起粉笔，笔灰飞扬，钻入鼻孔，酥酥麻麻，酣畅的喷嚏之后粉笔灰却又迷住了你的眼睛。直线、半圆、波浪，轻描、淡扫，慢慢地，一幅幅的图画、一行行的文字从你的心中浮出，变成了现实之美。黑板不再黑，而是五彩缤纷的梦想。

这一切是多么的美好与快乐。那段时间，我破天荒地对生活表现出了极大的热情，没有半点的懒惰与不愿，每天早出晚归，用尽浑身解数在那几米见方的黑板上写着、画着，乐此不疲。

有一次，我和母亲一起在门前乘凉，对面的王家奶奶笑着对母亲说："刘家姐，你屋里的三毛儿终于懂事哒啊，天天上班做事，下班也不和街上那些鬼脑壳一路玩哒。我每回走过区政府门口都看到他一本正经地做事，搞得一身粉笔灰，打招呼都没得时间答应。呵呵，这个伢儿啊，懂事就好，懂事就好。你今后，八字就好哒，哈哈哈。"

母亲脸上露出客气的笑容。我看着她，慢慢地就看出了这种笑容里面的满足与幸福，这让我更加强烈地意识到自己正走在一条正确的人生道路上。

邻居们的称赞与工作带来的快乐并没有持续太长时间，前前后后大概也就两三个月而已。这一切的结束是因为，当时区政府的老办公楼并不在九镇，而在一桥之隔的彤阳。同时，在这段快乐的时间当中，我不在江湖，江湖却在那里，闯波儿的伤势痊愈了起来。

那一年的九镇，有这样一个年轻人：典型南方山区男人矮小精干的个子，小小的脑袋，有着如西方人般高耸的额头与鼻梁，高挺到一眼望过去，仿佛看不见他的两只眼睛，只能看到两片淡淡的黑影。不过，那一年，他深陷的眼眸中除了对于生活的不平和天生的纯真之外，还并没有出现日后那种如同深潭般莫测，让人心生惧意的阴沉寒芒。

那一年，如同我还叫姚义杰一般，他的名字也还叫做夏冬。

那时他早就辍学，自幼父母双亡的他被镇政府安排在县城某单位旗下的一家小鞋厂工作，聊以生存。后来，领导中饱私囊，单位经营不善，鼓励人们停薪留职、自主谋生，并且给每个部门下达了名额。虽然一直努力工作以求能够留下来，但是领导找他谈话之后，自知毫无背景，亦无资历，被辞退已成定局，自强也自卑的少年夏冬不待单位宣布，主动递交辞呈，回到了九镇。

当时，我们省有一个地方的烟花举世闻名，畅销世界。头脑活跃的九镇人看准了这个商机，也开始有样学样，造起了烟花。

除了父母留下的老房子之外，夏冬什么都没有。唯一可以让他讨口饭吃的，只有那一双天生的巧手。所幸，当时的政府还算仁义，将回到九镇的他安排进了一家山寨烟花制造厂。他辛勤地工作着，为了生活。

直到那一夜。

当夜，我躺在温暖的被窝中，正在看着一本小说，突然一声犹如天被砸破般的巨大爆炸声响起，床头上的窗户玻璃随着那一声响“哐啷”碎成千片，滚落在我的身旁、头上。

过了两三秒钟，我才回过神，疯了一般狂喊着去敲父母兄长的门，我以为地震了。随后，我听到了无数人的喊声、闹声、哭声，以及越来越多的警笛声、消防车声、急救车声。

母亲合十作揖，看着窗外爆炸声传来的神人山方向，眼里满是担忧与悲伤，她喃喃自语：“造孽哦，不晓得菩萨这回又请了几个人。”

爆炸那天，烟花厂正在连夜赶制一批烟花，夏冬也是当班的工人之一。除了他和工厂看门人以及一条狗之外，其余的七个制造工人无一幸免，全部身赴黄泉。他之所以没有死，是因为听到工厂那只一向安静的大黄狗一整夜都莫名其妙地狂吠不停，听得夏冬越来越心烦。于是，他站起身来，想要出门打狗。当他走到门口，那位素来话很多，人却很热心的四十多岁的大姐给他说：“冬伢儿，你快点回来，耽误不得时间啦，厂长交代了今天要搞完。刘师傅，莫在这里面吃烟啦，万一点燃哒，就真不得了哒。”

“要得，要得，就吃完哒。天天吃的，怕什么……”

然后，已经走到了院子里的他，就突然觉得耳膜一疼，眼前一黑，倒了下去。

夏冬说，从那天开始，他就已经是个死了的人。之所以还活着，是因为他还没有过过一天的好日子，别个吃的，他也要吃，别个有的，他也要有。至于其他的事情，再也不是一个死人可以去考虑的了。

多年之后，江湖上出现了一位大哥，一位从来就没有靠过别人、求过别人，向来就独来独往却凭着聪明绝顶的头脑、歹毒凶狠的手段与深不可测的城府自立一方天地，如同传奇般出现在我市黑道的大哥。因为个子矮小与行事作风阴险，人们称呼他为：老鼠！

我之所以要提到他，是因为无论关于九镇江湖还是关于这个故事的发展而言，这个人都不能不提。

他曾是我的兄弟。我被伏击的当天，他也是当事人。

公元一九八九年农历十月十七，我应该记住的一天。

我能够永远都记住这个日子，除了这一天是我的好兄弟鸭子的生日之外，还因为，在那天我认识了夏冬和北条。

烟花厂爆炸之后，老板连夜就逃之夭夭。大腹便便的镇长赶到处理大会上，对着夏冬以及那些痛苦欲绝的死难者家属们说："经过调查，这次事件是由于违规操作引起的。主要负责人现在已经逃跑，公安机关正在抓紧追查。请大家相信政府，一定会给你们一个交代。"

这句话过去了三个多月，当夏冬与死难者的家属们一次次来到镇长办公室，见到的却是一副越来越铁青的面孔之后，他终于明白了过来：跑掉的老板不找到，他们是得不到补偿的；但是人海茫茫，这么大的中国，能找到他吗？

找不到。

所以，他不再参加那些职工家属们讨要说法的行动了，他也不再上班。每天，他就浑浑噩噩，如同野鬼般游荡在九镇的大小街道。这段时间，他喜欢上了打台球。于是，他也就通过他唯一的好朋友——一条街上穿开裆裤长大的北条，认识了同样喜欢打台球的鸭子。

头一天，我就接到了喝酒的通知，上完班赶到鸭子家里为他过生日时，鸭子专门找一林借过来的录像机已经开始播放起了李小龙的《唐山大兄》。

何勇、皮铁明、一林、鸭子正与两个看着有些眼熟却从来没有打过交道的同龄人，以及几个女孩子在一起已经喝得热火朝天、欢笑连连。

我笑着和所有人招呼。耳边传来了鸭子的喊叫："姚义杰，老子的生日你才来啊？畜生，来来来，坐坐坐，一林，你往这里挪一下吵。"

刚进门，还没有落座，我就被已经明显喝多了的鸭子迎头骂了一通。我懒得理他，与大家打个招呼，自己找位置坐了下来。

"哎，给你介绍两个新朋友，这个是北条，这个是夏冬，都是兄弟啊，铁聚（方言，很铁的朋友）！"

北条很豪爽，鸭子一说完，他就端起酒杯，先一口饮尽，然后才倒转杯口对着我说："没得什么讲的。鸭子的兄弟就是我的兄弟，看得起我，一起搞一杯。我敬你。"

根本没得办法，空着肚子，一口菜没吃，连屁股都没有坐热的我，也只能跟着他们端起才满上的酒杯，一口喝干。

我还在喝，就听到鸭子又嚷了起来："喂，北条，夏冬，我给你们说啊，晓不晓得？老子的兄弟和闯波儿摆场的时候，姚义杰就是当事人。闯波儿，桥那边的大哥，晓得吵？你们就莫看这人而今一副斯斯文文的样子啊。一条猛汉！老子告诉你们，莫把他看瓤（方言，小看，小瞧）哒。姚义杰，呵呵，你们问一下在场的人，他打军军，在桥上头摆场，是不是条硬腿（方言，好汉，铁杆）。搞！搞！搞！夏冬你也和他搞一杯。今后都是兄弟，不得丢你们的脸。"

在鸭子放肆的吹牛声中，所有人都看向了我。何勇、皮铁明的脸上是一副"不晓得你是个什么货色啊"的表情，几个女孩的眼中却隐隐露出好奇的异彩，这让我有些不好意思。借机看向了鸭子口中所说的夏冬，我看到了一个矮小瘦弱的年轻人，有些怯意、有些羞涩地端着酒杯，也在望着我这边，安心地等待着鸭子说完。我感觉，这不是一个浑身流子气，喜欢装成熟老到的人，而是一个单纯的少年。他远远要比在场的其他各位，包括我在内都要来得单纯。

我对他点头一笑，马上伸手拿过一个酒瓶，给自己的杯里满上了酒。就在这时，我听到了夏冬对我说："义哥，早就听鸭子哥、勇哥他们说起过你，说你而今还是政府的干部。我敬你啊。"

抬眼望过去，那个叫做夏冬的小个子少年坐在北条和何勇之间，比两人都要矮半个头，双手举着酒杯，几乎伸到了我的面前。

他的眼中满是敬畏与礼貌。我心底突然涌起了对于这个人的莫大好感，就如同小时候刚认识皮铁明、何勇、鸭子他们一样。双手捧起了杯子，轻轻迎向面前的那个玻璃杯，我尽量客气地微笑着说："莫这么喊，莫这么喊！都是兄弟，喊这些我受不起，也没得意思哒。呵呵，来，我先干为敬，先干为敬。鸭子，你也满起，我喝了这杯就陪你这个长尾巴（习俗，九镇习惯把过生日的人叫做长尾巴）搞好！"

那天，兴致高昂、真诚相对的我与夏冬，一口饮尽了我们之间的第一杯，也迎来了日后的千千万万杯。只是，年少的我们在意气佐酒、酣畅淋漓之时，从来就不曾想到生命的酒，却是苦如黄连。

夜色下的刀光

不久，九镇政府为了响应上级号召，也为了在年底宣扬政绩斐然、领导班子能力突出，决定办一期以"五讲四美树新风，现代九镇迎朝阳"为主题的大型活动。这个活动的其中一项就是要办一期比平时更加隆重，同样突出这个主题的黑板报。

这项任务就由鸭子口中当了"政府干部"，实际上只是一个临时工的我来负责。我想要又快又好地完成领导交代下来的任务，于是我把早就已经融入到了我的朋友圈子里面，而且有着一双巧手的夏冬叫了过来，给我帮忙，负责为黑板报四周挂上各种颜色的小彩灯与绸纸剪成的鲜花。

夏冬的手确实很巧，不但剪出来的花比一般女孩剪得还好，而且还把彩灯的电线用绸纸包裹起来，与鲜花、彩灯浑然一体，非常好看。由于第二天领导上班就要验收成绩，星期四那天晚上下班之后，我并没有回家，依然带着义务帮忙的夏冬一起继续辛勤工作。

我们一直弄到了深更半夜，四周无人。

其实，在与闯波儿摆场之后，我并不是没有提防，我也担心自己天天在彤阳这边上班会出事。毕竟，闯波儿的名号不是骗来的。只是，有几次，我无意间在街上遇到了闯波儿以及那次摆场的其他几个人，却发现那些人除了颇有深意地看了我几眼，都无一例外地再无反应。时间一久，我就有了一些侥幸的心理，认为舅舅的能力可以威慑住他们。虽然闯波儿那天伤得最重，但是我的兄弟也受了那么重的伤，何况砍闯波儿的是何勇，而不是我，就算闯波儿要报仇，也应该不会首先就找到我的头上来。

再说了，我也在堂堂的区政府上班，闯波儿可能嚣张到来区政府砍我吗？所以最终我也就放下了心来。

其实，现在来说，当初我想得都对，起码在分析事情方面，我的思路并没有错得太多。

只是，我忘了分析人，分析闯波儿这个人。一个过了十多年之后，也不忘为父报仇，嚣张到光天化日之下，敢当街手刃仇人，然后扬长而去的人。在他的眼中，当深更半夜，大家都下了班，四周没有人，位置又偏僻的区政府大门口并不见得会比白天的街道上更加危险，更加不方便。在他的眼中，一个动手捅了自己的流子，与一个惹起了这场事端也参与了殴斗的对头也许并没有先后报仇之分。

何勇同样是个流子，比当时的我更加狡猾、更有经验、更不好办。而我每天都出现在他的地盘上，游走在他的面前，如同一只毫不设防的羔羊。

当然是哪个更加方便就先动哪个。

热火朝天地工作了很久，板报也终于快要办完，静静看着自己的作品，满心欢喜，手都写酸了的我决定稍微休息下。从裤兜里掏出了一盒烟，叼在嘴里一根，然后招呼依然爬在短梯上专心致志地为黑板报贴花纸的夏冬：“喂，兄弟，差不多哒。先休息哈，来，先吃根烟咯。”

“好，就来，先贴完这朵花。”

“快点，万宝路啦。十块钱一包，站长昨天给我的。”

“哈哈，要得要得。”

就在这时，我突然听到了一声不知从何处传来的呼喊：“姚义杰！”喊声悠悠飘来，里面仿佛带着嘲笑、得意与某种让人不寒而栗的味道。我觉得这声音好像有些熟悉，一时之间，却又偏偏想不起来。

借着头顶那盏为了办板报专门从单位里牵出来的30瓦小电灯泡所发出的微弱光芒，我停下点烟的动作，看向了前方不远处声音传来的那条街道。除了几片被深夜寒风徐徐吹动的纸片之外，安静的街道上空无一人。

心剧烈跳动起来，莫名的直觉让我下意识地感受到了某种危险，求助地看了一眼夏冬，再回过头对着长街，尽量自如地问道：“哪个？”

“我！”

随着声音的传来，我看到二三十米之外街道两边黑暗的墙角中，缓缓走出了四个黑糊糊如同幽灵般寂静无声的人。

由于常年习惯躺在床上看书，我有些近视，但是那个年头，戴眼镜的不是愚蠢的书呆子，就是油头粉面的家伙。我从来都不愿意戴眼镜，所以当时的我除了看见那四个人正在缓步朝这边走过来之外，没有看到其他的东西，也没有认出人。

“你是哪个？”我又大声地问了一句。

话才出口，就听到身边依然爬在梯子上的夏冬小声说出了一句话来：“喂，姚义杰，他们手上好像拿着刀！”

声音惶恐、紧张。

脑子里面一下炸开，我立刻猜到了来的是什么人，长这么大，我并没有惹过其他值得别人拿刀的事情。只不过，那一刻我的心底还有着一丝侥幸，我希望不是，我想要求证一下。而且，我需要做点什么来将那种让我手脚冰凉的胆怯赶出体外，好让自己别在夏冬面前太丢脸。所以，我非常大声地再喊了一声：“你是什么人？”

这次，再也没有一个人开口回答，四个人依然不紧不慢、近乎无声地向着我们走了过来。

二十米、十五米、十米……

然后，我隐约看见走在人群最后面的那个人，他一直低着头，身上披着一件大衣，走路好像还有些一瘸一拐。他突然停住了脚步，缓缓地把头抬了起来，似笑非笑地看着这边说：“前段时间，还碰到过几回，你就不认得我哒。”那个人蔫头耷脑地站在那里，连说话声都有气无力、阴阴沉沉。

我终于清清楚楚地认了出来。

闯波儿！

巨大的恐惧与惊惶完全笼罩了我，我没有想跑，也没有想反抗，脑中一片空空如也，两条小腿却好像踩在了烂泥地上一样，软绵绵的，用不上力气。我如同木偶般站立在原地，面如死灰，一句话都不说，一个动作都不做。

“噗”一声轻响。

我没有扭头，余光看见夏冬飞快地从短梯上跳到了地面，站在我的身边，同样紧张地看着前方。

“小麻皮，不关你的事，站远些。”闯波儿还是要死不断气地说了一句话，每个人都明白他说的对象是夏冬。夏冬没有回答，他看着我，人却没有动。

闯波儿不再说话，肩膀一耸，身上的大衣顺着后背滑落。他一改往日风格，声嘶力竭地喊出一句杀气腾腾的话来：“搞死他！”

如同被电击般，我感到头皮一麻，浑身血液想要爆出体外般飞快流动。我听到了夏冬的声音：“兄弟，跑！”然后，右边传来一股很大的力量，将已经吓傻、纹丝不动的我推得向一旁踉跄两步。再回过头，失魂落魄、茫然无措的我就看到夏冬双手横举着短梯迎向了飞奔而至的那三个人……

那天，接下来的我犯了一个很大的错误。一个也许可以被他人原谅，但我自己永远都不会原谅的错误。为了弥补这个错误，备受骄傲与尊严折磨的我，义无反顾地送上了自己的一生。

在时间与现实的面前，我知道一切的说法都是虚伪的托词。怪就只能怪，当时的我还只是那个青涩的姚义杰。

听到夏冬的那一声大喊，突然之间我有些清醒，却又没有完全醒来，只得在让人毛发耸然的恐惧之下，下意识地顺从他推我的那股力道，转过身，拔起两腿飞快地跑向了前方。

“抓住他，莫让他跑哒。”

身后传来了闯波儿声嘶力竭的高呼。这句话让如同惊弓之鸟的我，更加快速地迈动着自己的双腿。可是，过于迫切的意志反倒与身体不协调，双腿的节奏好像完全不听从大脑的指挥。好几次，我都差点跌倒，双手频繁撑地，手掌在粗糙的地面摩擦，我却根本就不觉有丝毫的疼痛，只求稳住身体，继续狂奔。

“嘭！”

“嗯。”

接连不断的钝物砸在人体上的沉响，以及人因为疼痛而发出的闷哼声在身后传来。我已经没有办法思考任何的事情，只不过那些闷哼声，却让惊慌失措的我意识到了某种不妥。我放缓脚步，偏过头向后看过去，就在脑袋扭过去的那一刹那，我看到一样黑糊糊的东西，带着一股寒风从我半秒之前摆放脑袋的位置上迅猛无比地呼啸而过，离肩膀不过几公分的距离。

刮动的那股风钻进了鼻孔，一股明显的铁锈味带着几乎穿透衣服传入体内的透骨冰寒，我全身上下的每一个毛孔都像是被过了电一般，又酸又麻。

我低头看去：一只青筋毕露的手，紧紧握着一把又宽又厚、刃口还冒着寒光的杀猪刀，正从自己肩膀前方飞快下落。

我一阵迷茫，却可笑地想要顺着手臂往上看去，看看那个拿刀的人。还没有看到那个人，另一股寒风却又砸了过来，砸在我的胸前。

虽然天气转寒，身上已经加穿了厚重的衣服，我却还是无比清晰地感受到一样又硬又冰的东西顺着力道从上往下狠狠划过。衣服在这个动作中，一件一件地被割裂，体内的暖气随着切口往外四溢开来，胸膛上传过来一阵火辣之中还带着凉意的疼痛。被狂猛力道劈得一个趔趄，差点倒在地上的我，终于完全摸清了眼前的一切。

这些人这次前来不是来打架的，而是来杀人！

那些刀，以及那些刀劈的位置都让我明白了一点：今天如果落在了他们的手里，就算不被弄死，我也不可能再是一个生龙活虎、完完整整的姚义杰。这个想法彻底摧毁了我残留的一丝犹豫与勇气。我不再纠结，也没有丝毫犹豫，手脚并用，站稳身体，向着前方那条虽然漆黑无人、冷风凛冽，却可以让我逃生的路狂奔而去……

在飞奔前的最后一个瞬间，我透过自己的裆部，看到了一个日后被无数次梦到的景象：

刚才追上来的两个人，拎着大刀又快速逼近；不远处的黑板前面，另外一个人正抽身离开原来的战圈，全力跑来。那人左边的闯波儿脑袋低垂，一手搂着夏冬的后背，整个人都趴在夏冬胸前；而夏冬手上的短梯已经跌落在地，他双手无力地搭在闯波儿肩头，目光越过闯波儿宽厚的胸膛，扭头看向了我这边。他双眼中好像有些轻松、有些高兴，也有些嘲讽、失望、无奈……

一把匕首笔直地插在夏冬小腹，几至没柄！

我跑了，一如这个世界上大多数遇到危险的凡人。我还没有经受过日后那些腥风血雨。

年少的我凭着一腔热血与狠气，可以在人多势众或者兄弟相依的情况下悍勇斗狠，毫不退缩。但是，在力量极度悬殊乃至生死存亡的关头，一个少年人怎么可能会有那种昂然不惧、舍生取义的胆气？

那种气概是要历经了生死的阅历与看透了人性的老练才能支撑得起来的。多年之后的我，在一次惊天的对决中，面对几乎与今日同样的局势时，做出了完全不同的选择。那是因为，我已经变成了义色，一个把脑袋别在裤腰带上，靠着刀口舐血才能过生活的人。

只可惜，英雄难过，莫如心魔。何况，我还不是英雄，我只是一个下三烂的流子而已，我更过不了心魔。上面的这些理由可以说服任何人，可以欺骗任何人，可以搞定任何人，唯一骗不了、说不服、搞不定的却是自己的心：我是一个懦弱无耻、背友弃义的卑鄙之徒。

唐五

前方的黑暗，如同幕布一样遮挡在眼前，我疯狂而单调地跑动着。

那一刀的力道太大，把我劈得跌向一旁，我没有完全受到刀劈的力，是因为穿了那么多的衣物。所以，当时的我感觉自己身上的伤并不是太重，可是鲜血源源流出，渗透了层层衣物，随着跑动的牵扯，疼痛也不断传来。伤怎会不重？砍在身上的毕竟不是切西瓜的水果刀，而是剐骨削肉的杀猪刀！

心里的伤如同烈焰般焚烧着我的骄傲与自尊，让我彻底看清自己心中的懦弱、自私、卑鄙、不义，让我更痛。这种痛足可以使我忘掉身后是否还有追赶的人，胸前是否还有流出的血。

我只晓得，我要快点跑过这座桥，跑到那片有着灯光，叫做九镇的地方。那里有何勇、一林、鸭子的家。

那一晚，我最先到的是何勇的家，他的家就住在离桥不远的地方，可惜他家里没有人，接下来的鸭子家里也是一样。

最后，穿过新码头，我跑到了一林的家。

屋里的询问声越来越凶横烦躁，我却恍若不闻，顾不上回答半句，始终用着全身的力气敲打着眼前那两扇猪肝色的木门。一脸狠气、凶神恶煞的一林终于打开了门。我想要说什么，可是剧烈的喘息却让我连半个字都说不出来。我只是觉得在他出现的那一刻，仿佛整个世界开始绽放光明。

一林根本就没有问怎么回事，最初的惊讶过后，他的目光在我的脸上仅仅停留了一秒钟左右，就看到了我胸膛上的血迹。

他的脸色也随之变了，不再是凶神恶煞的模样，而是冷静，带着一层青色的冷静。他的嘴唇微微一抽，露出了一个不像笑容的笑容，再一点头，也不说话，转身回到屋内。几秒钟之后，他又飞快地走了出来，手上拎着两把马刀。

一林就是这样的人，干净利落，火爆痛快。如果那一晚，只有他和我一起出门，结果就会很简单。

死人。

不是我们两个砍死闯波儿，就是闯波儿砍死我们。所幸的是，那天一林家里还有另外一个人，他的亲哥哥唐五。“跛爷保长，胡力飞强；唐五一林，猴儿敢闯”里面的唐五。九镇当时唯一可以与保长比人多，与胡力比狠毒，与悟空比头脑的绝对大哥。

唐五与他的弟弟完全不同。谋定后动，动不留情，这才是唐五。

转身欲走的那一刻，他喊住了我们，问清了情况之后，他也进屋拿了一样东西，一样在当时管制并没有如今这么严格，但是绝对也没有如今这么流行的东西。

枪。

然后，他站在早就蠢蠢欲动、狂怒万分、要替兄弟报仇的弟弟前面，淡淡地说出了这么一句话：“小杰，你带我走。一林，你去喊何勇他们，在医院等我。”只是这么一句话，让正在兴头上的一林整个人顿时委靡下来，却除了将手上的刀往地上狠狠一扔之外，一句话都不敢说，转身甩门而去。

从我和夏冬被砍到唐五知道消息，前后的时间最多也不过半个小时。所以，当时的我和唐五都以为，很有可能会和闯波儿打个照面。那天，唐五其实并不想和闯波儿发生冲突，没有这个必要。但是自己弟弟的小兄弟出事了，找上门来，他也不能坐视不理。所以，他安排冲动的一林去喊人，所以，他也带上了李杰交给他的那把枪。

带枪的原因只是为了更好、更快、更安全地从闯波儿手里要人。

几分钟之后，我们才知道这是多此一举。

唐五开着一辆摩托车带着我一起飞快地赶往河对面。一路上，我一句话都没有说。伤口的痛楚虽然让我有些虚弱，可那并不是我不想说话的原因。我不说是因为我不知道说什么。无论我怎么说、说什么，我都已经是一个连我自己都看不起自己的人。任何行为都只会让我觉得自己更加无耻。

我默默地告诉自己，这次再去，就算是死，我也要死得像个男人。也许是老练的唐五看出了什么，他不断交代我到时候要听他的话。

片刻间，我们的车开上了九镇大桥。然后，一副触目惊心的场面呈现在我们的眼前，让唐五猛地踩住了刹车，也让我完全陷入了几近崩溃的疯狂当中。那个年代，除了大城市之外，全国的中小城市都还没有安装路灯，更别说与农村没有太大差别的乡镇了。

当时的九镇没有路灯，九镇的大桥则到现在都还没有安装路灯。所以，当我们两人刚上大桥的时候，除了桥下河水的流淌声与河风刮过桥洞的呼啸声以及摩托车灯光之外，剩下的只有一片寂静和漆黑。

车到桥中，那柱灯光如同黑暗影院中的放映机，在我们的面前播出了一幅无比诡异血腥的画面。就在几个月前，我、何勇、皮铁明、鸭子四人曾与闯波儿斗殴的那个地方，躺着一个人。那人就躺在当初闯波儿被何勇捅翻之后所躺的位置，一如闯波儿当时，毫无动静，生死不知。

我意识到大祸临头，头皮一阵阵发麻，嘴巴张了几张，想找身边的唐五说点什么，可是喉咙如同吞沙般又干又涩。我还在尽最大的努力去克制着心底愈来愈浓烈的绝望，仍然在想也许这只是一个巧合。

只可惜，老天没有听从我的建议。

四周一片安静，我和唐五坐在摩托车上，盯着躺在路中间的那个人看了漫长的两秒钟。我认清了，所有的侥幸与祈祷都像是沙堡一样，在这一刻被巨浪冲刷得乱七八糟、一片狼藉。

“啊……”

我没有想要发声，但是我居然听到自己的口里喊出了一声完全不像是自己声音的干号，凄厉、压抑、痛苦、悲凉，如同鬼泣般在浓黑的夜幕中缓缓漾开……

唐五转过头来看着我，他眼中的光芒是那样复杂，让我分不清是怜悯还是嘲笑。我半张着嘴，看着他，浑身上下剧烈抖动，却什么也说不出来。我的身体越来越软，越来越软，软到连坐的力气都消失无踪。

我不晓得自己是怎么从摩托车上落了下来的，就那样瘫坐在那里，看着灯光照耀的那片地方，然后手足并用，如同一条死狗般贴着地面爬向了前方浑然不动的那个人。

“小杰，小杰，起来，起来吵，哎呀。”身后传来唐五的说话与停车声，他小跑到我的身边。我知道他拉住了我的左手往上扯，却不知道他要干什么。我就那样傻傻地看着他，仿佛全身失去了骨头，像一摊烂泥般趴在地上，任他摆布。

摩托车灯光在眼前的地上打出了一个圆形，将这一小片天地隔绝于黑暗之外，所有一切都是那样清晰，让人不忍多看。

夏冬原本就瘦弱不堪的身体很奇怪地蜷缩成一团，躺在泥土夯实铺成的简陋桥面上。他脑袋斜斜耷拉在手臂下，让人看不清面目，修长的脖子以一种诡异的角度弯曲着，在灯光下呈现出一片雪白，整个人也毫无生气。周围的血迹还在慢慢洇开，被刻意平摊开来的右手直直摆放在桥面，一把匕首贯穿手掌，直插土中。

唐五安静地弯膝蹲下，用手托起夏冬的脑袋，粗略看了下伤势，说：“小杰，来，我们送他到医院去，不碍事，还不得死，快点。”

我听懂了唐五的话，却意识不到自己应该去做什么，依然傻傻地趴在夏冬的面前，机械地伸出右手摩挲着那把匕首。因为在那一刻，我认了出来，这正是何勇捅在闯波儿身上的那把匕首。它本应该回到我的身上或者何勇的身上，而今却出现在一个不应该出现的地方。

一股非常强烈的情绪从我的心头涌起，这已经不再是愤怒，而是一种没有词语可以表达的却让我的心感到烈焰焚烧的情绪。就那样“嗡”的一声，它占据了我的全身。

我不再顾忌夏冬是否疼痛，双手抓着匕首，猛地用力，一把将它从夏冬的手中抽了出来。

“啊！”昏迷的夏冬口里传出了一声叫喊，刚被唐五摆平的身躯，因为痛苦，又蜷缩在了一起。

飞快站起身，我对唐五说：“五哥，麻烦你送他到医院，多谢。”

说完之后，那股赴死的情绪让我彻底解脱，所有的灵敏与力量都回到了迟钝不堪的身体当中。不顾唐五脸上诧异不解的神情，我用最快的速度向着彤阳方向飞奔而去。

没有跑出多远，一双手从身后伸出，如同一个铁箍般搂住了我的腰，我挣之不脱。在最初两下徒劳的挣扎过后，急躁已经让我变得疯狂。回过头，对着身后的唐五，我挥起了拳头……

不知道打了多少拳，也不知道自己的口里骂出了什么，一切就再次安静下来。因为，一个坚硬、圆润、却也寒冷的东西，直直地顶在我的左边脸颊。我感到了脸颊上的疼痛，也看见了无边黑夜中唐五脸上那两只闪闪发光、陌生而诡异的眼睛。

我呆呆地看着唐五，然后，我明白了过来，脸上的是枪！

“你再打。”唐五冷冷地说道，我没有回答，我只是看着他。

“你再打吵。”他的声音却越发冷峻，那一刻，我相信如果我再次发疯，他会毫不犹豫地扣动扳机。

“啪！”清脆的耳光响起。

“咚……”唐五对着我的脸上又毫不留情地连打了几拳，鼻子传来的酸痛让我头昏眼花。弯下腰，捂着不断流血的鼻子，我再不发言。

“你要是真有种，开始就莫怕，莫跑！而今你装什么狠？跟老子过来，抬人！”唐五如同嫌弃一块垃圾般不再看我，转身离去，甩下了这样一句如同寒冰般坚硬冷酷的话。

这句话如同致命的一刀插在我的心窝，将我所有的愤怒、坚强与疯狂都击成碎片，散落一地，再也凑不到一块。

仿佛失去了所有，我膝盖一软，再也忍耐不住，放声痛哭起来……

除了手掌之外，夏冬身上还被捅了四刀！何勇捅了他几刀，他就还了几刀，一刀不多，一刀不少。

闯波儿不愧是闯波儿。

那天晚上，把夏冬送到医院安顿下来之后，何勇几人也把同样受伤的我送回了家。

躺在被窝里，我却四肢冰凉，脚掌上冒着一层又一层的虚汗，好像爬着一只只蠕虫，又湿又黏。

同样感到冰寒的还有我的心。这个夜晚太疯狂、太紧张，一幕又一幕，只有在这样夜深人静的时候才像电影般回放于眼前，不漏点滴。

四个黑夜中突然冒出来的幽灵般的人影；与肩膀几乎摩擦而过的一刀；扭过头去，看见夏冬肚子上的那只匕首柄；脚下飞快后退的路面；黑夜中，喧嚣到有些怪异的摩托车马达声；被圆形灯光照耀出，仿佛另一个世界的雪白光明；躺在桥上一动不动的夏冬；顶在我脸上的那一支冰凉坚硬的枪；唐五诡异陌生的眼神；当时心头那种噬心入骨的后悔与痛苦；以及唐五那一句声色俱厉的话："你要是真有种，开始就莫怕，莫跑！而今你装什么狠？跟老子过来，抬人！"

想到这里，我的脑袋好像快要爆炸，心底越发烦乱不堪，千头万绪纷纷涌上了心头。

送夏冬到医院，进了手术室之后，唐五就走了，还几乎强制性地带走了根本就不愿离开，却又不敢不听哥哥话的一林。走之前，当着所有人的面，唐五说："有什么事，明天再讲。如果要我帮忙，我也可以出面和闯波儿聊一下，医药费是怎么都可以搞过来的。毕竟这个伢儿不是打流的，不算道上的恩怨。闯波儿不给钱说不过去。"

我很没用，但是我不笨，看着头也不回的唐五扯着一步三回头的一林，两人走出医院大门，从唐五留下的这句话中，已经冷静下来的我慢慢地体会出了另外一层味道。

老谋深算的唐五不会插手这件事，不然他不会说出这段话；他也不会让一林参与到这件事里面，不然他不会带走他。因为，这不是道上的恩怨，夏冬和我不是何勇、鸭子，不是跟着他唐五混的人。闯波儿搞了一个不相干的人，不给钱说不过去；他唐五无缘无故管闲事，同样也说不过去。

那么，剩下的事该怎么办呢？靠我、何勇、北条、鸭子、皮铁明去和闯波儿对拼，那只有死路一条。可又有什么其他的办法呢？报警是个不错的办法。可是，今天我跑了，再主动提起报警，别人会怎么想？

哎，我跑了。

这么多年，与何勇一起长大，对于他的脾气，我又怎么会不了解？

兄弟受了别人一句顶撞，都可以提刀去办事的人，为什么今天遇到如此大的事，他却偏偏提都没有提报仇？他们坚持着把我送了回来，虽然我受了伤，但是现在他们在聊什么呢？是不是在聊如何报仇？那又为什么要避开我？也许，还是因为当时我跑了。

我蜷缩在床上，心里一阵无奈、难过，嘴角现出了一丝苦笑。当时还没有烟瘾的我，第一次想要在半夜抽烟。从床头衣服口袋中摸出一盒烟，抽出一根，站在窗口，缓缓点燃，深吸一口。胸口的疼痛让我一时呼吸不过来，剧烈地咳嗽起来。

“三毛儿，你睡着没有？是不是冷啊？”隔壁妈妈的说话声响起。

我心中一热，眼角突然就好像有些水汽，强忍着咳嗽，低声说：“不冷，睡着哒，呛了一下。”

“哦。那你早点歇啊。”

母亲放心地睡了，我却依旧站在窗前，窗外一轮弯月似钩。如果何勇他们要报仇，会怎么报？我现在有了工作，还能像当初那样到处乱玩吗？可是，鸭子生日那天，他还在饭桌上给夏冬他们说，打架的时候，我姚义杰一直都是一条硬腿。

而今，我却跑了。

夏冬这个伢儿不错，本分义气。我一直都还有些看不起他，他像根干豆角一样，又小又瘦。他叫我“义哥”，我虽然嘴上客气，却也听得心安理得。而今呢，祸事来了，他帮我扛，我却跑了。我还有什么脸面再见他们，该如何才能还这个情？不知道什么时候上的床，更不知道辗转反侧到什么时候，疲累之极的我才沉沉睡去。

睡着之前，我做了一个决定：无论要付出怎样的代价、要做什么可怕的事情，只要夏冬能够原谅我，就算赴汤蹈火，也在所不辞。

我真的准备去死

昏昏沉沉地一觉睡到了第二天中午，起床之后，我就把珍藏的几本武侠小说找了出来。因为在这几本书的不同位置上，都夹着一些面额不同、被叠放得整整齐齐的钞票，一共320元钱。这是从开始工作以来，我攒下来的所有积蓄，准备年底再凑点去买辆摩托车。

这笔钱，在当时来说不算很多，但也绝对不少。可我知道，这还远远不够，于是，再找二哥和母亲分别借了两百元钱。然后，我怀里揣着这笔钱走出了家门。

我来到医院，照顾了夏冬一整夜的北条回家睡觉了，现在守候在病床前的是正背对着大门聊天的何勇与鸭子两人。夏冬已经苏醒过来，嘴角挂着一丝微笑，安安静静地听着另外两人不着边际的扯淡。

面对大门的他最先看到我走进来，身子微微一动，原本还有些呆滞的双眼放出了一丝亮光，用几乎呻吟般的语调轻呼了一声："义哥。"

这一声轻呼传入耳中，让我从来不曾如此清楚地体会到了四个字：无地自容。脸颊上一阵发烫，我移开了无法与夏冬对视的双眼。

在门口稍微站立了数秒，加快脚步走到床前，握着夏冬的手，我好像有些迫不及待地想要表明什么东西一般，甚至都来不及多说一句话，简单地和其他两人打过招呼，就飞快地将口袋里装好的一包钱拿了出来，放在夏冬的枕头下。

看着夏冬，原本很多设想好的话在这样的对视中变成了一句："夏冬，好些没有？"

夏冬的目光一直跟随着我双手的动作，盯着我的手与手上的那包钱。半晌过去，他依然没有回答。我再问了一声，却听到夏冬微微一声轻吟，他想要偏头到另外一边，却因为伤口疼痛无法转身，嘴角抽搐，只得闭上双眼，一行泪水从眼角流了出来。

那天，待精神不佳的夏冬吃完中饭睡着之后，我、何勇、鸭子三人走出了病房抽烟。在医院住院部狭长空旷的走廊上，我们三人之间进行了一次虽然很简短，但穷尽彼此一生都不曾须臾或忘的谈话。

当时，首先开口的是何勇，他看了我半天，有些没话找话地说：“姚义杰，你今天不上班啊？”

“上。”

“那你怎么不去呢？我们守在这里就好了。”

“……”

“你讲话吵，怎么不去上班啊？”

经过了昨天的一切，我已经不再是往日的我，我变得非常敏感。何勇无心的话，落在我的耳中，却有了另外一层意思。我觉得他想要赶我走，赶我快点走。所以，猛抽了一口烟之后，我抬起头，有些愤怒地问道：“何勇，夏冬这件事，你们准备怎么搞？”

听到我的问话，何勇的脸色也变得复杂怪异起来，他望着我，我寸步不让，一瞬不瞬地盯着他。半晌过后，他将手上的烟头一扔，沉声说：“姚三伢儿，你听我的，这件事你莫管，要不要得？”

“我不管？就你们两个人，送死啊？昨天唐五的意思也摆明了，他们两兄弟不得插手。把我当兄弟，你就告诉我一声，你准备怎么搞？”

“一林搞！一林讲哒，不管他哥哥答应不答应，他都铁我。他插手哒，你还怕唐五不参与进来啊？”

“那你们到底是要怎么搞吵？”听到这里，我知道他们确实有计划了，而这个计划我不知道。这让我更加急躁了起来。

“……”何勇斜靠着墙，一只脚微微曲起，用脚尖摩擦着地面，一言不发，完全陷入了沉默之中。越来越多的羞耻、屈辱包裹了我的灵魂。我的兄弟，再也不相信我了，再也看不起我了。我的手指尖慢慢变凉，终于，狠下心，我开口问道：“北条晓不晓得？”

“……”

“你而今是不是信唐五、一林、北条，都不信我哒？”

何勇缓缓抬起头，看着我：“你不管要不要得？你不是个拿刀的人，你管这些搞什么？”

鸭子始终站在我的对面，嘴角斜斜地叼着一支烟，烟头上的火光随着嘴巴的蠕动闪烁不停。在何勇的话说出口的那一瞬间，我看到烟头上的亮光突然黯淡了下来。

一口气没有接上，吸入了肺部却吐不出来的烟使我剧烈地咳嗽起来，咳得我满脸通红，仿佛连肺都快要咳出体内。咳嗽声是那么刺耳，我如同虾米一般佝偻着腰。

何勇与鸭子赶紧走上前，帮我轻轻拍着背部。咳嗽终于停下，我的脑袋有些发晕，眼眶也又酸又胀，我直起腰身，先看了看何勇。那一刻，也许是我的眼神让何勇颇为意外，他不自觉地停下手，呆呆地与我对视。这个动作让我完全丧失了最后的希望。移开目光，我看向了一旁的鸭子，鸭子同样一言不发，伫立一旁。轻轻一挥手，扒掉了两人正放在我背上的手，我转身离去。

很久之后，我才知道在那天，当我转身离去之后，诧异万分的何勇、鸭子两人之间还有几句对话。他们是这么说的：

"发神经啊？他那是什么眼神啊？"

"是不是怪我们不告诉他？"

"恐怕是的。"

"何勇，那告诉他算哒吵。他只怕是因为昨天的事，心里不舒服哦，以为我们故意瞒他，看不起他。你讲是不是这样的？"

"鸭子，你未必不晓得姚义杰这个人啊？这件事，敢告诉他啊？他晓得我们不准备走活路，那他还不翻了天，还上个屁的班啊？"

"他得不得怪我们啊？"

"不碍事，我们为他好。"

是的，他们确实是为了我好，我相信，这么多年的感情，早就已经不再需要证明。如果是今天的我，我也会领这个情。只可惜，当时孤傲自负、年少轻狂的我会错了意。

何勇原本出于好心的一句"你不是个拿刀的人"落入我耳中的时候，却直接击中了我深藏内心、不敢提起的隐痛，也带给了我无尽的屈辱与愤怒。我强烈地感受到自己的尊严在儿时玩伴的面前一败涂地。那一份曾经建立在平等关系上的友情，随着骄傲与自豪一起烟消云散。

走出医院大门，我没有去上班，而是径直步入了九镇供销社旁的废品收购站。在这里，我花五元钱买了一样东西。然后，我去了一个在社会上打流的名叫刘辉的朋友家，找他借了另外一样东西。

后来，我走回了家。一整个下午，我就那样浑浑噩噩地躺在床上，一无所想，如同死人。夜色降临，父母兄嫂下班回家，我起床与家人一起吃了顿晚饭。那顿饭没有什么滋味，嚼在嘴里，像是木渣，但是我吃了很多，吃得很仔细，还破天荒地主动陪父兄喝了几盏小酒，给母亲夹了几筷菜。

因为，我抱着吃最后一顿的想法。不管是谁，有了这种想法，都会吃得很仔细，吃得很香。饭后，我甚至还在家门口那棵小时候亲手种的松树下坐了十来分钟，再起来去擦了个身子。

然后，我回到自己的房间，从床下将准备好的两样东西拿了出来。

一根半寸宽、尺许长的扁平钢筋，这是下午我在废品收购站买的。另一样东西是在刘辉那里借的，一把有些像军刺，却比军刺更长一些，大约有手臂三分之二长的兵刃。这种兵刃前端如同军刺般尖锐，两边却又同样开了锋，中间是一道又深又长的血槽，可砍可刺。在我们那边的流子口中，它被称为“钎子”，和杀猪刀一样，不是深仇大恨成心想要人命的话，没有人会使用它。

我坐在床边，用抽屉里面的医用纱布，一层又一层地把钢筋固定在左手臂上。由于用的力气过大，钢筋上面粗糙、尖锐的铁锈摩擦着手臂上的肌肤，微微的刺痛隐隐传来。

然后，我再用纱布仔仔细细地将胸膛上的伤口缠了一遍，这次更疼，疼得我双手都有些发抖。不过，我却一直没有停，紧紧地咬着牙关，体验着疼痛之后的莫名快感，机械般地缠了又缠。

一件雪白的衬衫将身体与钢筋一起包裹了起来。套上一条父亲曾经穿过的，在裁缝店翻新之后送给我的黑色毛料裤，扎上一根深棕色的牛皮武装带，穿上一双夏天专门跑到市里去买的部队军官所穿的那种“三接头”皮鞋。

穿戴整齐之后，我又打开了自己的衣柜，一件藏青色的呢子大衣与其他衣物隔开，静静地挂在一边。这是跑长途运输的大哥大嫂有一次去广州，刚好遇到展销会，专门买回来送给我的生日礼物。

在贫瘠闭塞的九镇，人们都还普遍穿着黑灰蓝中山装、工装，我穿起这件衣服，曾经引起无数年轻人的艳羡，轰动了一时。除了过年过节，我从来都舍不得穿它，这一刻，我轻轻抚摸着大衣，呢子面料带来它独有的厚实而柔软的手感。我想，这会是我最好的寿衣。

默然半晌，我伸手拿起钎子插在后腰，将大衣披在了身上。

堂屋里，家人都坐在一起聊天，享受着工作一天后难得的那一份轻松惬意。我走过他们中间，每个人的目光都颇有深意地放在我身上，这让我有些紧张。

正坐在屋门口打毛衣的二嫂首先忍不住开口，嬉笑说："哎呀，我们屋里三毛儿今天是要出门钓妹子（方言，泡妞）啊？穿得这么衬头（方言，整洁，漂亮）。是哪个女伢儿？我认不认得？几时给姆妈添孙啊？哈哈。"

哥哥嫂嫂们都哄笑起来，母亲则默不作声地看着我，眼中满是慈祥与骄傲。

望着眼前的一切，我鼻子一阵发酸，用尽了所有意志控制住了湿润的眼眶与干涩的喉咙。我知道，眼前的这一切，也许再也看不到了。我想要将这一切收入眼帘，刻入心底，随我一起，直到来生。

意识到大家的眼神开始有些疑惑之后，我露出了尽可能自然的一丝微笑，竖了竖大衣领子，说："爸妈，我出去一下，莫等我。"

父母一定会等我回来。

但是，我回不来了。转身推开大门，呼啸的寒风带着清冷干燥的味道扑面而至，我走出了家门。

我的错，我来扛

九镇的人们睡得早，九镇的冬天也黑得早。街道上除了偶尔两个脚步匆匆的归人之外，只剩下呼呼钻入脖领的寒风，就连两旁人家窗口那橘黄昏暗的灯光也居然显得有些遥远凄凉。落入眼帘的一切与白天繁华喧闹的市井气象比起来，静谧空洞得如同陌生鬼蜮。

我紧了紧大衣，走向了彤阳方向。我并没有马上就去闯波儿的家。在路过九镇大桥的时候，我停了下来。

没有人不怕死。古代那些杀人越货的江洋大盗在被斩首之前，都难免要用草绳系好两只裤管下端，省得屎尿溅出，弄得邋遢不堪。

此时的我虽然怀着满腔豪气，抱着用死来挽回尊严的决心，但事到临头，在这座曾经流过血的桥上，年轻的我又怎会毫无所动？又怎不思绪万千？在茫茫黑夜中，我一个人靠着栏杆，望着桥下东去的大河，一动不动，很久很久。

我的眼前是流水，眼中出现的却是母亲方才慈爱的眼神。这个世界上，还有太多的事情没有做，太多的美好没有拥有，太多的情谊没有还。可惜，没有机会了，此次一去，无论是死是活，一切都将会被彻底改变，姚义杰永远不会再是而今的这个姚义杰。

更讽刺的是，如果不去，姚义杰就会变成一个连自己都不想看见的姚义杰。

“兄弟，跑！”

“姚义杰，你不是一个拿刀的人！”

夏冬与何勇的两句话交替不断，回响在耳边，如同两颗催魂的铃铛响个不停，催我上路。

虽然此时的九镇早就隐入了一片无际的黑暗之中，我犹自无比眷恋地回头看向身后它的方向，辨认着家所处的大概位置。我默默地吸掉最后一口烟，中指一弹，烟头在夜空中画出了一条简单却美丽异常的弧线，落入了桥下滚滚而去的流水之中……

“呵！”

我想要为自己再壮最后一次胆气，也想要吐出脑海中所有的繁杂，我双臂一挥，吐出了一声粗重低沉的闷喝。所有的胆怯、郁结、思念、眷顾、不舍也随着这声低喝涌出体外，消失在浓如墨汁的黑夜里面。

我知道，再不走，我就再也走不了。于是，不待新的情绪升起，我飞快转身，走向了桥的另一头——同样隐身在如墨浓夜里的彤阳镇。

闯波儿的家很好找。80年代，中国中南部地区乡镇的普通百姓通常都还住在一座座青瓦红砖的平房之中，二层小楼并不多见。但黑道大哥闯波儿的家是一栋小楼房，就在下桥不久之后左拐的一条岔道上。

“笃笃笃！”

我敲响了那两扇被漆成猪肝色，带有简单花纹的木门。

“哪个？”

屋内，一个苍老妇人的声音响起，平淡如水、波澜不惊。

“麻烦问一下，卫波哥在屋里没有啊？”

“吱呀”一声，木门打了开来，一位穿着朴素，不断用腰边围裙擦拭双手水渍的老妇人站在了我的面前。

通过门缝望去，大大的堂屋内，一根细细的电线从屋顶正中央垂下来，尾端连接着一盏放射淡黄光晕的小灯；灯下是一个用来剁制碎辣椒的木制小盆，盆里斜斜插着一把铁铲；铁铲旁放着一个小板凳；板凳不远处有一台家用缝纫机，缝纫机旁边有一张老旧的木书桌，桌子正中间靠墙摆放着一台双喇叭的燕舞收录机，收录机顶端搭了半块红布，前面还零零散散、杂七杂八地摆放着几盘有包装盒或者没有包装盒的磁带。

整个堂屋，除了最左边空旷处停放着一辆前后轮胎上都是泥巴，却依然足以让我艳羡不已的重庆嘉陵“黑70”摩托之外，可以说是家徒四壁，一无所有，与洋气体面的两层小楼外表形成了鲜明反差。这也恰恰就是闯波儿这样的流子们的普遍心态：要面子，钱要用在别人能看见的地方。

对着那辆自己垂涎已久，却有可能再也得不到的梦想之车，我实在忍不住又多瞟了几眼。我一直伸在后腰的手轻轻地握住了钎子的柄，冰冷坚硬的感觉传来。望着老妇人，我非常客气地再次开了口：“姨妈（九镇风俗：礼貌地称呼比自己父母大的妇人为姨妈），你好，我是卫波的朋友，他在屋里吗？”

“没有。”

老妇人的口气僵硬麻木，她仰头打量着我，眼中满是毫不掩饰的疑惑与厌烦。

一位陌生老太太居然用这种眼神看我，这让我在颇为奇怪之余，也有几分恼火，却又不好发作，只得继续说道：“那打扰你哒，你晓不晓得他去哪里哒？”

“不晓得死到哪里去哒，你莫要问我。”老人的口气还是那么僵硬、无礼。

一股愤怒从我的心底涌了出来：难怪生的儿子这么坏，要打流，原来自己就是这么一个不晓得好歹的货色。我再也忍不住心底的情绪，毫不客气地拉下脸，转身就离开。

一句我完全没有想到的话却从身后传了过来：“后生（方言，年轻的小伙子），我看你这个样子，标标致致，高高大大，不像是个打流的伢儿。你莫不学好，莫要天天和我屋里那个东西搞到一起玩，这不是个学好的东西，你跟着他一起搞，没得好下场。”

话语如同巨斧劈在了我的心间，喉咙一阵哽咽，心头翻起了漫天狂潮。百感交集之下，我扭头望了回去：老妇人还是那样双手扶门，屋内昏暗却温暖的灯光从她的后方射出，形成了一片淡淡的光晕。她站在那里，脸上依旧是一片冷漠，只是沧桑衰老的目光中仿佛多了几丝希冀。

对视了片刻，我感到自己僵硬的面部慢慢展开，非常勉强地露出了一丝笑容，笑得让我自己都感到心虚。看着我的笑容，老妇人双眼完全黯淡了下去，低下头，一言不发。

“啪啦”一声响起，大门在我的面前紧闭了起来。

如果时光倒转，我只想对着那扇门，痛哭流涕地求那位老妇人再次将门打开，告诉她，我会学好，会做个好人。因为，我想到了自己的母亲。只是，当时的我太混账、太骄傲，混账到看不清什么才是归途，骄傲到不去看哪条才是正路。我只是觉得自己永远都不能失掉一样可以证明自己活过的东西——尊严。所以，我终归还是离去，带着那柄钎子，继续走向了黑暗的前途。

闯波儿的戏院他做主

走出了闯波儿家的大门，我很有些灰心，我并不知道要去哪里找闯波儿。

不过，那是80年代，时代特有的印记改变了我的人生。80年代的夜晚，没有KTV，没有通宵影院，没有洗浴中心，没有茶楼、夜总会，也没有迪厅、嗨包。那个时候，人们能去的地方并不多。

所以，当我走出小巷，来到彤阳街上的时候，我看见了一个地方。我立刻转身走向了那里。

我知道闯波儿一定在。因为，那一刻，我鬼使神差地想起了一个很早之前我听一林的朋友说过的传说，一个关于彤阳大哥闯波儿独特而出名的爱好的传说。

虽然那个时候是80年代，没有娱乐场所，但是迪斯科、流行乐也开始从港台地区南风北渐，慢慢地传到了九镇。一般的年轻人，尤其是爱出风头的年轻流子们都喜欢聚在一起跳舞、打台球、看录像、搞野餐、伴着收录机一起嚎歌之类的事情。

只有闯波儿是个例外。

在九镇所属的地区，有着一种传承千古、非常富有特色的地方戏剧，叫做丝弦。

卫会计生前不爱喝酒、不爱抽烟、不爱看书，只有一个最大的嗜好，就是听丝弦。卫波从小就跟着父亲一起去听。在卫会计死之后的一些年，没有人带他了，他也不再去。但是，当他当街手刃仇人张“司令”，一举成名之后，他却又再次回归了父亲当年的爱好。甚至比起他的父亲，有过之而无不及。

几乎每晚，他都要去戏棚听戏。我想，也许他听的不是丝弦，而是思念。他的思念提醒了我。彤阳没有戏院，一桥之隔的九镇戏院又不是每晚都开。闯波儿想听丝弦了，能去的就只有一个地方。在彤阳镇最主要的一条干道上，曾经有过一座四五十平方米的茶馆。茶馆由几根历尽岁月，已经变成黑褐色的木柱支撑，顶上横加着一些竹条，竹条上铺几层厚厚的毡草，四周用厚牛皮纸与篾条编织的席子遮盖起来。

每天晚上，茶馆里都有几位唱了几十年丝弦的老人在表演。进来的人只要花两毛钱买杯茶，有点闲钱的再花几毛钱买点瓜子、花生、橘子、马蹄、辣椒萝卜、卤藕片、焦切（一种风味小吃）、雪枣、米花糖之类的东西，就可以坐在暖暖的火炉旁，边烤着可以祛风湿的木材火，边闲聊、听曲。

当时，我无意向左边望去的时候，看见的就是这座茶馆。

走向茶馆的时候，我的双手已经开始剧烈发抖。还没有走到茶馆外面，我听到了茶馆里隐隐传来的唱腔，正是九镇人非常熟悉的丝弦经典曲牌——《鲁智深醉打山门》：

把青山乱踏，似飞归倦鸦。
醉醺醺眼花，惹旁人笑咱。
他日怒杀郑屠，就为了胸火难下；
今朝不得酒肉，把我和尚馋煞；
方外世间容不得人无牵无挂，老子也把这山门打砸。
休管你金刚菩萨！

也许，看了太多的武侠小说，让我的心中有着对于江湖的向往；也许，我本来就是一个情怀激荡的人。在老戏子沧桑嘶哑却依然抑扬顿挫、杀意凛然的唱腔中，我产生了一种强烈的英雄感。我觉得自己仿佛是要去做一件惊天地、泣鬼神的大义之举，浑身的血都在旋律中燃烧了起来，心脏剧烈跳动。

我真真实实地体会到了某种类似于水泊梁山的豪侠之情。抖动的双手不知何时已经停下，变得稳定有力，这是我第一次在打架之前，不曾感到惧怕。

当时的我已经接近于疯狂，踏着如同雨滴般越来越急促的鼓点，戏棚离我越来越近，越来越近。我右手伸到后背，握住了钎子尾端绑住的纱布。纱布干燥而温暖，吸尽了掌心渗出的冷汗。一把掀开门口悬挂的两块厚棉布帘，我走了进去。

一股热浪，夹杂着木材燃烧味、酒精味、烟味、人体酸臭汗味等复杂之极的味道一起，随着门帘的打开，扑面而来。而身后的冷风，擦着我的脖根，涌入温暖的茶馆，吹起了台上戏班的三角小旗，也吹动了抛洒满地的瓜壳纸屑。

80年代的九镇没有路灯，一入夜，整个九镇就陷入了重重的黑暗之中。所以，原本一路走来的我，已经适应了黑暗与安静，突然进入到了被炉火、灯泡照射得亮如白昼的茶馆中，置身于喧闹的氛围里。那一刻，我什么都看不清、什么都听不见。

几秒钟过后，我的视觉开始恢复，我看到了一个奇妙的现象。

在茶馆听戏的大多是中老年人。人越老越怕死，就像钱越多越舍不得花一样。我的表情与眼神，让那些早就在卑微生活中学会了察言观色的中老年看客们，立刻明白了来者不善，莫要惹祸上身。他们纷纷移开与我对视的目光。在这样的搜寻中，正对着光的我还是没有看到闯波儿，直到我望向茶馆正中央。

起初，我的目光也只是一扫而过，刹那间我发现了一点不对头的地方。离我七八米远处，在茶馆最中间偏北的位置上，有一个人没有躲避我的目光。不但没有躲，在目光交错的一刻，最初的惊讶过去后，那个人还扔掉手上的一瓣橘子，拍打着双手，缓缓站了起来。在这个人站起身的同时，旁边一桌七八个人也纷纷操起板凳、火钳之类的家伙，站起身来。我眼睛再不好，毕竟也还没瞎。这样大的动静，不可能没发现。

于是，刚一扫而过的目光立刻又看了回去，然后，我在一双熟悉无比的眼睛里面看到了残忍、鄙视、兴奋的光芒。没有任何想法，脑中一片空白，我只是下意识地大吼了一声："闯波儿？"

"就是你嗲嗲（方言，爷爷）我！"

戏曲唱腔戛然而止，小方台上唱戏的瞎子们都万分敏锐地感到了异常，手中还拿着琵琶，脖子却伸得老长，黑洞洞的双眼无神而惊慌地看向了台下。

心脏狂跳的声音盖过了一切，脑海里只剩"扑通、扑通"的响声。我好像已经不会再思考，在连自己都不知道的情况下，将一直放在背后的右手伸了出来。然后，千百种声音于同一时间猛然爆发在耳边：

"出人命哒！"

"杀人哒！"

"拐哒（方言，惨了，完了，出事了）！"

"跑啊！"

桌翻椅倒，人们如同海水退潮般向周边涌了开去，在我和闯波儿一伙之间，留下了一片大大的空隙。

"捅你娘！"猛一抬手，我狂吼着飞快跑向了对面依旧岿然不动的几人……

那一刻，我也听到了前一天在区政府黑板报前听过的同样一句喊声："搞死他！"

四散逃窜的人们如同散焦的光影，在我眼中渐渐模糊、消失。向前飞奔的同时，我再也看不到周围的任何东西，只看见对面那几个拔腿飞奔、迎面而来的流子。跑在最前面的是一个与自己年纪相仿，剃着青皮头的年轻人，厚厚的嘴唇，清晰可见的青春痘。如果不是双眼中射出的那股凶狠杀气，他一如平日街头那些过往路人般平凡普通。

事后，在无数个深夜，我都会想起这个人的面孔。我见过很多很多的人，我不晓得为什么偏偏只有这张脸会如此地清晰，就那样毫无道理地印在脑中，挥之不去。

我常想，他应该也和我一样有着正常的生活，他应该也和我一样有着简单的爱恨，他应该也会后悔当初为什么要打流。只是，那一刻的我和他，都没有机会去想。

仇恨、义气、兄弟、大哥、面子、尊严、荷尔蒙……所有的一切编在一起，形成了一个天衣无缝的大网，网住了我，也网住了他，容不得我们逃，容不得我们想。留在我们脑中的只有：不是他死，就是我亡。

年轻人跑到了我的面前，一把用来拨弄炭火的铁制火钳随着他右手高高举起，由小变大，迅猛无比地对着我的面门砸来……

“噗！”火钳砸在了我同一时间举起格挡的左手上臂，一声硬物相击，却被厚重衣物所包裹住的沉闷声响传来。绑在手臂上的那根钢条承受了这一击的大部分力道，但是我的左手臂依然清晰地体会到了那根钢条上面凸起的铁锈扎入皮肤的刺痛感觉。

那个年轻人显然对火钳砸下之后传来的奇怪触觉有一种莫大的意外，他居然些微迟疑了一下，抬头看向了我。

他看到的应该只是一个长着乌黑头发的天灵盖。因为，我一直保持着格挡姿势的左手突然前伸，搂住那人的肩头，拉往自己身边。在同一时间，我低下脑袋，腰部后倾，右手手肘顺势向后扬起，没有丝毫停顿地往前飞快送出……

钎子带着一股寒风狠狠地插入了面前年轻人的小腹之中。时间仿佛在那一刻停止。

低着头的我看到一道亮光在两人之间闪过，钎子在接触到对方身体最初一刹那的些许阻力之后，锋锐的尖端刺破了层层衣物，势如破竹。

过于紧咬牙关，让我的双颊有些酸胀。我抬起头，想要看看他，看看他是不是还敢打我。可他就那样呆若木鸡地站在原地，眼神中充满惊讶、绝望和怀疑，然后，脑袋无力地低向了自己的胸膛。

我明白，他不会再打我了，永远都不会。

于是，我右手将钎子向外飞快抽出。直到这时，我的耳边才听到一声恐惧、尖厉的惨叫，我又一刀扎了进去。一直抓着他肩膀的手感觉一松，我这才发觉，他已经无声无息，像一摊泥巴一样滑倒在了地面。再也没有了怜悯与害怕，如同甩掉一块抹布般地松开了那个活生生的人，我挥舞着手里的钎子，一无所惧地转身没入了人群之中……

接下来的事情，在我的头脑中已经不再清晰，人体本能的应激反应与高度紧张下狂猛分泌出来的肾上腺素让我的脑中变成了绝对的空白。

唯一能记清的只有面前一道道飞快闪过的寒光、红芒和那一片乌蒙蒙，如同鬼魅般飘来荡去的人影。手臂在机械地挥舞、捅刺，身体在一次次地跌倒、爬起，脑中仅存的念头是杀杀杀！在那短短几分钟，往日的所有记忆与生活全部离我而去，世界再也不是原本的世界。

闯波儿绝对是一个值得小弟们钦佩的人：他铁腕手段，说一不二，重名轻利，义字当先。

所以，那一场架并不像现在很多斗殴一样，小弟们胆寒之后，一哄而散，也不像我想象的那样，我直接就能干到闯波儿。无论我的钎子怎么砍、如何刺，闯波儿与他的兄弟们，有人倒，有人伤，却无人跑，无人逃。于是，轻狂自大的我彻底失去了成为胜利者的可能。

一块青砖以迅雷不及掩耳之势，“啪啦”一声拍碎在了我左脸颊。我浑身突然无法克制地自上而下，自内而外地猛然一震。

“当啷”一声，钎子脱离了我的手，直插地面，颓然倾倒，惊起了一串清脆响声。我也没有感到多疼，只是觉得整个左耳朵就好像是被烧红的烙铁拍了一下，血肉都在高温中融化，一阵火辣的感觉。

然后，“嗡”的一声，这种尖锐的火辣钻入了脑中，脑袋变成了一口声传千里的大钟，大钟被人敲响的同时，还引起了所有神经的共鸣，又酥又麻。眼前一花，我一屁股坐在了地面。

我甚至还傻乎乎地认为我坐下和那一连串的响声有关。于是，有些失神地看了看清脆响声传来的那边，一把兵刃静静地躺在那里。晕乎乎的，我感觉到有些不对劲，却又猜不到哪里不对。再抬起头望着眼前一切，恍如梦中，偏偏又给了我一种自从开打以来从没有过的清晰感。

我第一次清楚地看到了身前的每一个人，他们的脸容、他们的衣着、他们的姿势以及他们眼中冒出的寒光。这种寒光我更加熟悉，我用力摆动着脑袋，想要找出答案。

“莫搞，老子来！”

顺着声音望去，透过不远处两条腿之间的缝隙，我看到了一个人。

他拿着一把非常大、烤着淡淡青花图案的陶瓷茶壶，一瘸一拐地向我疾走过来。

闯波儿!

那种清晰与模糊交缠的感觉在这三个字浮现脑海中的刹那间消失不见，一切再次清晰起来。

闯波儿用一只手扒开了挡在我们之间的两个人；我使尽全身力气，手足并用，飞快地爬向了不远处那把安静地躺在地上的钎子。

世界上最远的距离并不是光年，也不是人心，而是达不到的渴望。

短短的路面变得那么漫长，膝盖与手掌接触的地面又是如此寒冷。我如同一条被打断了腿，却依然追逐着一根可以让自己活下去的骨头的野狗，匍匐前行，坚定不懈，却又艰难万分。

看着越来越近的钎子，我告诉我自己，我要在闯波儿靠近的那一刻，拿起钎子!

“当啷”一声，一条缠着纱布的腿出现在眼前，大脚重重地踩在了钎子的把柄上，刀身翘起又落下，击打地面，发出了几下清脆的响声。

我知道自己完了，我再也没有机会站着走出这道门。万念俱灰之下，我有些挑衅地微笑着抬起头，就看见了一个茶壶，由小到大，迎面拍来……

第三章
在监狱认识市里的黑道大哥

我想我已经还了

茶馆的那一幕再也不能叫做斗殴，而是虐打。受伤的流子坐在一旁，没有受伤的流子则围成了一堆。

在他们的中间，躺着一条狗。

那条狗就是我。

我虽然出生在乡下小镇，但是比较爱干净。如果说平日的我整整洁洁的，还算是个看得过去的人的话，那么这一刻已经不是了，我变成了一条狗。一条浑身都是血污、泥迹，邋遢不堪地蜷缩成一团瘫在地上的，又臭又丑的野狗。

我的脑袋又热又凉，热的是刚流出的新血，凉的是早就流出，已经和头发浸染纠结成一团，如同杂草般凝固的旧血。我将依旧滚烫的左脸侧放在地面，那样会让我感到一丝的凉爽。

我尽量将腰部拱起，双腿与右手紧紧缩在胸前，左手肿得像一只沾了血的馒头，微微抖动不停。

衣袖被刀划开，扯裂的毛料纤维杂乱纷繁。脚上一只鞋子早就不知道去了哪里，被揉成一团的裤管下露出了半截小腿，一条狰狞的血口赫然在上面，如同嘲弄着世间的笑颜。

大冷天，闯波儿已是满头大汗，我看着他同样有几分狼狈的模样，说："有狠，打死老子吵。"

闯波儿的脸瞬间变得煞白，他拿起了身旁的一只长条凳对着我锤了下来。

很疼，但又好像不是那么疼，甚至我还能看着他，看他仿佛在舂米一般挥舞着凳子在我的身上一通乱打。

事情到了这一步，胜负已定。我已经还了夏冬对我的情，但是这还绝对不足以让我了结那一夜弃友不顾、落荒而逃的不义。这个茶馆里的故事并没有结束，我该做的事情也还没有做完。

看样子闯波儿是真打累了，他大口大口地喘着气，停了下来。我在地上扭曲着，辗转着，想要找到一个最好、最舒适的姿势来缓解一下身上的疼。

隐隐约约间，我听到门外先是传来了一阵不约而同的高声欢呼，然后就是人群叽叽喳喳、争先恐后的说话声，其间还夹杂着几句短促有力、中气十足的呵斥。再之后，门帘被突然打开，随着一股刺骨寒风涌进，几个或穿便衣或着军绿色警服的警察就出现在了所有人的眼前。

闯波儿身边的小弟赶紧抱住了还在埋头苦干、一门心思打人的他，大家一起站得端正笔直，如同受阅部队，场面立刻平静了下来。

"闯波儿，又是你啊，搞些什么？是不是想到山上去过年？"一个威严的声音，带着居高临下的姿态，用一种调侃的口吻响了起来。

"呵呵，马所长。这真的不关我的事，是这个小麻皮要杀人啊！我是见义勇为，外头那些伯伯嗲嗲都看到了。我在这里听戏呢，他拿着刀进来就砍人。不信，你可以问他们。"闯波儿嬉皮笑脸，一副死猪不怕开水烫的表情，非常轻松地回答道。

"呵呵，杀人？别个不杀，就杀你？老实点！喂，那个伢儿，你还站不站得起来？站得起就快点，等一会儿你们全部一路跟我走。"马所长说完这句话，带着手下向场子中间走了过来，步伐不快不慢、轻松惬意。只不过，这种惬意并没有保持多长的时间，当迈出了大约六步之后，马所长良好的心情就将会因为一件事情的发生而完全消失。

在看到警察进来的那刻，我就开始尝试着慢慢从地上爬起，始终被半边身体压在地面的右手，还是不自然地弯曲着，我只能用两条伤腿与肿得发亮的左手支撑爬起的动作。这使得我想要完全站起来更为艰难。

就像是喝醉了酒一样，好不容易撑起一半身体，脚下一滑或是手臂一软，我又倒了下去；再撑起，再倒下……

但纵然如此艰难，自始至终，我非常不自然的右手却始终紧紧放在胸前。

终于，在警察问我是否能够站起，周围众人都将目光瞟向我的那一刻，我摇摇摆摆地站了起来。我看见人们的目光从我满是血污、伤痕的身体一扫而过时，每个人都在惊讶，为什么我还能站起。

“那好，你站得起来是吧？那你和他们几个都跟着我一起走一趟。”马所长说话的时候，所有人的目光都被吸引，看向了他。

我知道机会来了。我用尽最后的力量站直了身体，站得笔直如松，不动似钟，就站在了闯波儿身后。

四五米之外，对着我们走过来的马所长胸有成竹，如同一个巡视自己领土，俯瞰着自己臣民的帝王。他的脸上始终都是那副威严不可侵犯，仿佛每个人都欠了他的钱般高高在上的表情。

“马所长，确实没得什么大事，是这个小麻皮过来惹事。你也忙，深更半夜了还没休息，没得必要还跟你一起到……”随着闯波儿的说话声，他的后脑在我眼前轻微摆动。就在尺许之外，他旁边的几个小弟看了我一眼之后，也纷纷用卑微而诚恳的眼神望向了对面的马所长。

盯着闯波儿后脑上的那一片青丝，我伸出已经肿胀发亮的左手，抓住了咫尺之外的它们。因为太过用力，我看到自己乌黑的手背上居然显出了一层青白。

用力一扳，手上传来快要不可忍受的痛楚，同时闯波儿的脑袋已经被我扳得向后弯，靠在了我的胸前。没有了他脑袋阻挡的第一个瞬间，我清晰地看到了马所长的面孔已经完全扭曲。他几乎不自觉地停住了脚步，嘴巴蓦地张开，额头青筋凸显，直盯盯地望着我，圆睁的双眼中透出一种浓烈到无法掩饰的惊讶与恐慌。

这一刻，我的第一个意识居然是觉得这个人终于扔掉了那张虚伪做作的面具，这个人终于还算是一个有着正常七情六欲的人。

所以，我对他笑了一下。

周围的小弟已经警觉，左手上也传来了闯波儿头部想要扭过去的力道。但是一切已经晚了，我始终蜷缩的右手已经伸出，臂弯死死地夹住了闯波儿的脖子。闯波儿往上仰望的目光中是一种绝望的惊慌。而我的右手掌，已经放在了他的喉咙之上。猛地发力，我感到紧握在手中的瓷片突然一软，陷在了某种物体之中。

几乎是在同一时间，无数东西劈头盖脸地打在我的身上，一股巨大的电流从腰间传遍全身，在无法控制的剧烈痉挛中，我瘫向了地面。

人群的狂呼渐渐远离，警察手上嗤嗤作响的电棍也消失不见。在我眼前，只有电棍前端那一点金芒，越来越大，越来越大，竟化成了一朵绚丽烟花……

我知道，我已经还清了所有，也失去了一切。

打河马的海燕

20分钟前，当闯波儿手上的青花白瓷壶拍碎在我的面门。所有人都看到我被打得血如泉涌，倒在地上，再也没有了还手之力。只是，他们太大意了，茶壶可以将我拍倒，却不能将我完全拍晕。

在倒地的那一刻，我刚好趴在了散落一地的茶壶碎片当中，有一块细长的碎片就静静躺在我的手边。没有任何人发现，我捡起了它。

当然，最初的时间里，我并没有想过究竟要用它来做什么。在那样的情况下，我很清楚再做什么的机会近乎于零。可我顺从着本能的意识，捡起了它，一如之前简单机械却又义无反顾地爬向那根钎子一般。钎子已经永远都拿不到手，瓷片是最后的稻草。不管如何痛楚，遭受什么重击，我都始终将它握在手里，埋在胸前，苦苦地等待着时机，直到马所长出现。

闯波儿被警察及时送到了医院，没有死。

我的运气也好，我也被警察及时送到了医院，也没有死。

不过，我们都坐了牢。

一个子女离婚之后，父母都会羞愧到不敢出门，几欲自绝于天下的年代；一个裸体出现在大街上还叫做耍流氓或者神经病，而不是行为艺术的年代；一个仁义已失，廉耻尚存的年代，我坐了牢，这对于我的家庭，以及我本人一生的改变与冲击，可想而知。那天的事情太大，知情人又太多，不可能不在这个小镇上迅速传开。所以，从第二天开始，九镇方圆所有的流子们都听到了那个伴随我至今的名字——义色。

这件事情过去没多久，九镇又发生了一件不为大众所知，却值得一说的事情。

我们这边在新中国成立前，就已经是出了名的盛产土匪的大本营，凶名赫赫，举国皆知，历朝历代，从未平定。直到新中国成立之后，政府派拿着钢枪大炮的正规军来剿匪，才算平息了一方祸事。

当年有句流传在民间的谚语叫做："天见陈平，日月不明；地见陈平，寸草不生；水见陈平，混浊不清；人见陈平，九死一生。"

陈平就是新中国成立前，方圆几百公里范围内土匪当中的一位绝对大哥。由于我们这边盛产竹子，所以这位"阎王"曾经发明过一种酷刑：用前端削薄的竹筒框住人的眼窝，然后用力一拍，眼珠就会顺着竹筒滚落下来，名为"猴摘桃"。

一个参与了茶馆打斗的陈姓年轻人，平时就喜欢在人前吹嘘与我火并当晚自己是多么勇猛，又下了如何的重手。

就在我入狱之后两个多月的某天深夜，他嫖娼、喝酒之后，在回家的路上，被一个蒙面人用这种来自土匪的，很多年没有出现在九镇的手法挖掉了一只眼睛。

手法干净利落，迄今为谜。

这件事发生后不久，狱中的我却因为一件偶然的事认识了一个人，一个在我接下来的人生当中至关重要的人。因为，就是这个人的出现，才正式为我掀开了那个风起云涌，陪伴我半生，给了我一切，也拿走我所有的江湖。

我被关押在我们县第一看守所，由于它盖在一座名为十里山的山腰，所以也叫做十里山看守所。想写我们这个地区的江湖，十里山这三个字就不能不提。因为它实在是太过于重要，重要到如果你在我们本地方圆几百里范围的江湖上混，却不知道十里山，那就如同“五四”时期的大学生不晓得《新青年》一样丢人。

这个地方走出了太多的大哥，也流出了太多的传奇，而下面要说的这件事，应该可以说是在无数传奇中能够排得上号的一个。故事发生在我已经在号子里蹲了两个多月的某一天。

夏冬出院了，出院的第一件事情就是来十里山看望我。同时前来的还有我未曾想到的一个人——唐五。

“杰伢儿，过得还好吧，哈哈，比外头还长胖些哒啊。”唐五亲热的招呼声传入了我的耳中，这让我所有的注意力都从夏冬的身上转移了过去。

因为，这不合常理。

唐五向来都是一个待人接物非常客气得体的人，我们认识也有很长时间了。在夏冬出事那晚，他还很有义气地帮了忙。但是，严格来说，我们并不算是真正的朋友，至少绝对不是那种可以让他专程过来看望我的朋友，我和他之间唯一的纽带是他的弟弟一林。而且，在人与人之间，总会有一些言语无法说明的微妙感觉。凭着这种感觉，从唐五和蔼客气的笑容里，我还看出了某些与平日不同的味道。所以，在惊讶之余，心中不免起了一丝疑惑。

我加快步伐走了过去：“五哥，你怎么也来了？这么远，还麻烦你专门跑这一趟，坐坐坐。”

我一边说，一边伸出手搭在了夏冬的肩上。

"义哥。"夏冬哽咽着唤了我一声。我扭过头看向他，这才发觉他的眼中竟然隐隐泛着一层水汽。百感交集之下，鼻子猛然一酸，我赶紧低头，坐了下去。

"哎呀，冬伢儿，哭什么？小杰不是过得蛮好啊，没得什么大事。来来来，都坐，坐着聊，小杰，本来呢，我早就想要过来看看你，前段时间实在是不得闲。一直到昨天晚上，夏冬到我屋里去找一林，听他说想要来看看你，我这才抽个时间和他一起来看看。呵呵，莫怪老哥不懂礼数啊。在里头，没有吃什么苦吵？"唐五的话还是那样滴水不漏，但是里面透出的亲热让我在颇有些受宠若惊之余，也心生了几分疑惑。

"没有，五哥，搭帮你。吃得好，歇得好，比在外头都还舒服些，呵呵。"

接下来的时间中，我们三个人都在不咸不淡地聊着，亲密而自然。最初的疑惑也在这样的气氛下，变得越来越淡。我甚至都开始在心底责怪自己的多疑。

直到访客时间快结束前几分钟，唐五突然给我说起了闯波儿手下被挖了眼睛的事情，说话的时候，他面带笑容，语气平和，可是我却始终觉得他看着我的眼神非常专注，好像想要在我的脸上找出什么东西。最后他说："义杰，这件事，你真的一点都不透彻？"

"五哥，我怎么可能晓得，我都进来这么久了。"

唐五没有回答，嘴角一弯，露出一抹微笑，双眼中光芒闪烁。他拍了拍我的肩，拉开凳子，站起身来，说："那要得，小杰，你这个伢儿有出息，老哥喜欢你。你在里面好好照顾自己，莫想多了。早点出去，今后有什么事，就给老哥说一声，你和一林关系这么好，就和我的亲弟弟一样，千万莫见外，晓不晓得？"

所有的疑虑在这番话中涣然冰释。

走之前，唐五给了我三条万宝路的烟。

在当时，中华、玉溪这样的高档香烟还没有在市面上广泛流通，普通老百姓抽的都是一两元的君健、芙蓉、洞庭，而唐五出手就是极为少见的万宝路，一送就是几条，相当之慷慨。

不过，比起这几条烟，更令我难以忘怀的是夏冬的礼物。他慢慢吞吞地拿出了几个系得整整齐齐的塑料袋，对我说："义哥，我本来也想买烟，五哥又买了。我也实在是没得多余的钱买这个烟，我个人帮你搞了些干辣椒炒肉末，你在里头吃不好。这个可以放很久，不易坏掉，你平时就用来下饭，莫嫌弃。等你抽完哒，我下回过来再帮你买烟。"

夏冬说这话的时候，一直都在讪讪地微笑着，有些愧疚，也有些难为情。接烟的时候，我感谢了唐五，但是把塑料袋拿在手中的那刻，我却没有说话。我只想告诉夏冬我心里的感动，但是我终究还是没有说，因为阵阵发酸的鼻子已经让我再也说不出来。

在聊天的过程中，我曾不经意地看到，离我们两米开外的另一张桌子上还坐了两个人。我还和其中一个穿着囚服，脸型瘦削，显出一种与年龄不符的深沉老练的年轻人有过几次简短的眼神接触。

当时的我，不可能会想到这种极为寻常的冷漠而生疏的对视背后居然会隐藏着那样深层的故事。我更加没有料到，十几分钟之后，这个人就会与我相识。

相识的原因，就是那三条烟和几袋菜。

当时在接待室的并不是只有我们一桌，因为十里山看守所的会客时间基本都是固定统一的。当时注意到我们的也并不是只有上文那位瘦削的年轻人，还有另外一个人。

因为舅舅的关系，我被安排到了一个人员成分相对简单、气氛相对和谐的牢房。虽然平时出来劳作，也难免被其他牢房的老油子敲诈过几次烟和钱，但是作为一个新丁来说，我几乎没有受过什么苦，也没有被人欺负。不过，日子长了，听得多了，我也晓得牢里混得好的是哪些人，必须要晓得，不可能不晓得。

其中一个人叫做罗勇，是当时九镇所属那个县的头号大哥，而罗勇手下有一个叫做河马的哥们。

这哥们为什么叫河马？因为他有着河马的体型，极为肥胖，更重要的是他像河马一样只有一个爱好。

吃！

注意到我的就是这个人。

接待时间一到，唐五、夏冬告辞，下午的劳动也马上要开始了。出了接待室，我就随着其他几个同样从接待室出来的狱友一起回监，准备把东西放好了之后，开始工作。

胳膊下夹着烟，手里拎着菜，我心里满是幸福，和狱友一边走一边聊，突然听到身后不远处传来一声大喊：“喂，前头的，高个子的，走慢一点。”

我回头望去，看到一个大胖子，他手上也拿着几条烟，摇摇摆摆地朝我走了过来，下巴抬得很高，远远地看着我说：“朋友，烟不错啊。”

我这才意识到自己的麻烦来了，看了看胖子手上的烟——君健，心里大概也就明白了怎么回事，有些紧张地抬起头看着来人。

“你晓不晓得我是哪个？”胖子如同一座肉山一般站在了我的跟前。我不免有些紧张、害怕，轻轻点了点头。显然，胖子看出了我的畏惧，嘴巴一张，得意地笑了下，突然又高吼了一声：“老子是哪个？”

“河马。”

“妈的，河马是你喊的？”

“河马哥。”

胖子又一次笑了起来，一根肥硕的手指伸在我的眼前，指着我手里的烟说：“晓得就好，我们换！”

我是有些害怕，但是害怕不代表我喜欢被人欺负。双手把烟往后一收，我刚准备拒绝，旁边一位同房间四十多岁的牢友却伸出手死死扯住了我的衣服。

“怎么的？你不舒服啊？换！”胖子的声音又提高了一些，将手里的塑料袋递到了我的眼前。

看着面前摇摆不已的塑料袋，我心底的怒火开始爬升，一动不动地与河马对视，同时却也感到身旁牢友扯住我的力道越发大了起来。

“姚义杰，你换吵，换吵。不就是几条破烟吗？给河马哥一个面子，呵呵。”牢友赔着笑脸，半个身子挡在我们中间，边说话边伸出手用力扳走了我胳膊下的三条万宝路，递到河马面前。

我默默地看着眼前一切。我知道狱友是个好人，他为我好。

看着河马得意万分的讨厌笑容，强忍着所有的愤怒与羞耻，我伸出手，抓向了河马手中的君健。

我没有抓到。在手指马上接触到君健烟的那一瞬间，河马却将原本放在我们之间准备调换的塑料袋猛地收了回去。他摊开手掌，待那位牢友将万宝路送到掌心之后，再一把撸住，放入了塑料袋里面，说："没得换的了，给脸不要脸，老子今天看你这个鸟样不舒服。"

一股火热从我肚脐眼下方猛地涌起，传遍全身，我只觉得脑袋"嗡"的一声就懵了。我很想打他。可是，理智告诉我不要惹，惹不起。我一转身，扭头就走，一只手却从后面飞快探过来，抓住了我的肩膀："塑料袋子里头是菜吧，也给我！"

我以一种非常慢的速度转过头来看着河马，尽最大的努力克制着自己的情绪，尽量轻柔地说："河马哥，烟你拿走算哒，交个朋友。"

"现在告饶啊？迟哒！老子说，你把菜给我！"

"河马哥，这个菜给不得。"

"最后一句，拿来！"

"我不给呢？"

听到我变得无比强硬的回答之后，河马脸色大变，将手里塑料袋往地上狠狠一摔，伸出手就掐住了我的咽喉。几乎同一时间，牢友飞快地冲了上来，拦腰抱住了我瘦弱的身躯，再次硬生生地挤到了我和河马之间："河马哥，河马哥，这个麻皮伢儿不懂事，年纪小得很，才来的。你莫理他，给我个面子，给我个面子。姚义杰，把菜给河马哥，听到没有？你这个伢儿，你怎么这么不懂事啊？给他啊。一个菜，你没有吃过啊？不值得啊。姚义杰，听话。老刘，你接下姚义杰的菜。"

旁边另一位牢友将手伸了过来，扯住了我手上的袋子，不停地向我使着眼色。我死死抓住袋子的手终于开始松动，牢友一把抢过，递向了河马。

"小杂种！"河马低骂一声，抵在我脖子上的手掌被我用力往前一推之后，这才离开了我的喉咙。

你知道，愤怒到极致的感觉是什么样吗？就是你的脑海会变成一片空白，你已经忘掉了包括让你发怒的原因在内的一切事情，仅仅只是不断地默默念着：搞死他，老子要搞死他。

当时的我，只需要最后一点火星就可以完全焚烧起来。牢友善意而坚决的劝阻让我想要赶在焚烧之前离去，一句与众不同，带有浓重九镇所属市区特有口音的说话声却从近在咫尺的地方传了过来："要是我，我就不得给。"

我回过头，发现所有人都已经循声看了过去，就在河马旁边一两米的地方站着一个高高大大、脸型瘦削的年轻人，他用一种很奇怪的表情看着我。

河马又怒又恼，一张大脸猛然充血，如同深红的猪肝。他两步走到那人面前："你个市里来的狗杂种，你是不是想死在这里？"

那人淡淡地看了河马一眼，没有丝毫惧怕，就那么自顾自地把目光落在了我的身上。

那种目光不惊不忙，淡然自如中好像还带着一种讽刺。在这样的注视之下，我突然之间就感到自己矮了下去，一股强烈的羞耻感涌了上来。这种感觉让我发狂，我知道，我被点燃了。

没有丝毫犹豫，我一把推开挡在身前的狱友，猛地跳起，抬腿就对着河马宽大的后背踢了过去："河马，狗杂种！老子捅你的娘！"

当腿踢在河马背上的一刹那，我的余光看见光影一动，那个原本安静地站在原地，一直都没有动作的年轻人，也高高跳起，挥起拳头向着河马的面门狠狠砸了下去……

人们蜂拥而至，我与那个年轻人一起被人们死死拖开。躺在地上，已经被打得满脸是血迹、灰尘的河马状若疯狗，大叫大喊："狗杂种，你叫什么？你有种就告诉我，老子要弄死你！"

年轻人对我一笑，从两个押着他的警察中间回过头，还是那副深沉平静的表情。他说出了两个字：海燕！那一刻，我清楚地发现，河马满是横肉的脸上突然就变成了一片雪白。

安优的影响力

那一天完全改变了我在狱中的时光，也让我在接下来的日子里见识到了什么叫做真正的大哥。对于我来说，那一次的入狱是一次苦难，却也是一种涅槃重生般的改变。

很快，日子过去，我出狱了。

我有一个结交广泛的好舅舅，还有一个能出得起点钱的好家庭，而且与我发生冲突的又是一个早就恶名昭彰的大流子。所以，我真正坐牢的时间并不太长。

被砍的闯波儿判了两年半，刑期服满；砍人的我却只判了一年零六个月。在号子里待了七个多月之后，我就获得了保外就医的机会，重获自由。

回到亲人身边，心中的惭愧、羞耻让我度过了一段平静日子，一切都好像回到了往日。只是，在那个年代，一个年轻人拿刀杀过人、坐过牢，还剃着个走到哪里都极为显眼的光头，一切还能回得去吗?

当然不能。意料之中的是我失去了在文化站的工作，意料之外的是没有其他任何单位再愿意收我，就连私营企业也一样。

我知道父母也很伤心、无奈，最后他们终于死心了。他们告诉我，先安心待着，过段时间之后家里出点本钱，做点小生意。

可是然后呢?

然后在九镇周边某个乡村找位家境贫寒，一心想要嫁到九镇来吃国家粮、走水泥路，相貌中下却也能生能养，不嫌弃劳改犯的姑娘。和姑娘守着自己的小摊小店，生个孩子，逢年过节提点礼物，带上妻儿，踏着泥泞小道去乡下给岳父岳母拜节，与那些脸上带着卑微、淳朴、奉承笑意的乡下亲戚们喝几杯。醉意茫然的时候，我会想到什么？是与王丽在小旅社的那一晚，还是砍在自己或对手身上的刀，或者是那些虽然疯狂却也酣畅的岁月?

监狱的生活已经彻底改变了我。我再也不是以前那个单纯的少年，现在的我想得更加长远、更加复杂。对于这种可以预见的未来，我绝不甘心却又无路可寻。我只能迷茫而痛苦地过着，日复一日地感受着生活与现实压在我心头上的无奈，我越来越不想和人交谈，越来越觉得压抑、无助。

很快，苦闷至极的我就再次与何勇、鸭子、夏冬、北条等人混在了一起。终于，两件突发事情的降临，让我彻底地开始了打流生涯。

与夏冬最好的人是北条，在我们相互还不认识的时候，他就已经和夏冬一起穿着开裆裤玩泥巴了。凭良心说，北条是个老实人。

只是，老实人往往一根筋。在政府门前那一夜，我抛下夏冬，独自逃跑之后，他就已经对我有了意见。他没有明确说过，但是我不蠢，彼此对话，我能感觉得出来。

我坐牢出来了，他对我的态度好了一些，却也难免有些隔阂，相处时，没有了往昔那种亲密无间的随意。如果说，我还是以前的我，这些当然就没有关系。只可惜，那时的我已经不是入狱前的那个姚义杰了。砍闯波儿之事，除了给我带来牢狱之灾外，还在我的生活中留下了另外一个抹不去的痕迹。

名气!

几乎是一夜之间，我突然发觉，每当我走在街上、站在道旁，总会有些认识或不认识的小流子、老大哥们故作熟悉地走上前来，或恭敬或亲热地向我打招呼、敬香烟。

而就在半年之前，这些人可能看都不会看我一眼。这种感觉当然很爽，我也确实很享受。可是，凭良心说，最初我并没有为此而想得太多，想得太多的是另外两个人——夏冬、皮铁明。

一直以来，皮铁明是所有人当中和我最为亲密的一个。显然，他为我现在的“江湖地位”很是自豪，人前人后，经常听到他兴高采烈地吹嘘我的事迹。而夏冬，始终认为我砍闯波儿就是为了替他报仇，自此之后，对我也是言听计从、死心塌地。

时间长了，我也就开始习惯了这样的状态，我越来越习惯于按照自己的喜好行事。我不再刻意地去讨好北条，不再去想着缓和我们之间的关系。

人是群居动物，都需要稳定的社会关系，以及这种社会关系所带来的安全感。在夏冬明确地向我示好之后，北条当然会感到孤独。所以，他投向了另外一个人，一个在当时我们兄弟圈子里面，唯一可以与我平起平坐的人。

何勇。

而鸭子呢？他完全没有插手到这样暗流涌动的复杂关系里面，甚至他可能和皮铁明一样，根本就没有感受到这样的微妙的变化。但是，他和何勇在一起的时间最多，他们也是最早一起出来打流的同门兄弟。所以，他也如同皮铁明选择了我一样，跟随着习惯成自然的天性，站在了何勇的身边。

于是，问题就来了。

只要我们兄弟在一起，我就能明显感到两个阵营之间的分歧，有些时候，为了在哪里吃饭、喝酒这样的小事都会出现争执。更为奇妙的是，每次的争执，无论是谁挑起的事端，最后都会发展成我与何勇之间的直接对话。

何勇是一个聪明人，但他不是一个敏感的人，敏感的是我。

我发现了这个现象，可我不喜欢这样。我更喜欢的是，那些给我敬烟的人们脸上那种卑微客气的笑颜。

我需要改变。可是，我绝对改变不了何勇的刚烈，也改变不了鸭子的随性自然，唯一可以改变的，只有北条对我的成见。

当然，这很困难，但是没关系，监狱难吃的饭菜锻炼了我的牙口，我越来越喜欢啃硬骨头。没过多久，啃骨头的机会终于来临。

80年代初，我还是个小学生的时候，九镇的大哥并不是现在这些人，九镇也并不像现在这样群雄并起、势力交错。

当时的九镇只有一个大哥，他的名字叫做安优。

1983年，全中国展开了一次至今为止规模最大、范围最广、手段最严厉的严打行动，在这次严打中，安优被捕。在九镇高中广场上万人公审大会之后，他被执行枪决。安优死了，但是他的影响并没有消退，他的传奇在另外两个人的身上得以延续下来。

一个是跟随在他身后的小兄弟，外号叫做悟空。抓安优的时候，悟空身上还没有任何的犯罪记录，所以他躲了过去。十年过去，悟空已经成了九镇最为牛逼的大哥之一。另一个是他的邻居，也是被他视为亲弟，几乎是一手照顾长大的人。这个人和我的年纪差不多大，可是我还在学校读书的时候，他就已经开始打流。

此人几乎是一个天才般的流子，他学会了安优的一切，却比安优更加阴毒。如果不是因为犯下了九镇三十年以来出现的第一起杀人案而锒铛入狱的话，他应该早就已经成了一方豪雄。

他也有一个外号，黄皮!

我刚坐牢出来的那段时期，黄皮还在监狱里面，而悟空去了广东。我无数次听过他们的名头，那个时候的我并没有想过要去当一个真正的社会大哥。所以，我并不想招惹他们之间的任何一个。

但是，上天却给了我一个渴望已久的机会。

那天，我、何勇、北条三人一起，买了五毛钱的瓜子，坐在九镇新码头的录像厅前边嗑边聊，等着楼上的舞厅七点钟开门营业。

人越来越多，不断可以看见一些痞里痞气、流子模样的年轻人装腔作势地高谈阔论，故意你推我搡往浓妆艳抹的姑娘们身上靠，引起阵阵时高时低、分不清是责怪还是享受的娇呼。

半年多之前，我见到这样的情景，心中还难免有些紧张，但是现在我的感觉却完全不同了，没有丝毫的惧怕与紧张，只有鄙视和不爽，为了这些在我面前轻狂嚣张的表现而不爽。不过，我没有半分表现出来，认识海燕之后，我一直都在刻意地去学习他身上的一样东西——深沉。

买票的时间终于到了，这天是北条请客，他起身走向了售票窗口。

一分钟之后，我和何勇就听到了一阵吼叫、辱骂声。

扭头看去，北条被两个人一左一右围在了售票口前面，其中一人的右手还扯着他胸前的衣服，破口大骂。

我和何勇走了过去。最初几步，何勇走得很急，我也做好了打架的准备，但是随着距离拉近，我发现何勇的步伐好像有些缓慢了下来。

果然，何勇没有动手，他挡在了那两人与北条之间，一反常态，脸上居然还带着几分笑意，对着扯住北条的那位说："哎。八宝，怎么回事？都是朋友，怎么回事咧？先放手，再说咯，这么多人，不好看。"

那人松了手，可依旧在破口大骂，我渐渐听明白了事情的来龙去脉。北条有个最大的爱好——打台球。前几天，他与此人打台球的时候，输了钱，一直没有还。今天，刚好遇上了，这个人觉得北条都有钱跳舞，还不还钱，是不给面子，所以要教训他。

我颇感奇怪的是，在此人唾沫横飞的辱骂声中，何勇居然始终保持礼貌的笑意，一言不发，安安静静地听着。

"勇鸡巴，你说，换作是你，你怎么搞？小麻皮，老子今天不是看在勇鸡巴的面子上，老子要打死你。还敢黑我的钱，你只怕是吃了几天饱饭，想寻死路走了？"八宝一边说，一边抬起腿又踢向了何勇身后的北条。

北条慌慌张张地躲避，边躲边小声地说："宝哥，真的是没得钱，我有哒绝对还你，要不要得？"

在说的过程中，北条无意识地看了我一眼，目光躲闪之间，满是羞愧与无助，这让我感到心中有某种东西猛然一动。

最后，在何勇的大力斡旋之下，八宝同意今天先放过北条。临走之前，他居然又不顾何勇的劝阻，想要跑到北条身边，踢他一脚。

我飞快地走了过去，一把拦住了他，说："朋友，算了咧。你和勇鸡巴都说好了，给个面子咧。"

我看见这个人的脸色骤然间变得鲜红，一双眼睛几乎都快要鼓了出来，像是盯着一个怪物般看着我，张开了嘴。

还没等他说话，何勇将我的手从八宝身上巧妙地扒了下去，死死地抱住了八宝的肩膀："八宝，算哒。我兄弟刚坐牢出来，还不晓得事。哦，给你介绍下，这个就是砍闯波儿的义色。兄弟，这个是八宝，是黄皮的结拜兄弟，悟空大哥的徒弟。”

我明白何勇的意思，他说我的名字，是想要让八宝知道，我不是一个好惹的人；同时，他点明八宝的身份也是告诉我，千万不要冲动。

“老子不管什么义色不义色，小麻皮，告诉你，老子不是闯波儿。你懂味些，就快点给老子有好远走好远。打了一架，被关了两天，真把个人（方言，自己）当个什么东西哒啊？”

八宝说其他什么都没关系，但是他真的不应该说最后那句话。

我已经深刻体会过没人把我当东西的痛苦，这是我绝对不喜欢被人揭起的伤疤。但是，我还是没有动手，我看向了北条，那一刻，我看到了北条眼中前所未有的色彩。

感激！

这打消了我最后一丝因为何勇的反常表现而导致的疑虑。

我猛地挥起拳头，砸向了八宝那颗斗鸡一般高昂的头……

那一架，我们当然打赢了，何勇当然也铁着我，一起动手了。但是，这已经不重要了，重要的是第一个动手的人是我。为了北条，不惜得罪强敌的人是我。

这就够了！

不过，世间万物，皆有因果。

打架的时候，何勇动了手，那是因为当时局面已经无可挽回，他只能这么做，并不代表他赞同我的做法。相反，事后他极为愤怒地对我发了一大通脾气。

我不怪他，因为后来我也发现，事情的后果远远要比我预料的严重得多。

第二天，我就收到了消息，来自遥远的广东的消息，发消息的人是悟空。消息很简单：下个月，他回家，要我一根指头。

悟空的名气太大，很小的时候，我就听过很多关于他的故事。无论是他拿一根甘蔗就可以敲诈路过九镇的长途军车的故事，还是他一个人，一把刀，摆平两个村子为争水利而血斗的传奇，都曾让我钦佩、惧怕不已。

最初接到消息时，基于那些传闻和名气的压力，我当然有些害怕，可也仅仅只是有些而已，我并不认识悟空，我不知道他具体是一个什么样的人。

我想，我本质上应该就是一个胆大包天的人，尤其是在砍过了闯波儿，又经历了监狱的洗礼之后，我已经不太容易体验到惧怕的滋味了。既然闯波儿是和他齐名的大哥，我能砍得了闯波儿，也就不怕再砍一个悟空。

我已经越来越像是一个流子。何况，也正是因为如此，北条对我除了感激之外，还凭空多出了一份愧疚之情，这让他在我的面前变得前所未有地可爱起来。只是，我对何勇与一林的本性太了解。何勇绝对是一个直来直去的猛人；而一林更甚，在我的记忆中，从来都没有一林不敢做的事、没有一林怕的东西。

可就是这样两个人，却在消息传出之后，前后多次找到我，极为担忧地劝我离开九镇，暂时外出躲灾。甚至，一林都给我联系好了在邻省广西的落脚点。

他们的提议，不能不让我仔细地考虑。于是，我又开始惶恐了起来，我意识到自己也许真的闯下了一个不可抗拒的大祸。我接受了他们的建议，我准备在悟空回来之前出门跑路。

可惜的是，有一句俗话说得好：福无双至，祸不单行。

在这样自顾不暇的情况之下，命运居然又“慷慨”地送出了一件不仅让我跑不掉，还直接将我们所有兄弟都逼上绝路的事情。

光屁股的流氓

那段时间，我们兄弟里面唯一一个还在工作，没有整日在街头游逛的就是皮铁明。

在现在的九镇，道上的流子们怕我的有，怕老鼠、黄皮的也有；但是恨我们、看不起我们的人也很多。可只要提起“皮铁明”这三个字，没有人不竖起大拇指，打心底里说一声："要得！"

如今的皮铁明睿智老到、八面玲珑却又平易近人、温良如玉。

当初的他却并不是这样，当初的他可以用两个字来形容：活泼。

悲哀的是，改变了他的，却偏偏也就是这已逝去很久的活泼。

1988年夏天，皮铁明离开学校之后，就成了当时九镇政府创办的一个小煤厂的合同电工。他工作很勤奋，从来不迟到，不旷工，而他的科长却非常不喜欢他。

因为他和其他那些没有任何文化，苦哈哈的下属们不同，他不像那些人只晓得埋头苦干，而且对自己的领导绝对服从。这个年轻人太吊儿郎当，太没轻没重，太不会说话做人，整天叼着根烟，油头粉面，游来荡去，甚至还敢和科长顶嘴。

一个合同工就这么不晓得天高地厚，万一日后转正了还得了？所以，科长大人对他早已厌恨之极。

在悟空马上就要回到九镇之前的某一天，这位科长心底积蓄了很长时间的不满终于得以爆发。事情很简单，某天煤场加晚班，在仓库做事的皮铁明想要解手，但是厕所在煤场的另一头，太远，太麻烦。

于是，他走向了办公楼。在仓库和办公楼之间，有一段没有电灯，四周还堆满了一些煤渣堆的小道，依照往常惯例，他准备在这里解决。走到半路，他突然看见一个人影从煤渣堆间走了出来，朝着办公楼方向走去。他以为此人是小偷，可立刻就否定了。

难道小偷会傻到深更半夜来煤渣堆偷煤渣？这是用屁股都能得出的逻辑。

随着距离越来越近，借着远处微弱的灯光与月光，他看清了那个背影，长长的辫子，浑圆而翘挺的臀部，居然是个女人！

这个煤场不大，一共才二三十个人，除了一条看门的母狗之外，再也没有任何可以用阴性来形容的生物了。这个前所未有的奇观彻底地激起了皮铁明的好奇。

他加快两步，跟了过去。真的是个女人，还是一个身段曼妙，看上去甚为年轻的女人。

皮铁明再次施展了他的活泼，他无声无息地紧跟在毫无察觉的女人背后，突然说了一句：“在一个月黑风高的……”

这句话说出口时韵律是很独特的，前面三个字和后面四个字都用平常的语调说出，但是说到中间那个“月”字的时候，他的语调突然提升，抑扬顿挫，高亢激昂。

“啊！”没有说完，他就听见一声惨绝人寰的惊呼，那个女人两股战战、脸白如纸地回头一看，放声大哭着拔腿狂奔而去。

皮铁明笑了，笑得很开心。开心的他就近寻了个煤堆，走进去脱掉裤子，欢畅淋漓地拉起了大便。大便还没有拉完，他就听到了办公楼方向传来很多人的脚步声和叫喊声。

他又感到好奇了，静静地蹲在地上，支起耳朵，想听听看到底怎么回事。人越走越近，停在了煤堆外面的路上，声音也清晰传来：“哪个？是不是在这里？是不是？你看清楚没有？”

皮铁明蹲在地上，忍着一段拉了半截、摇来晃去的屎听了半天，还是没有听出个所以然来。他索性高声叫了一句：“外头的人，深更半夜了，搞什么哦？”

外头安静半秒之后，一下炸了开来。

没等皮铁明反应过来，“刷刷刷”几道雪白的手电筒光就照在了他的脸上和同样雪白的屁股上。

“是不是他？”首先响起的是一个男人愤怒的声音。

“嗯！”接着，被灯光刺得睁眼如盲的皮铁明又听到了一个微弱的女人的声音。

然后，伴随一句“狗杂种”的怒吼，无数只脚就对着他的身体踏了过来。

原来，那个女人是科长儿子的朋友的女朋友。科长的儿子是赌棍，那个年代没有星级宾馆，小旅社不安全，警察又可以随便进入任何一个人的家里来抓赌。所以，这位仁兄经常晚上拿着父亲的办公室钥匙，到煤场来打牌。

那天，刚好其中一位赌友还带了女伴。可是，女伴为什么好好的办公室不待，会出现在煤渣堆呢？答案和皮铁明一样，皮铁明过来拉屎，她来撒尿。

厕所太远，第一次来不好找，又怕黑。所以科长儿子告诉了她这么一方宝地解决，结果她就遇上了活泼的皮铁明。

被当做偷看女人解手的臭流氓的皮铁明被打得够惨，但是别忘记了，他再怎么活泼毕竟也还是皮铁明。拉泡屎，搞了个恶作剧，却被摁在地上暴打了一顿，怎么也想不通啊。

于是，一身煤灰（也许还有大便，几年前就问过他，他不承认）的他气得暴跳如雷，立刻去仓库找了一把扳手，一个人就冲上了楼。结局就简单了——他又被打了一顿。只是与上次不同的地方在于，已经穿好了裤子，手里还拿着家伙的他自然也能打人。

他打破了几个人的脑袋，其中一个就是科长的儿子。

第二天，鼻青脸肿的他就被煤场正式开除。无论怎么解释，甚至还要当时一起在仓库工作的同事作证，证明他只是出门解手，没有偷看的时间差，这个活泼的合同工还是被开除了。

科长开除他之前，终于给他说了心底话："老子不报官就给你面子了，耍流氓还敢打我屋里儿。你个合同工都这么神气，转正哒还不爬到老子脑壳上去？"

事情到了这里，本就可以收尾了。就算皮铁明悔断肝肠，又能怎么办？家也不敢回，不好交代啊，于是他去找何勇喝酒。一边喝，他就一边把事情一五一十地告诉了何勇。

何勇是个什么人？套用九镇流子们口口相传的一句话：猛人。猛人喝醉了呢？猛人喝醉的时候，根本就不问已经睡在一旁醉得更厉害的皮铁明，一个人提着把菜刀就找上了门。谁的门？科长儿子打牌地方的门。然后呢？干脆利落，甩了那哥们一刀。结果呢？

何勇是个搞乱事的流子，科长两父子玉器不与瓦片碰，他们不认何勇，就认背后指使的皮铁明。如果皮铁明不赔三千块钱，他们就报官。无论皮铁明的父母亲自上门也好，还是托人求情也好，一分不少，不然送他坐牢。好家伙，三千块钱，二十世纪八九十年代的三千块钱！哪里去找啊？皮铁明想死的心都有了。

幸好，他有兄弟。

那么，我和何勇等其他几人的问题就来了。

此时的我们一伙是什么人？

流子。

流子怎么搞钱？

用流子的方法。

江湖到来！

我能借到钱

皮铁明双眼通红，头发如同风中乱飞的茅草一般，当他涕泪皆下地给我说完整件事情之后，我第一个想法就是：凑钱。

出狱之后，我没有工作过一天，手头根本就没有钱，只能找家里人要。但是过几天，我就要跑路了，原本跑路的盘缠也准备找个借口向家里要的，现在没办法了，只能先顾一头。不敢向父母开口，我抽个机会将二哥喊到一边，好说歹说，借了三百元钱，按着约定时间，来到了何勇家里。

兄弟们都到齐了之后，把各自所有的钱都拿出来了，却发现凑在一起都还不够一千。要补齐剩下的钱，对于没有工作也没有稳定收入的我们来说，无疑是一个巨大的难题。

七嘴八舌地讨论了半天，谁也没有说出一个好的办法来。

当所有的提议被一次次推翻，所有的希望被一次次扑灭，我终于下定了决心。我只能去找那个人，除此之外，别无他途。事到如今，我认识的人中，能帮皮铁明渡过这一关的也就只有那个人了。我很不想向他开口，我不想欠他的人情。

是的，曾经，这个人对我非常好。但是和他接触时间越长，我心底就越发感到一种不安，就如同站在一口深不见底的潭边，潭水碧绿，清凉诱人，可我永远都看不透到底有多深，里面隐藏的是什么东西，是幸运还是危险。

所以，一直以来，我本能地想要避开这个人，但是现在没有其他的办法了。

可能是心里太急，我们每个人都显得有些暴躁，还没等我将心底的想法说出来，一场有针对性的争吵就已经爆发了。

第一个挑起事端的人居然是鸭子。一直以来，他和何勇的关系最好，同样与何勇说话态度最随意的也是他："勇鸡巴，你搞什么麻皮？一天到晚只晓得打打打，打出这么些事来，拉屎了又擦不干净。老子看你现在怎么搞。"

委靡不振地瘫在凳子上的何勇瞟了鸭子一眼，嘴巴张了一张，却没有说话，刚抬起的头立刻又低了下去。

"勇哥，鸭子也说得对吵。我们和八宝的事还没有了难，又出了这么件事，哎，真是越冷越吹风。"当北条说这句话的时候，我就已经感受到了空气中几丝微妙的味道。要知道，北条以前绝对不会在我的面前说何勇半个不字，哪怕些微的质疑都不曾提出。

当然，现在他说出这些话主要是因为心里着急，并不是真的要怎么样，但是不管如何，起码证明他的潜意识中不再视何勇为不可侵犯的对象，也不再视我为外人。

何勇还是低着头，一言不发。最先发言的鸭子反倒是有些不爽了，将手里的半截烟灰一弹，转过头来看着北条说："哎，我说北条，你就他妈的有意思啦？看着我说了一句，你也跟着来神（方言，凑热闹，耍脾气）了是吧？你还好意思说八宝，八宝的事，是为了哪个？姚义杰被你害成这样，你还在这里啰里啰唆。"

北条脸色一变。

"哎呀，莫吵，莫吵，个人屋里几兄弟，吵什么吵？而今我们是商量怎么搞钱，吵翻天哒有个屁用啊。这件事，勇哥也是为了帮铁明吵。未必真的不想他好啊？"

在我们兄弟里面，夏冬是后来加入的，也是个子最小、最沉默寡言的一个。一直以来，他都不能算是受到大家重视的一位。可是，那次在彤阳义薄云天地救我之后，这种情况被改变了，我们发现了他值得尊敬的一面。无形中，我们每个人都能感受到他在这个圈子里面的分量。所以，在他的话出口之后，鸭子与北条稍稍争辩几句，也就停了下来。但是，我的心底也感到了一丝别扭，我意识到自己好像有些不太喜欢这样的情况发生。

何勇的头还是低着，但是胸膛起伏得越来越明显。所有人都陷入了尴尬的沉默当中。猛然，他一把推开面前的茶几，站了起来，也不看任何人，径直就向门外走去，边走边说："铁明这件事是我害的，也不再害其他人哒。这笔钱我们哪一个都拿不出来。不要再七想八想。这件事，铁明没得错，是被那个杂种冤枉。他没得办法，老子一个跑社会打流的，屁都不是！下一次老子还是要这么搞。老子个人来帮铁明摆平，不关你们的事。"

我们每个人都明白何勇发火了，也当然能够想通他这句话背后的意思。很简单，只有两个字：砍人！

顿时之间，所有人都被何勇的举动吓得呆在了原地，尤其是北条与鸭子两人面面相觑，不知所措。

我明白，我的机会到了。

我快步上前，一把抓住何勇的肩膀，看着他说："何勇，你是不是觉得屋里面只有你可以提得起刀？你还想要拉几个人一路去坐牢？要担，老子陪你一路担！"

当初，因为何勇无心的这句话，我坐了牢，这已经成了他心里一道抹不去的印记。今天，当着这么多人，我将这句话还给了他，他承受不住，只能愧疚。

故意咳嗽了一声，待众人都看向我之后，我的语调变得轻柔，说："你们先莫急，其他的钱我试一下，想下办法，可能弄得来。你们就在这里等我，我等下去一趟市里。"

"你想什么办法？市里可以捡钱啊？"何勇的口气还是不怎么好，

但是对话本身就已经代表着一种妥协，这就够了。拍了拍他的肩膀，我非常轻松地说道：“我坐牢的时候，认得一个朋友，关系蛮好的，在市里混得也相当不错。”

出来之后，我没有与里面的朋友联系过，也很少提起自己坐牢的事情。首先，这件事让我觉得非常羞耻。而大家也应该了解我的想法，一直以来，谁也没有问过；其次，我并不想将海燕的事情说给别人，也不想让其他人认识海燕。这种想法很荒谬，我也不知道为什么，但这就是我自己内心的直觉。我只是选择了跟着感觉走。所以，第一次听到我在牢里还认识了一个市内的大哥，每个人都感到有些惊奇，纷纷抬起了头，默默地看着我。

我知道他们需要我的解释，可是我一点都不想多说，只得装作没有看到大家的表情一般，拉着何勇又走了回来，若无其事地继续说道：“他比我出来得早，三四个月前就出来了，而今跟着一个老板做事。我们那个时候关系还不错，我去找他帮我想想办法，应该没得蛮大问题。”

何勇显然没有注意到我的刻意回避，他叹了口气，也不看我，自顾自地说：“借得到吗？”

“试一下，应该可以。”

“算哒，义杰，还是莫去了。”

“……”

何勇的眼神有些复杂，说话的口气中也隐隐有着一丝恼怒急切，我没有明白他的意思，一时无法回答，默默地看着他。

“两三千块不是一笔买几包烟、搞几口槟榔的小钱，别个一世也搞不到这么多工资。哪个会随便借给你？如果关系真的这么好，为什么出来这么久也没有看见你们联系？义杰，算哒，莫去哒。不丢这个人。”

我终于明白了何勇的意思。这件事情是因为他的鲁莽而起，所以，比起其他人，他心里面更为愧疚，也更加着急，但是他不愿意牵连到我，不愿意我遇到被拒绝的尴尬与丢人。

这让我感受到了一种温暖。那一刻，我几乎都要脱口而出地告诉他们，我和海燕之间的关系，但是不知为何，话到嘴边，却变成了另外一句："你们都莫管那么多，等着我就是了。我晚上回来，记着等我啊。"

将何勇按回到了座位上，轻轻地拍了一拍他的肩膀，我转身向着门外走去。背后，没有挽留，没有阻拦，每个人都定定地坐在原位，鸦雀无声。

出门那一刻，我毫无保留地露出了自己的笑容。

因为，我确实很喜欢这种一锤定音的感觉，而就在不久之前，同样在这些人里面，享受这个权利的还不是我。

天马行空的何勇

找海燕借钱，本来应该没有太多的问题。

可惜只是没有太多问题，而不是完全没有问题。问题不多，只有一个：那个年代，没有手机。

我无法得知海燕现在所处的位置，海燕也同样不晓得我要来找他。所以，当我坐了两个多小时的班车，从九镇赶到市内，再转公共汽车，一路寻找，来到海燕当初告诉我的那个家庭地址的时候，他却并不在家。开门的是一个老头，他穿着一身洗得有些发白却依然整齐的深蓝色中山装，他是海燕的父亲。

当听说我是来找他儿子的时候，这位老人脸上并没有表露出礼貌的表情，甚至都没有让我进屋。他只是一手扶在墙上，一手扶住门，上上下下如同看贼般打量了我半天，说："不在屋里。"

"那他什么时候回来？"

"不晓得。"

"那你晓不晓得，我到哪里去找他？"

"不晓得，不晓得。你们天天和他在一起玩，你都不晓得，我怎么晓得？"

"哦，那好。搭帮你哒！"

老人点了点头，"呯"的一声关上了大门。

城市太大，我也不太熟，没有其他的选择，只能守株待兔，等在海燕家门口，期待他回家的时候，我能遇见他。

从下午三点多开始等，站累了，就在路边一个花坛上坐一下；坐累了就四周走两步，却还不敢走得太远。一包烟都快要抽完，抽得嘴里又苦又涩，几乎没了感觉，我还是没有看到海燕。

无数次，我都起身想要走，却又不甘心，害怕自己刚走，海燕就会回来。

于是，一等再等，前前后后等了大约五个小时，看着人们归家，看着人们做饭，再看着人们家里的电视响起。直到天色全黑，我才完全说服自己，等不到了，海燕今天不会回来。

海燕确实不会回来了。因为就在我百般不愿千种不舍地离开他家时，他却在千里之外的广东陆丰。前一天，他就跟着他的大哥，一个叫做廖光惠的人到那里进货去了。

命运就在这里错开。如果我能够提前一天来，或者海燕能够晚一天走。那么后面的许多事情就不会发生。我们几兄弟也就不会卷入到日后那场九死一生，涉及我市江湖顶级大哥位置之争的巨大漩涡当中。

21世纪的现在，交通非常发达，通往各市区、乡镇的班车，巴士不说是通宵达旦地营业，至少也会工作到很晚。就算没有班车了，还能打的，但是那个年代和现在完全不同。

20年前，公共交通虽然刚刚开放了私营，也仅仅只是小猫两三只。大部分的车都还是属于国营单位，司机们都拿工资吃饭，规定了六点下班那就是六点下班，晚一分钟也不干。

所以，当我走到我市专门停放通往九镇方向班车的城北汽车站时，看见的只是一个黑灯瞎火的停车坪，连根人毛都没有。

我又恨又急，彻底崩溃。恨自己为什么那么傻逼，一整个下午居然一点都没有想到过坐车的时间问题。

我实在是太了解何勇这个畜生了。所以事先我就再三交代今天晚上一定要等我回来，到时候再谈。这句话的意思就是说如果确实没有借到钱，再想其他的办法。但是现在我回不去了，市内离九镇有六七十公里路程，不可能步行回去。那么等了一天，心急火燎的何勇会做出什么样的事情来呢？

无论多么着急，我也没有任何办法，只得在车站旁找了间小旅社睡下。一整晚，我都在祈望菩萨保佑，在赶上明天五点最早一班车回去之前，莫要发生什么大事。

好不容易熬到天色发白，我赶紧起床，坐上了五点钟的头班车往九镇赶，下车就直接去了何勇家，没有找到人。意识到大事不好的我一家家地去找，直到敲开夏冬家的门，看见了横七竖八、埋头酣睡的他们，这才放下心来。

不过，我的心情并没有轻松太长时间。片刻之后，当何勇睡眼惺忪却面带兴奋地将几沓面额不同的钞票摆在茶几上的时候，我就已经明白，昨晚一定发生了某件超乎我想象的事情。

果然，接下来他告诉了我一个让我瞠目结舌、冷汗直流的故事。虽然，何勇与我有着共同的成长经历，彼此之间还亲密到形影不离，但我们绝对属于完全不同的两种人。

刚开始认识何勇的时候，他洪亮而中气十足的嗓门，大开大合的手势，虎头虎脑的外表，不计后果的做事风格，很容易给人造成一种错觉。我认为他仅仅只是一个有勇无谋的粗野匹夫。

但他不是，绝对不是！

2004年还是2005年的时候，一位和我关系匪浅的已经退出江湖的大哥在喝得有些醉意之后和我有过这样一段对话：

“呵呵，义色，我不怕哪个，但是我不想惹的人有，不太多，你算一个。”

“哈哈哈，大哥，你就喜欢开玩笑。我算什么？你莫说这些。”

“还有一个是廖光惠。”

“哦，我就猜到有他。何勇也是？”

“如果要我得罪人，除了廖光惠，我宁可得罪其他任何人，包括你，我也不会去得罪何勇。”

我几乎全程见证了这位大哥曾经的风光，也完全了解此人手段的厉害。一个可以让他说出这种话的人，我只能想到两个字来形容：危险！

何勇的确是个危险的人。

那天晚上的故事，就是一个很好的证明。在社会上，普通人如果急着要用钱，能想的办法也许不会很多，但肯定是有的。黑道大哥急着用钱，能想的办法就非常多了。可如果一个还不算大哥的小流子急着要用钱的话，办法通常只有两个。

第一个，靠脸，比如去借。这个成功率不高，可风险相对也低些。那天的我选择了这个。

第二个，靠刀，比如去抢。这个风险非常高，尸横当场、久蹲苦牢都是可以预期的。可是一旦成功，也不会拖泥带水，留下后患。

那天晚上，何勇选择了后者。

我中午时分出门之后，在何勇的世界里就杳无音信、消失无踪。

一直坐在家里等消息，从天亮坐到天黑，再从天黑坐到深更半夜的何勇心底火烧火燎。明天，皮铁明那边就要交钱；我去借钱，钱没有借来，人也没了消息。他越想越不安心，他的情绪也直接影响到了同样等在一旁的其他几人，就连最沉稳的夏冬都开始在屋内走来走去。

巧合的是，就在这时，一个最不应该来的人来了——皮铁明。

皮铁明委靡不振，垂头丧气，一进门就如同交代临终遗言般絮絮叨叨地和其他人说个不停。何勇心里倍感煎熬，在场的每一个人都从他的身上察觉到了一股浓烈的急躁。

看着说得口干舌燥的皮铁明喝水润喉，鸭子说："夏冬，我们两个去街上买点酒菜回来，和铁明好生喝顿酒，明天他就吃不到油水哒。"

"这个时候，只怕都关门了，哪里还有酒菜卖哦？"

"不碍事，我们两个骑车去，神人山下头的国道那里不是有两家旅社啊？专门招待那些长途司机的，那里应该还有。一林家离那里没得好远，到时候，刚好也喊他一路过来喝两杯。"

就是这句话如同醍醐灌顶般点醒了何勇。他拦住了想要离去的两人，右手紧紧握住了左手手指，两只手背都因为用力而泛出了些许青白之色。终于等到因激动而不断颤抖的双手慢慢地平静下来，他才缓缓说出了第一句话：“你们晓不晓得，神人山下头的那个春天旅社？是不是每天晚上都有些长途司机在那里打牌、嫖堂客？”

向来极少显山露水的夏冬一反常态，双目精芒闪闪，迎着何勇高深莫测的眼神，将自己的嘴巴张得天大：“何勇，你是、你是想要……”

没等夏冬说完，何勇欣慰地笑了，伸出一只又开始发抖的手，做出了他标志性的习惯动作，像是要斩断些什么般，在虚空中大力一挥，道：“那里有钱。”

何勇的话如同晴天霹雳打在众人心头，大家都明白了。

鸭子双眼圆睁，嘴唇剧烈地颤抖着说：“这，这，这是抢劫！被抓到了要吃花生米（方言，被枪毙）的啊！何勇，这……”

所有人震惊到变色的脸，因为鸭子的这句话更加惨白起来。

不久之前，那场毙人无数、席卷全国的打击车匪路霸运动，没有谁会忘记。九镇上一个叫做黄皮的小子，趁着这场东风一刀杀死了和他有仇的当时九镇的车匪大哥丫头，不但以杀人之罪仅仅判了三年，还因此落下了为民除害的美名。

这些没过去多久的往事怎能让人不感到触目惊心、头发直立？毕竟除了勇猛到有些变态的何勇之外，在座的其他人都还只是一个个刚刚成年的半大小子而已。

但是别忘了，何勇是一个危险的人。只有绝对的聪明才会让人感到危险，没有人会去害怕一个脑瘫。危险的何勇再次挥手打断了所有人的质疑。因为，一个说不清是疯狂的还是天才的，却绝对是天马行空的计划已经在他的脑海中成形。

每个人都等着何勇说话，只有皮铁明胆战心惊、浑身发冷。他万万不曾想到，自己的事情会引发如此危险的局面。鼓起勇气，他如同放连珠炮一般开口说道：“何勇，这么搞，搞不得。这么搞那还不如老子提把刀去剁了科长两父子呢。搞不得！搞不……”

“那你除非把他们两个剁死。不剁死，他们一报官，你也是一样地去坐牢，还坐得久些。剁死了，出了人命案，那也是一样地吃花生米。有什么不同？”

何勇简单的话让皮铁明哑口无言。是啊，那父子两人已经被何勇拿刀砍过一次了，也没有见他们害怕，还趁机敲起了竹杠，再剁几刀又能有什么用呢？

一阵面面相觑之后，夏冬再次发言，他的语气中明显少了之前的那种激动，平和淡然地说：“何勇，我们都是街上的人，每天抬头不见低头见，万一出事哒，哪个不晓得是我们搞的？如果就这么去搞，跟送死也没得区别。”

何勇再一次笑了起来，笑得得意扬扬，胸有成竹。他说：“前几天，桥边头那个木房子里面，开店的周老头被人推开门抢哒，还被甩了两刀。”

众人惊惧交加的心情又被何勇无头无脑的话语打断了，大家一头雾水地看着何勇，一言不发。

“虹桥那边的供销社也被偷了，值夜班的同样被甩了几刀。还有车站那里的杨记南货店，还有……”

在何勇絮絮叨叨的说话声中，夏冬脸上的表情越来越轻松，其他人也渐渐明白了过来。

从1989年开始，九镇突然就冒出了一伙引起相当大轰动的抢匪，几乎已经到了让人谈之色变的程度。他们来去如风，个个都带着黑头套，半夜才开始作案，不管是警察还是流子开的店，只要被他们相中，必抢无疑，下手极为狠毒。

直到1991年因为另外一次偶然事件，那伙劫匪意外被捕之后，各种各样的恐慌与谣言才消停下来。作案的主犯完全出乎人们的意料，是一个住在九镇车站旁边，天天待在家里不怎么出门的姓胡的小子，而他开店的亲外公居然也是他抢劫的受害者之一。

“噗”，一颗黑色的槟榔渣吐到桌面，发出的闷响使大家都看了过来。夏冬拍打着手上残余的细屑，站起身笑着说：“哈哈，你真想得出来。我无所谓，我反正一个人。”

何勇的双眼蓦地圆睁开来，精芒闪动，看着他的兄弟们，说：“你们怎么看？铁不铁我？”

经常听人说四个字：人格魅力。大家都知道，这是个好东西。有了这个东西，奸邪可以变明主，流氓也可做皇叔，但究竟什么是人格魅力？简单来说，人格魅力就是在性格、气质、能力、道德品质等方面具有的很能吸引人的力量。再简单来说，就是鹤立鸡群；更简单来说，就是牛逼。

何勇至少有一样与众不同的特质：胆气。

那天晚上，所有人都被何勇焕发出的人格魅力说服了，包括皮铁明。本来大家不要他去，他却死都要跟着去。后来，他跟我说，他当时只是想到要和兄弟们一起，不能自己的事自己还躲开。他觉得反正冒充了那伙蒙面抢匪，脸蒙着，应该也不会出什么事情。但是，事后他万分后怕地说道：“当时，他们居然没有一个人想到，如果出了事，那么蒙面抢匪犯下的所有案件都会被记在他们身上。”

半个小时之后，他们准备好了一切，在家里守到了凌晨两点多钟，整个九镇完全安静下来之后，才在何勇的安排下，前前后后，分批出了门。何勇与皮铁明是最后一批出门的人，当他们赶到神人山脚下那个事先约定会合的小坡上时，夏冬、北条、鸭子三人早就等在了那里。

顺着山坡往下望去，二三十米之外的春风旅社大门依然开着，里面透出了灯光人影，在四周漆黑的旷野中，它显得如同另一个世界般格格不入。

“他们打牌应该是在二楼，是吧？”何勇看着二楼一个人影憧憧、灯光朦胧的窗口问了一句。

“应该是的，一楼大畅大亮的，再怎么有关系，也不可能有这么大的胆子。”

“那好，我们进去之后，铁明，你守一楼，不许人出去，其他人一起上二楼，进门之后只要有人反抗，直接给他两刀。注意轻重，莫把事搞大了。少说话，要说，尽量说普通话或者市里的话。夏冬，你和北条负责拿钱，鸭子，我们两个盯人。莫贪多，桌面上的收满了马上就走。我们直接上山。哪个都莫等人，直接跑，顺着镇后头的水渠到夏冬屋里碰头。”看着众人脸上露出的紧张表情，何勇又补充了一句非常聪明的话，“不碍事，他们应该不会报警。他们本身都是搞的犯法的事，谁敢报警啊？我们也算是劫富济贫，不怕，走！”

几人飞奔到了春风旅社，刚一进去，空空的大厅里面并没有人，也许是他们走入大厅的脚步声惊动了后面房内的东家，人未见，声先到：“来客哒，来客哒。灵儿，出来接人。来来来，进来坐啊，吃饭住宿，都有都有啊。”

一个浓妆艳抹的四十多岁的女人走了出来。当她几乎是以面对面的距离站在了何勇几人面前的那一刻，双方都呆了几秒，一时之间，甚至连何勇都没有作出任何反应。

隔着面纱，兄弟几人看见了这个女人脸上表情的剧烈反应，由客套的笑容变为惊讶、恐惧，嘴巴慢慢张大，似乎马上就要叫出声来。

就在这个千钧一发的时刻，一个奇怪的外地口音先她一步响了起来：“喊一声，就弄死你！”随着说话声，一把刃口闪着寒芒的菜刀架在了那个女人的脖子上。女人的嘴巴紧紧地闭了起来。

持刀者，夏冬！

何勇说，这是他第一次真正意识到，那个平时礼貌内敛到似乎有些怯懦的少年，还深深隐藏着另外一面。

“看好她，哪个出去就砍！”非常惊异地看了夏冬一眼之后，何勇将女人一把扯过来，朝铁明那边一推，当先冲上了楼梯。

楼上的房间里旅客确实在打牌。几个有些邋遢却面相精明的男人，正大马金刀地围坐在一张圆桌前面打着扑克。周围还有几个穿着土气，分不清年纪的女人靠着他们，嗲声嗲气地打情骂俏，个个脸上都涂了差不多一斤粉。鸭子留在了走廊，何勇和其他两人冲进房里的时候，屋内的人都呆在了那里。

这次何勇没有多言半句，所有人都还没有反应过来，他就已经飞跑过去，一把将离他最近的一个男子的头发抓起，对着手臂就劈了一刀。鲜血喷涌而出，众人惊恐至极地看着他。

何勇拿腔捏调地说：“拿钱，哪个动就杀了他！”

很快，夏冬和北条就将桌上所有的钱放入了早就准备好的袋子里面。三人转身要走，一个一直坐在屋内一角，并没有打牌的年轻人这时站起身，说了一句话，说的是正宗九镇口音：“你晓不晓得这里的老板是哪个？”

何勇回答了他，不是用嘴，而是用刀。他走过去，将那个年轻人按在墙上，一刀就甩了过去，然后他转身离去。那天晚上，他们成功了。

一共抢到了九百五十多元钱，但是加上之前的钱，离三千还差很多。而且，他们真的应该听完那位年轻人说的话。因为，如果他们耐心听完了那些话，他们就会知道那位年轻人口中的老板叫胡力。那么日后，我们也许就不会那么不小心。

“跛爷保长，胡力飞强；唐五一林，猴儿敢闯。”下街胡氏三雄的大哥——胡力。他的钱是抢不得的，无论是谁，你抢他的钱，他就要你的命。

第四章
要想当老大，先学做小弟

唐五的晚宴

听完了他们胆大包天的描述之后，我没有说什么。自己去借钱，钱没有借到，人还没有回来，而现在等着我解决问题的其他人却已经将问题解决了一大半。在这样的情况下，我还能说什么，又怎么说？

满嘴苦涩、虚汗直冒的我默默地坐在那里很久很久，脑袋飞快地过了一遍这件事可以带来的所有生离死别之后，才心有余悸地抬起头对着面前几张颇有些得瑟嚣张的面孔说：“这件事对哪个都不要讲。记着，随便哪个。”

每个人都点了头。他们点头不是为了敷衍我，他们是真心的。因为，当他们点头的时候，都忘记了一个人，一个他们想当然地并没有列入我方才所说的“哪个”里的人。

包括我在内，我们当时都没有注意到这一个小小的漏洞。直到一年多之后，漏洞变成了黑洞，死神从里面飞扑而至，夺走了一个年轻鲜活的生命，才让我们体会到了什么是刻骨铭心的后悔。

上午，一通宵没有休息好的几个人都回家睡觉了，只有我陪着皮铁明，带着去掉了零头之后的两千元钱，一起去了那位科长的办公室。中途数次拉开实在忍不住想要打科长的皮铁明，再赔尽了好话，那位科长终于答应宽限三天。

三天之后，剩下的一千元一定要送来，不然绝对报官。日子宽限了，但是石头依然压在心底。

三天搞到一千元，对于那个年代的我们来说，这几乎是一个不可能完成的任务。

何勇与鸭子坚持再去抢一次，夏冬苦苦相劝，几人拉扯了半天。实在看得心烦，我说了这么句话："那我们干脆去当抢劫犯算哒。今后只要没钱哒都可以去抢。"

大家不再言语。

抢不行，只有去借了，可是找谁去借呢？谁又会借？人都是被逼出来的，冥思苦想下，我终于想到了一个人——唐五。

自从我坐牢以后，唐五对我的态度就变得非常奇怪，不但托人给我送了几次烟，甚至还专门去看了我一趟，带给我一台日本松下袖珍收录机，说让我在牢里解闷用。那是一个能买起台式收录机的人都不多的年代，这无疑是一份天大的礼。我当然不肯收下来，甚至搬出了如果被发现私藏了这些东西要加刑的理由。其实，我不收的道理很简单。当时的我虽然年纪小，却也不笨。当他与夏冬一起来看我之后，我就已经想通了唐五为什么突然对我这么好。

坐牢之前，曾于某次闲聊中，我就听一林无意中说过，他哥哥现在在做一些大事，如果做好了，就真的会发财。

所以，我想唐五是需要用人，而砍闯波儿这件事让他看上了我。

我出来之后，唐五也请我吃过几次饭，话语中若有若无地表露出来的意思，也更加让我坚信了这点。

我却一直没有表态。

当夏冬被砍的那一晚，唐五一句不问，丢下我们，直接从医院带走了一林的记忆，始终留在我的心头。我觉得这个人实在是太精明了，精明过头的人往往都靠不住。而且，在我心底的最深处，我从来都没有想过要靠任何人，就算自己现在打流了，那也要做真正的大哥！

唐五是个不错的人，我不好当面拒绝他。可是“拿人手短，吃人嘴软”这句话，父母从小就教给我听。无缘无故，我也不想欠他太多。

现在，为了皮铁明，已经走投无路的我只能去求唐五。

我并没有自己去求唐五，我要唐五自己来找我。

我已经算准了唐五会接这一招，因为他有贪念。他一直都想要我跟着他，这就是他的贪念，也是唯一可以让我利用的地方。何况，就算他完全不上钩，我再主动登门恳求也不迟。

思忖周全之后，我故意叫上鸭子一起，找到了一林。某些方面，一林和何勇很像，他们都很直接、都很狂妄。但他们最不同的地方是，一林比何勇更加简单，简单得有些单纯。

比如，他更喜欢在人多的时候充大，人越多他越是义薄云天。

于是，几杯酒下肚的过程中，我尽量不着痕迹地诱使着鸭子对一林说出了所有一切，而我自己却极少发言，扮演了一个爱莫能助、身在局外的人。

鸭子的忧愁让一林感叹，我这个毫无办法，有心无力的“局外人”则越发激起了一林想要充当能够为兄弟分忧的角色的欲望。

不出所料，鸭子的话刚落音，一林脸上就露出了常见的那种不以为然的笑意。他轻轻将手里的酒杯放下，嘴角一撇，发出了“切”的一声，说：“老子还以为什么麻皮事，就是千把块钱吵，要人死啊？”

鸭子眼睛一亮，看着一林，问道：“一林，你有啊？”

这一问把一林问得一愣一呆，他脸色微变，立刻又恢复原样，有些心虚地移开自己始终与鸭子对视的目光，道：“哦，这个，这几天手上确实没钱，呵呵，这几天，在县里搞了一个女伢儿，钱用多了点，袋里不是蛮活泛，呵呵。”

在一林略带尴尬的笑意里，鸭子眼中的亮光开始黯淡。观察着眼前的一切，我心中却开始笑了起来。我知道，一林肯定没钱，这个我早就想到了，天天不做事，只是到处玩的人，他能有多少钱？不过，我同样也知道，鸭子现在所表露出的神情就像是武林中失传已久的绝世春药“我爱一条柴”，一定会让一林勃起。

“你怕什么，我这几天没有，不要紧吵。今天回去就给我老哥说一声，他有吵。千把块钱，还是个大事哦？喝酒，放心，帮你搞好。”

鸭子还是半信半疑。

我的脸上也依旧是一副苦大仇深的模样，但是我的内心已经开怀大笑了起来。现在油已经倒下，我只需要点燃最后那一丝火苗了。

叹了口气，抢在鸭子之前，我说：“一林，也不是不信你。不过，你想吵，你哥哥和你不同，他是搞大事的人，我们是小麻皮，我和你哥哥的关系又不像你我之间的关系那么好，千把块钱也不是小数。他就一定会借吗？凭什么借？”

“放心咯，没得事，义杰，你安心喝酒，我保证帮你借到，他不借，老子去找保长借，未必保长不借啊？没得问题。”

“保长，那就越发不好说了，认都不认得，我们也不晓得什么时候能还，拖久了又有麻烦，还不好说些。这样，一林，你给你哥说，就说我私人借的。反正过段时间，我还可以找我大哥、二哥拿点钱，铁明实在是没得钱。你就说我借的，看要不要得？”

话已至此，无需再继续多言，我只是想让唐五知道是我姚义杰现在需要向他开口借钱，我想这个目的已经完全达到了。我真真正正痛快地喝了起来。

事后，唐五没有找我，他将钱交给了鸭子。唐五把钱给他的时候，问了他几句话：“呵呵，鸭子，到底是姚义杰个人还我，还是铁明和他一起还？不好意思啊，一千块钱，不是个小数，我当老哥的不是不相信你们，我只是要问清楚哈。”

“五哥，还钱的事，你放心，我跟你这么久了，你晓得我的为人。再说，不只是姚义杰和铁明，我、何勇、北条、夏冬，你随便找哪一个还都要得，绝对不会黑你的良心。”

唐五听到鸭子的话之后，眉毛轻轻扬了扬，说：“那好，你先等下。我到银行取钱哒。”

“好。”

鸭子说，当时唐五扬眉毛的动作非常奇怪，让他记忆犹新，却想不通到底是什么意思。

多年之后，他想通了，因为就是那两道眉毛简单一扬所带来的风云变幻，导致他变成了日后那个谨慎聪明却也焦虑痛苦的人。

我没有失落，我知道，唐五一定会找上门来。

我更加清楚地发现，唐五的确是个精明到可怕的人。当我的饵撒到他嘴边之后，他就像是一条饿极的大鱼，一口吞下，连一点收回的余地都不给我。

第二天，唐五找到了我。我记得那天天色很阴，乌云盖顶，却无雨。我不喜欢这样的天气，就如同我不喜欢平淡压抑的人生。下雨就是下雨，天晴就是天晴，生就生得痛快，死就死得其所，这才是我喜欢的风格。没想到，真的面对唐五时，我却违背了自己的喜好，变得有些优柔寡断起来。

九镇河边有一家60年代建起来的国营大饭店，现在已经停业了，被以前在大饭店上班的一个常姓服务员租下，开起了九镇的第一所私人餐馆。

唐五请我在那里吃饭。吃饭的过程中，我们都看见了店主的小孩，一个沉默寡言的被唤作“乐儿”的男伢儿，有趣的是，当时的我们没想到，十年之后，这个伢儿的名字会响彻江湖，那时，人们叫他常鹰。

唐五和他的弟弟一林一样，也是一个直爽的人，直爽得犀利。没有丝毫的客套，喝了第一杯酒之后，他问我：“义杰，听一林讲，钱是你来还吧？”

这样的开门见山显然已经出乎我的意料，我不由自主地点了点头。

“你具体什么时候还？”

我尴尬之极，答不出来。

唐五笑了起来，他说：“哈哈，义杰，不碍事，老哥也不是不相信你。就是这么一问，你而今也没有做事赚钱，等你有了再说吧。还不还都没得好大的关系，也不是很多钱，记得老哥的好就作数了。”

一改之前的直爽，唐五连语气都变得温情起来，这让我松了一口气，也让我的心底不知不觉地涌起了一种不服气的心理。

“五哥，钱绝对要还。你帮了这么大忙，我们兄弟没得出息，但是这么多人，一千块钱怎么都还是会凑齐的。”

唐五的笑容再次收了起来，虽然不再是之前那样毫不客套的严肃，但是没有一丝情感流露的木然更加让我忐忑。他直愣愣地盯了我几秒，喝了一口酒，又停了几秒，才说：“义杰，你莫嫌老哥说话不好听啊。我今天就说句直话，怎么还？义杰，你告诉我怎么还？天上掉钱还是地上长钱等你去捡？”

我脸颊一阵滚烫，烫得我有些愤怒。我想要争辩，话到嘴边，却说不出口，对于一个刚刚帮了你大忙的人，无论他是出于什么目的来刺激你，你都没有任何资格对他表达愤怒。这就是所谓的拿人手短，吃人嘴软。

唐五的脸再次缓和了下来，没有一丝突兀的感觉，就像是一个获得了多次最佳男主角奖的老戏骨，是那么真诚且自然。他说：“我不是看不起你，但是这个社会，搞个钱不容易，不是嘴巴硬就可以搞到钱。老哥比你痴长几岁，当你是自己的弟弟，劝你一句：年轻人还是要搞些事。我以前想你们几个都跟着我呢，但是打打杀杀这些事万一害到你们也不好，所以也没有强求。不过，事，你还是要搞的，没得哪个天天玩，玩发财的。你说是不是？”

又是一番金玉良言，我已经彻底糊涂了，我点了点头。

接着，唐五给我说出了一个赚钱的提议：“我最近有个正事，想和朋友合伙一起收橘子、桃子这些农副产品，卖到北方。你和他们几个商量下，你们自己看，搞不搞。我反正也要请人，如果你们搞的话，这一千块钱就当是我先开的工资，到时候生意出来哒，再多退少补。你们个人看。”

我警觉了起来，暗自想了又想所有的一切，却也实在想不出任何不对的地方。我隐隐觉得自己落入了一个可能并不存在的陷阱之中，但是，有什么办法呢？这个世界上的东西，你拿了，就要还。

只是在我的心底某处，总是有一个声音在劝阻着我，要我拒绝。

左右为难之下，我准备给唐五说，需要仔细考虑下。话还没出口，却看见饭店门口进来了一个人，这个人从出现到离开总共也不过两三分钟。但正是这两三分钟，让我打消了一切的顾虑，让我做出了那个改变了我一生的选择。

老梁

九镇历来除了盛产流子之外，也多酒鬼，比如，我的邻居老梁。老梁看着我长大，他堪称是我所居住的这条巷子里面最为与众不同的一个人。他的与众不同源自他的父亲。

老梁的父亲就很有学问。很小，他就跟着九镇的一位老夫子学习四书五经，埋首孔儒之学；年少时，他考进了湖南长沙一所外国人所创立的西式学堂，后来又去了当时开风气之先的广州读书，是九镇历史上第一个穿着西服、抽着纸卷烟在新码头逛街的人。

他精通英法德三国语言，据说还曾经因为翻译过法国一位很有名的哲学家的著作而引起轰动。只可惜，他生不逢时，百般困苦之下，于60年代郁郁而终。

老梁继承了他父亲的聪明，听街坊邻居闲聊时说过，在很小的时候，老梁就已经被九镇人公认为天才，无论什么书，他一学就会，过目不忘，倒背如流。

我和两个哥哥一起还亲眼见过老梁手提毛笔，倒着写出一首宋词，笔法龙飞凤舞，就连我这个对于书法一无所知的人，也能隐约看出其中的精妙所在。

长大之后，老梁没有变成光宗耀祖，让全九镇都为之自豪的人物，他变成了一个锁匠。由于家庭成份，政府不允许他继续上高中，他心安理得地做起了锁匠。

手工艺人也能成为大师，比如米开朗基罗。以老梁的聪明才智，他若专心钻研进这一行，也许今天，他依旧能够过得很好。只可惜，他太过聪明，聪明到过早地看透了一切，他的父亲年轻时至少风光过，而他的一生却是碌碌无为。

他的技术确实一直在进步，随着时代的发展，他从最初只修锁，变成了修缝纫机、自行车、手表、电视机、摩托车、气枪、录音机、雨伞、铁锅……在我印象中，他几乎全能。可是，他不喜欢这样的生活。他连房子都懒得打扫，鸡笼和他的床就摆在一个房间里。每天起来，他就搬一把凳子，坐在家门前，边晒太阳边看着不知道从何处弄来的我永远都看不懂的线装书。

看完之后，他就喝酒，喝到兴起之时，他不是唱戏就是摇头晃脑地念着诗词，或者是给我们这条街上的小伢儿们讲故事。只有在没酒喝的时候，他才会用扁担挑着他的修理摊，来到农贸市场前面，去做生意。

他的脾气也很怪异，没有什么人情味。除了会对着小伢儿们笑一笑之外，他很少给人打招呼。当然，他也不会去惹人，但是无论左邻右舍，曾经多么亲近的人，只要有什么事做得让他看不顺眼了，他一定会冷嘲热讽甚至破口大骂，从来不留任何情面。

嫌贫爱富本来就是人的天性，再加上这一些缘由，我们这条街上的人多少都有些讨厌他、看不起他、嫌弃他。他不以为意，每日照样过着自己的生活，雷打不动。

读初中的时候，我曾经问过他，为什么要这样过，为什么不努力工作，过好一点。他用很重的九镇口音说了一句话。这是一种我没有听过的语言，让我记忆深刻。他的表情奇特怪异，好像有些愤怒，更多的却是不屑。

我问他说的什么，他告诉我，说这句话的人叫做“杀死鸡鸭”。这句话的意思是：“事物的好坏在于你怎么去看待。”我不懂，也觉得无趣，远远不如他说的罗成、杨家将、呼延庆那么吸引人。后来，我知道了，“杀死鸡鸭”的真名叫做莎士比亚，老梁说的是一种很遥远的“方言”，叫做英语。

未老先衰的老梁弯着背，胡子拉碴地从饭店门口走进来的时候，他并没有看到我。他的目光专注而热烈，如同看着一个最美丽的情人，含情脉脉地望向了围着围裙正在为客人煮牛肉粉的常老板。

“常老板，在忙啊？哈哈，发财啊。”老梁史无前例的柔和语调让我大吃一惊，我打消了与他打招呼的念头。

“嗯。”常老板眼皮都没有抬，手持锅铲飞快地在锅中翻动，鼻子里发出了不冷不热的哼声。水汽升腾中，远远看去，只见他手臂上油乎乎的两只袖套，如同蛟龙，一伸一探，颇有奇趣。

“你认得这个人啊？”身边传来了唐五的声音。

“啊，是，就住我隔壁。”

“常老板，搞三块钱的酒喝哈。哎，你忙你的咯，我自己来，自己来就要得哒。”老梁脸上的笑意更甚，边说边快走两步，抓起了常老板身边的酒缸盖子。

“啪！”一声大响。

“你搞什么麻皮啊？你21号还差我五块钱，带来了没有？你真的是，一把年纪哒，搞事怎么这么没得板眼？莫搞，老子不做生意哒？都学你这么回回赊账，那还开什么饭店？老子要你莫搞啊！”常老板也顾不上锅里面的粉，一手按着酒缸盖子，一手飞快地扒着老梁的手臂，满脸通红，呵斥的声音也越来越大。

饭店里顿时安静了下来，所有人都望着他们。

从后面看去，老梁的背脊更加弯曲，邋遢的外套下摆泛着油光，三十多岁的人看上去与六七十岁没有太大的区别。

“常老板，我迟是迟一些，可每回又不是没还钱，这两天屋里有事，没有出去摆摊子。三号就逢场了，逢场的生意都好，我三号把八块钱一起给你送来要不要得？帮个忙。”老梁的身影和声音在那一刻都显得如此的卑微。往日读书的闲散、写字的潇洒、看人的傲气、骂人的不羁统统都消失不见。

我站起身来，走了过去，说：“梁叔，过来买酒啊。常老板，你给他打三块钱的咯，等下我来结账。”

我拍了拍老梁的肩膀，交代着对面的常老板。没想到，转过头来的那一刻，我看见老梁的脸色刷地变得通红，然后就是一片青色，如同一只看到猫的老鼠，畏畏缩缩，惊恐不已。

老梁没有说话，常老板也还是一动不动。我对着老梁尽量自然地笑了一下，又交代了常老板一声。这时，老梁才仿佛清醒过来，我感到手掌下那只瘦削的肩膀猛然一震，老梁几乎是跳着离开了我的身边，一把拎起旁边装酒的空壶，转头就走，边走嘴里边说："不赊就算哒，不赊就算哒。过几天再买，我先走哒，先走哒。"

我一把扯住了老梁："梁叔，真的不碍事，三块钱吵。又没得好多，我帮你买咯，你莫客气哒。"

老梁猛烈地挣扎着，却不得脱。

"老梁，算哒，我怕你哒，来来来，三块钱的是吧？你三号做生意哒，一定要给我啊。哎呀，我真是欠你的。"常老板是个厚道的人，也许老梁此刻在我手上挣扎的模样让他起了恻隐之心。隔着木台，常老板拿过了老梁手里的空壶，装上酒，再递给他。

老梁不接。

"你还充什么硬气啊？快点吵。我锅里的粉煮烂哒，你快点啊，老子还有事要搞啊！老子不收这个后生的钱，你个人三号给我就是了。"

在常老板又开始急躁起来的声音中，老梁伸出手接住了酒壶。扭过头，老梁将手里的酒壶晃了晃，对着我一笑，笑得有些尴尬，却也掩饰不住眼里的满足之情："杰伢儿，呵呵，我先回去喝酒去哒，你慢慢吃，就不麻烦你哒啊。搭帮你，搭帮你。常老板，我三号给你送钱过来。"

说完，他转头离开。

这是我第一次听到老梁给人说谢谢，也是唯一一次。

人生到底是什么？为的又是什么？在这条漫长的旅途上，人又应该怎么去活？站在饭店门口，看着老梁背影的那一瞬间，一种莫名的悲伤从头至脚淹没了我。

在自己家里凛然出世的老梁，在饭店却变得那样渺小与卑微，仅仅只是为了一壶酒。也许每个人都有着自己的价格，都有着自己唯一向往的梦。那一刻，我决定了自己的选择。我不想在任何时候、任何地点过上如同老梁此刻一般的生活。

打流，为人所不齿。那又如何？这个世界，人们不会因为你的过程而轻视或仰看，人们关注的只是你最后成为的那个人。

“五哥，你看什么时候开始上班？”

说这句话的时候，我感到了一阵轻松。唐五并没有因为我的话而表露出半分惊奇，他只是笑了，像是一个看着儿子成长的父亲。

在与唐五分手之前，唐五好像突然想起什么，叫住了我：“哦，义杰，给你说吵。八宝的那件事，不要紧，我帮你给悟空说一声，你是我的老弟，这点小事，不碍事的啊。你放宽心就是。”

我点点头，转身离去。走在路上，我想，老弟的意思和小弟、马仔是不是有什么不同？如果今天我没有跟他的话，悟空是不是又能毫无顾忌地砍我一根指头呢？

踏进家门前，看见隔壁的老梁正在悠然自得地喝酒。刹那间，心底所有念头都化成了一句话，这句话的出现也让一切都变得云淡风轻，无关紧要。

“事物的好坏在于你怎么去看待。”万事本无对错，只有你我。

2007年，老梁因病早逝，享年五十有七。

事后多年，回想起来，我确实在那天成长，不过，离成熟还有着一段遥远的距离。比如，我压根都没有留意到，在整件事中，有一个出现在了唐五话中，却被他刻意淡化掉了的人——那位与唐五合作想要做收购水果生意的朋友。

不久之后，我知道了那个人，他来自九镇所属的市区，他的名字叫李杰。

低调的秦三

整件事情因皮铁明而起，我做出了打流的选择，他做不到让我一个人承担；夏冬对我向来都是言听计从，他本身也没有其他的谋生之计，自然而然，没有二话；北条原本有着一份正当职业，而且他所做的行当还和唐五的构想有异曲同工之妙——偶尔他会跟着他的母亲一起到十字路口摆摆水果摊。当从我口中得知唐五的计划之后，在批发水果和零售水果之间，他利落地选择了和我一起搞批发。在早已入门的何勇、鸭子两人兴奋的欢呼中，剩下的所有人都与我一起，拜在唐五的门下，天天跟在他的屁股后头，正式开始了打流的生活。

老梁的事情对我刺激太深，接下来很多天里，我都忘不了老梁离开饭店时的背影。我怎么都想不到在我的印象中那个如坚果一样倔强高傲的老梁，居然会在一壶酒的诱惑之下变得那般落魄不堪。

我真的不想变成那个样子。只不过，年轻人的天性总是热情而善变。随着全新生活的开始，老梁的背影开始慢慢地在我的世界里面退去。他给我带来的莫名惆怅也被我鲁莽地掩埋在心底深处某个地方。

那是一段荒唐的日子，也是我脑海中关于快乐的最后记忆。那段时间，唐五对我们非常地亲热，无论何时何地，只要我们兄弟出现在他的面前，他一定是满脸笑意，和蔼可亲。但是，他对其他的手下就完全不同了。

比如秦三。

秦三不是九镇人，他来自乡下，已经跟着唐五一起混了四五年。秦三很听唐五的话，就像是一个懂事的儿子对待一位强横威严的父亲。我有一次亲眼看见，在唐五打牌的时候，秦三就恭恭敬敬地坐在他后面，干巴巴地守了一个通宵。可是唐五却很少对秦三笑，连闲话都不怎么和他说，整日就是那副冷冰冰的样子，面无表情地指使秦三做事。

次数多了，唐五这样差别很大的态度让我们每个人心底都慢慢产生了一种想法，我们普遍觉得自己比秦三更强，更受到唐五的重视和信任。让我奇怪的是，秦三对此却没有表露丝毫不满，好像对此已经习以为常。

有了唐五这个靠山，再加上之前砍闯波儿、打八宝两件事情获得的名气，我在九镇道上的地位显著提升。当时的我毕竟还年轻，得志之后难免有些轻狂，极度膨胀之下，也说了一些不该说的话，做了一些不该做的事。日子就这样浑浑噩噩、毫无目的却也无忧无虑地过着。

其实，现在的我经常想，如果我当初就按照这个轨迹走下去，最后很可能会变成那种街头巷尾随处可见，身上没有一毛钱，却依然敢嚣张跋扈、装腔作势的小流子。真是那样的话，只要现在的我还没死，那就很有可能已经因为坐牢或者贫困等外在的原因而厌倦了江湖，我也许没有现在这样有钱，过不了现在这样的日子，但至少我还可以拥有生活，如同平常人一样光明正大地生活。只可惜，我没有得到这样的机会。

在跟了唐五两三个星期之后，一件事情让我从最初那种毫无目的的状态中清醒过来，也让我对自己的人生做出了第一次规划。

唐五有一个当木匠的朋友。去年，九镇林业站的一个人准备结婚，在木匠那里订了一套家具，此人的女朋友就经常到木匠店里来监工。结果，家具还没做完，那个女人就已经和木匠滚上了床。后来，事情暴露，林业站的人好像有几个道上的朋友，一伙人拿着铁棍就进了木匠家，把他的一只手打成了骨折，家具拿走了，工钱也不开。木匠告到了九镇法庭，最后判决林业站的人赔偿他1700元钱。判决书下来了，林业站的人却不给钱，还找了什么关系，法院也不愿意强制执行。

没有办法，木匠只好找到唐五，唐五交代我们去把钱收回来。

我和铁明进门的时候，那个人正在和朋友打牌。当我们说明来意之后，打牌的五个人都站了起来，然后，一把扑克就铺天盖地地摔在了我脸上，他要我们滚。

我扭头就走，并不是害怕，而是我知道两个打不过五个，我去叫人，叫上何勇、一林、夏冬、北条、鸭子。我们拿上家伙就要出门，唐五却赶到了。他拦住了我们，转头对着秦三说了这么一句话：“老三，你去把钱收回来，最好莫搞事。那个家伙认得保长。”

在我很不服气的反对声中，秦三也不争辩，点点头，扬长而去。

半个小时之后，秦三回来了，身后跟着林业站的那个人。一进门，那人故作豪爽地大声笑着，讪讪地扭头看了看我和铁明：“哈哈，今朝是大水冲到龙王庙啊。五哥，你而今又收了这么两个小兄弟啊，我实在也不晓得。而今你也清楚，好多小流子打起你们这些老板的名号到处调皮，我开始还以为这两个小兄弟是冒牌货。呵呵，后生，得罪哒，莫见怪啊。一回生二回熟，看得起我，今后就是朋友啊。”

说完之后，他恭恭敬敬地将一沓钱放在了唐五面前，刻意地瞟了秦三一眼之后，说：“五哥，你早说吵。晓得是你插手哒，就不这么麻烦了。还要三哥专门跑一趟，呵呵。”

“哈哈，你还认得老三啊，认得就好，认得就好。”唐五笑得居心叵测，一旁的秦三却目不斜视，不笑，也不说话。

皮铁明是个厚道的人，虽然心里不快，但是别人当面道歉之下，他还是忍不住说：“不碍事，你是五哥的朋友，那就算哒。”

我没有作声，因为我在想一件刚刚看明白的事情：我们搞不定的事，唐五才交代秦三出马；我们收不到的钱，秦三能收到。这说明，无论是在唐五心底还是外人眼中，秦三才是那个更值得信任、更有能力的人。秦三才有资格代表唐五。而唐五对我们的亲热，仅仅只是像一个掌握千军的将帅对士兵的和颜悦色。因为彼此差距太大，这样做，别人只会觉得你和蔼可亲，没有架子，你会得到名声和人心。

可军官不同，将帅对待军官通常都非常严厉。因为军官手里也掌握了兵权，他才是将帅决胜千里的真正支柱。军官对将帅除了尊敬之外，更重要的是畏惧，上下级之间的那种不可逾越的畏惧。从另外一个角度来说，将军对军官越严厉才越证明你是我的自己人。当我想通了这点之后，我再也无法继续过着那种狐假虎威、狗仗人势的生活。我不想在任何人的面前变成“老梁”，就算在唐五的面前也不行。

所以，我决定了自己的第一步：在当上“元帅”之前，我要成为“军官”。

我已经是一个坏人

如果一个人想要成功，其实很简单，只需要记住三点：第一，你需要什么？第二，谁能帮你？第三，帮你的那个人需要什么？

懂了这三点，你离成功就不算太远了。

对于唐五马上要开张的收购生意，我原本并不是太上心。我认为无论自己做得好与坏，拿到手的也只不过是唐五答应给我的那笔工资，其他一切与我并没有太大的关系。

但是，现在不同了，我想要成为一个“军官”，能帮我的人是唐五，而唐五目前最想要的就是收购生意。

帮他就是帮自己！

在唐五的收购站开张之前，九镇市面上已经有了两家收购站。

比较大的一家是一帮市里人开的，已经营业了两个多月。他们将自己的收购点设在了九镇粮站的旁边，挂了一张硬壳纸做的简易招牌，上面如同鬼画符一般用毛笔写着几个潦草大字——“XX市XX食品加工厂水果收购站”。

他们的收购价格比九镇粮站要高出几分。所以，自从开业以来，九镇周围的果农们都蜂拥而至。每天晚上都可以看见很多辆卡车空着车厢从市内方向开来，然后满载水果，又往市内方向开去。

另外一家，是由九镇本地一个姓袁的人开的，在粮站对面五十米左右处的食品公司的一个门面里面。

一个人吃粑粑，总比一群人吃得多。我已经在心里设想过帮唐五挤掉这两家站点，但是我根本就不知道怎么做，直到那一天。

那是唐五收购站的手续已经完全办齐，开业之前十来天的样子，我打完台球回家，在十字路口刚好遇上了从市里办完事回来的唐五，于是，两人结伴而行。

从十字路口回我们各自的家，只有一条路，就是粮站门前的那条。

所以，我们先后经过了两家收购站。在路过本地人开的那家时，唐五虽然瞟了几眼，却也好像没有过多留意。

但是，当我们走到粮站门口时，我注意到唐五的眼神始终一瞬不瞬地盯着那帮忙碌的市里人，连与我闲聊都有些心不在焉。

我隐约察觉到了某些东西，于是，我试探着说："五哥，这帮市里佬聪明得很啦，我们自己的生意都还没有做起来，他们就过来抢钱来了。我们这些小地方的人啊，动脑壳还真是动不赢这些市里佬。"

"哼！"唐五的目光没有收回，也没有说话，只是下意识地从鼻孔里面发出了一声闷哼。哼声很小，几不可闻。我满心期待着唐五接下来会直截了当地给我说点什么，可是已经快要走到通向我家的岔口了，他却还是一言不发。

我知道，可能我需要主动点了。深吸一口气，压下了慌乱不已的心跳，我拿出烟，递给唐五一支，帮他点燃之后，尽量试着让自己语气显得轻松自然，我说："五哥，你的生意也要开张了，九镇本来就只有这么大，这么多人搞这个生意。万一生意不好，怎么搞啊？"

唐五的烟头突然一下黯淡了下来。大概过了只有半秒的时间，他扭过头来看向了我，两颗眸子闪闪发光，意味深长。

我不说话，也看着他。唐五移开了自己的目光，说："呵呵，义杰，那你看怎么搞呢？这个生意，还不是只有看运气，有什么办法？"

一时听不懂他话里的真实含义，左右为难之下，我没有搭腔。

唐五吸了口烟，又等了几秒之后，才回转过头看着我，说了一句话："哎呀，我要是年轻几岁，只打流的话，这件事也好办了，而今要做生意，天天搞那些事就不行哒哦。"

我恍然大悟，明白了过来，也不再试探，直接开口说道："五哥，这件事，我来办！"

唐五望着我，目光专注而认真，好像还带点调皮之色，表情却并没有太大的变化。几秒之后，他伸出手，拍拍我的肩膀，打了个哈哈，转身离去。

得到唐五的首肯之后，我做好了向市里人开刀的准备。我觉得与九镇袁老板的小生意相比，架势更大的市里人应该是唐五最想要挤掉的一方。没想到的是，第二天秦三专门找到了我。他用一贯客气的语调，非常巧妙地向我透露了一个信息：如果要办事，九镇袁老板将会是更好的选择。

换做是十天之前，秦三的话我不会放在心上，但是现在不同了。虽然我觉得有些奇怪，却也没有继续追问。我明白，此刻的秦三不仅仅是秦三，他还是唐五。他口里说出的意思就是唐五不说的心思。

所以，我选择面带微笑地遵从。

有了明确的目标，我开始安排铁明、夏冬、北条去调查袁老板的一切信息。我殚精竭虑地思考着如何打响在唐五手下的第一炮。

唐五说了，他现在是生意人，有些事情，街里街坊的，他已经不好直接去办。这句话就是告诉我，我和他不同，我最多也只是当年的唐五，一个刚出道的小流子而已。打赤脚的从来就不用怕穿鞋的，我没有任何顾忌，我准备明刀明枪地办人。最差的结果就是跑路，但总有一天我会回来，但得到了唐五的帮助，对我今后却是益处多多。

当天晚上，夏冬他们三个人到我家给我说袁老板的情况时，北条无意中提起了一件事。这件事让我全盘推翻了之前准备好的险招，我想出了一个更好的计划。

北条告诉我，袁老板有一个在当时来说很特别的隐私。

他嫖堂客。

当时的九镇有一家“香港发廊”，发廊的老板是一个来自九镇附近乡下的二十七八岁的女人。她在广州某处给别人剪了几年头发，回来后就在九镇做起了自己的生意。

虽然店铺名头吓人，但她的理发手艺却不咋的。我出狱之后就在那里理了发，理完之后，我还是觉得狱警剪的光头让我看起来更帅一些。

手艺不行，生意应该也就不好。可是，“香港发廊”的生意火爆得不得了，而且捧场的大都是九镇上有点小钱的男人。理由很简单，这个女人除了给人剪头之外，暗地里还做另外一门生意，给人洗头，洗小头。其中一个很喜欢找她洗小头的顾客就是袁老板，他们之间已经建立起了长期供求关系。

而北条之所以知道这些，是因为他也是这个女人的顾客之一，他深得这个女人的喜欢。

这些话落到夏冬、皮铁明乃至述说者北条的耳中，仅仅只是一条带着些许肮脏与原始刺激的艳闻而已，但是于我而言，却无疑是当头棒喝、醍醐灌顶，让我听出了一片新天地。

在中国，对于一个人的最高审判，不是法律也不是神，而是道德。

你恨一个人，不用费尽心思去找他犯了什么罪，只要说他如何卑鄙、如何龌龊，你就可以大张旗鼓地搞臭他、整死他。

于是，我想到了一个办袁老板的法子。

我和皮铁明、夏冬暗中跟了袁老板两天。两天之后的晚上十点，几脚踢开那扇并不结实的木门，我们将袁老板堵在了“香港发廊”二楼。

曼妙的呻吟声骤然停止，一间并不温馨的房，一张并不宽大的床，两个一丝不挂的裸体像是两片剖开的生猪肉，摊在我的面前，丑陋中却带着一丝原始的香艳与刺激。我看到了那个女人黝黑的体毛，也看到了袁老板煞白的脸。我们将他们捆了起来，捆在了发廊大门前的电线杆上。在整个过程中，我没有去看他们的眼睛，也强迫自己不去听他们苦苦的哀求。我们故意大声地叫唤着，用道德来审判他们。

然后，我们通知了警察；然后，围观的人越来越多；再然后，我们悄然离开。

第二天，流言漫天飞舞，传遍九镇。在这样严酷的形势之下，袁老板和那个女人一起进了局子。他悲伤的妻子要忙着哭天抢地，要忙着搭救那个负心的死鬼，还要忙着躲避从四面八方飞来的攻击，只好把店子交给手下的一个人管理。

我们在乡下收购了几十斤橘子，送到那个店里，很轻易就找到了一个不够秤的理由，一通乱砸。

我没有让唐五失望，唐五也没有让我为难。最后一步，他站了出来，他派出了秦三。据说，秦三拿了一笔钱送给了袁老板可怜的老婆，让她去打点那些可以解救她老公的各路神仙。

唐五的收购站开业前两天，袁老板的收购站彻底关门。

我成功了，我迈出了我规划的人生的第一步。

因为讨好唐五，一个与我无冤无仇的人就这样变成了牺牲品。他的生活轨迹也许会从此改变，他曾经拥有的一切也许都会离他而去，不再回来。

我已经变成了一个坏人。

卧榻之旁岂容他人鼾睡

摆平袁老板之后，唐五并没有感谢我，甚至都没有正式地称赞过我，就好像这件事从来都不曾发生。这让我颇为失望，有些心灰意懒。

直到收购站正式开业的前一天，唐五突然说晚上请我到他家吃饭。准点到了之后，我才发现参加的人并不多，除了我和皮铁明之外，还有秦三、何勇、一林。

这是我第一次在他家吃饭。

在喝酒的过程中，向来沉稳的唐五显得有些兴奋，不断举杯，话也比平时要多。当时，微醉的他志得意满地长舒一口气之后，说了这么一句话："哈哈，而今就只有一只拦路虎哒。挡着老子发财，妈的，是有些讨嫌。"

听了这句话，所有的失望与不满都烟消云散，在谁也看不见的心底，我在为自己鼓掌欢呼。因为，我明白这句话里面的含义有很多。

在我替他摆平袁老板之前，唐五也一定说过这样有些轻狂的话。但是，他是当着秦三、一林，乃至何勇的面说的，而不是像今天一样当着我的面。

这代表着，现在的我，已经从一个他拉拢的人变成了自己人。

只不过，这还不够。所以，我马上接着说："五哥，那要不还是我来办？”

除了何勇之外，另外三个人都停下了各自手里的动作，看向了我。

唐五大笑了起来，笑得非常开心，他说：“哈哈，不用哒，不用哒。义杰，搭帮你。这件事就不要你搞哒。来，义杰，一直还没有和你喝过酒，老哥今天敬你一杯，今后兄弟们就一起发财啊！”

话到这里，他好像也不愿再继续深说，打了个哈哈之后，向着有些尴尬的我举起了酒杯。

饭后，走出唐五家门之前，秦三专门走到我的面前，递给我一支烟，说：“兄弟，心里没有不舒服吧。哈哈，五哥没得别的意思，他是为你好，市里人和袁老板不同，不是那么容易的，慢慢你就晓得哒。”

这一句话，让我一改之前对于秦三的轻视与疏远，多出了一份好感；也更加让我意识到，秦三就如同唐五一样，并不是一个简单的人。

因为，谈笑间，他厚道地点拨了我：这件事，水很深。同时，他也不着痕迹地提醒了我，我与他地位的差别。

“谢谢你啊，秦哥。”

秦三笑了，一双眼睛在月光的照耀下闪闪放光。

收购站终于开张了，地点设在了市里人摊点的正对面，九镇粮站的另一边，彼此之间的距离只不过是七八米宽的一条街道。

收购站主要管事的人是唐五的一位亲戚，叫老一哥。老一哥非常麻利精明，过秤、收钱、与果农们讨价还价这些事基本上都被他一个人包了。我们几兄弟只是按照唐五的吩咐，每天守在那里，实在忙不过来的时候就帮帮忙，其他的时间只需要打打下手，看看场子。

所以，最初几天，对于生意的具体情况，我并没太多的了解。我只晓得，去对面收购站卖橘子的农民肯定比来我们这边的要多得多。因为，他们那边管事的两人可以从早到晚地忙个不停，而老一哥却经常有时间加入我们的牌局玩两把，或者一起扯淡。

同样地段，两者之间的生意状况却是天壤之别。打着国营单位旗号的市里人，已经抢先一步占据了九镇水果批量收购的大部分市场，他们的品牌已经深入果农的心中。

对收购生意倾注了极大心血的唐五当然不愿就此认输，为了抢生意，他可谓费尽心思。起初，他毫不避讳同行相忌的道理，故意把收购价格订得比市里人高出了一分，并且用一张极其醒目的红纸做了一个广告牌，将价格写在了上面，但收效甚微。

再过了三四天，唐五又重新写了一张红牌，把收购价格再涨高了一分钱，那天老一哥明显忙了起来。可是第二天，就好像是故意作对般，对面收购站牌子上的价格也涨了一分，老一哥又可以清清闲闲地与我们打牌了。

更为奇怪的是，周围其他几个商家和我们见面时会点点头、说说话，他们连半句招呼都没有给我们打过。甚至，我还记得在开业的第一天，他们还明确表示，不允许老一哥将鞭炮摆过街道，说鞭炮屑会把他们的前面弄脏，会影响他们做生意。

而且，在唐五两次涨价之后，市里人的收购站里，突然多出了一些工作人员。新来的那几人都是与我差不多年纪的小青年。闲暇间，彼此偶尔对视，他们看我们的表情中除了带着一种好斗之外，还隐隐有些市里人看乡下人的居高临下。而且，这批人好像很少真的去做收购站的具体事务，与我们几兄弟一样，他们整日都很清闲，三三两两地找个角落坐着，聊天、打牌。

面对这样的状况，别说唐五，就连我这个打工的人，也不免起了一种卧榻之旁岂容他人鼾睡的心态来。

按道理来说，毕竟市里人是外来者，强龙不压地头蛇，办起来应该会比当初的袁老板更加方便。虽然我每天都能感受到唐五心底的焦急与恼火，他却一直都表现得非常克制，好像始终在顾虑着什么东西，并没有一丁点像之前对付袁老板一样，示意我们找点事，硬碰硬地赶走那帮市里人的意思。

虽然唐五没有透露任何的东西给我，但是根据观察到的种种现象再结合之前秦三给我说的话，我认为，这些人的背后也一定有着一帮势力在支持，而且这股势力并不会比唐五弱。目前局势只是彼此之间一种极为脆弱的平衡，而这种平衡总会有被打破的一天。

我已经做好了心理准备，我知道这将又是我的一个机会。我也预想到迟早会与市里人发生一些不好的事情，但是，我还真没有想到这件事情的水会那么深，深到要靠唐五亲自出马摆平，深到会牵扯出日后那两个一前一后掌握了我半辈子命运的人。

35公里外的江湖

我们的生命中，每天都会有无数的偶然发生。当这些随机的偶然连成一串，降落在各自的身上，就组成了这个生动的世界。

当我坐吃等死，拿着唐五每个月发下来的工资虚度着生命的时候，当唐五一筹莫展，眼睁睁看着大把的银子从手边被市里人夺走的时候，我们都想过要改变。但是，我们都不会想到，改变这一切的是某个冬夜，在距九镇35公里之外的我市中心某家饭店大厅里，一个不入流的小混混无意识的一瞥。

这一瞥是个传奇。

因为，它所引发的那些阴险、悍勇、义气、智谋……让它本身就已经成了一个传奇。一个至今仍然流传于我市江湖，无人不知，无人不晓，比起经过艺术加工的电影、小说都毫不逊色的现实传奇。

下文是结合当事者日后的口述与多个版本的传闻而来：

那天很冷。

四个年轻的后生顶着寒风走到了位于我市中心地带某家餐馆的大门前，他们刚刚达成了一笔数目大到足以让他们生活开始改变的生意。

所以，他们准备庆祝一番。

最先进来的是一位二十三四岁的小青年：国字脸上浓眉大眼，再加一个又大又直的鼻子；额头开阔饱满，一眼望去，颇有几分英气；目光凌厉凶狠，颇似斗鸡，配着本就高大健硕的身材，更显得咄咄逼人，一副天神下凡、恶煞降世的模样。不过细看之下，这些许的英气却被那不伦不类的大光头与脖子上用一根红线吊着的大玉牌给完全破坏掉了。

紧随其后的是一个稍微年长，二十七八岁的年轻男子。他个子不高，无论打扮还是长相都非常平凡，就像是街头随处可见的某个路人。

奇怪的是，当这个男子走进饭店的那刻，其他三人无不将手挡在两扇门上，态度恭敬，而这人也并无半点客气之意，神态自如地走进门来。坐在一张靠窗位置上，他们边笑边谈，酒菜上齐之后，其中三人开始举杯向个子最为矮小的男子敬酒。他们谁也没有注意到，喧闹的大厅另一边，饭店的大门再次被人打开。

这次进来的是三个年纪轻轻却尽是油滑之气，一看就是流子的人。

他们选择了靠近楼梯的位置。

点上酒菜之后，这三人当中的一个在无意间巡视大厅的时候，突然看到了另一角上先前进来的那四位，顿时眉毛一扬，凝神片刻，脸色大变，回过头压低声音，向周围同伴说道："哎，你们看，你们看，那边，那边靠窗户的地方。"

其他几人全部都将脑袋偏了过去。

"小心点，莫被发现哒。"

每个人的脸上都出现了一种不敢置信的表情，对视了片刻，大家都将自己的脑袋凑向桌子中心。一阵耳语之后，其中一人站起身来，目不斜视，匆匆开门而去。

饭店里的客人越来越多，人来人往中，没有谁会注意到谁已走开，谁又进来。

先前进门的四人当然也就不曾有丝毫地留意，坐在大厅另外一端楼梯附近的一桌人早就不知何时已悄然而去。

晚上十点多钟，他们终于填饱了肚子，也尽了兴致。那位矮个男子喝得太多，尿意上涌，去了趟厕所，其他三人则在买完单之后，谈笑着先走出了饭店大门。

饭店里面喧闹聒噪、油烟混杂的世界随着大门的关闭蓦然远去。清冷的夜风袭面而至，个子高大、面貌凶狠的年轻人迎着风，无比惬意地伸了一个大大的懒腰，从口袋里面掏出一盒烟，拿起一根，靠在路边栏杆上，点燃。

远处人家训子声、电视机声、汽车鸣笛声等等，随着寒风依稀送到他的耳边。不知想起了什么，昏暗中，年轻人嘴角仿佛露出了一丝讽刺般的冷笑，重重吐出嘴中烟，他抬头看往前方。

街上偶尔路过的归人面色倦怠，步伐匆匆，每个人的身影在路灯的照射下，缩短拉长，犹如鬼魅。

那个年代并没有现在这般丰富多样的夜生活。这个时辰了还在街上的，通常都是些疲于奔命、艰难求生的苦命人。

所以，高个年轻人很快就看到了一个奇怪的现象。

离他们一二十米远的街对面，聚集了黑压压一大帮人。这帮人的神态并不如路人那般的麻木疲惫，亦不像归者那样行色匆匆。

当他望过去的时候，那帮人只是静静地站在那里，齐刷刷抬头看着这边，与他对视。一双双眼眸在夜色闪闪发光，兴奋而又疯狂。

多年来刀口舐血的生活所造就的那种说不清道不明的警惕感，伴随着一股寒意，暴风般席卷了年轻人全身上下每一粒细胞。他下意识地准备招呼另外两位站在身边不远处的同伴，却在同一时间听到了一声震彻长街的大吼传来："龙袍！"

几乎是凭着本能，将手上烟头一扔，他飞快转身，冲入了饭店大门。在他打开大门，顺着门旁买单的柜台，笔直冲入大门对面的厨房时，先前那个矮小男子刚好走出了位于大厅另一端的厕所。本来高个子年轻人发了疯一般风驰电掣的冲过大厅，所引起的动静完全足以引起他的注意。可惜的是，他偏偏没有注意到。

因为，就在他的旁边，一桌人在大声划拳；而他，在低头系着腰间的皮带。

矮个男子嘴角挂着一丝恬静从容的微笑，双手推开了饭店大门。接下来的半秒钟内，他的笑容连带着他的整个人都僵住了。

因为，一幅让他醉意醺然的脑袋还有些反应不过来，却直接震撼到了他内心深处的画面出现在了眼前。

店前方三四米远的街道中心，一扫平日深夜孤寂冷清、月寒人稀的场景，无数人影各自狂奔，大呼小叫，混乱之极。长长的街道靠左端，片刻前还在与自己谈笑自若的两位同伴一前一后，飞快远去。他们身后，一大帮人手提长刀，紧紧追赶。路旁行人惊呼躲避。

“砍死他！”

“搞啊！”

高度兴奋导致有些变调的嘶吼纷至沓来，其中的亢奋癫狂的情绪让人不寒而栗。

他将目光移向了自己的正前方。几个同样拿着家伙的人正由对面街边快步走向饭店这边。其中一个人不紧不慢地行走在队伍靠后方，他正将手中砍刀高高指往左侧方向，貌似头领的年轻男子在那一瞬间被饭店大门口的亮光吸引，扭头看了过来。

双方眼神交错。

也许是背光导致相貌模糊，不易辨认，也许是太过出乎意料，提刀之人起初明显一愣，微微怔了半秒时间。

四周一切就连空气，都仿佛在那一刹那凝滞不动。

眸子越缩越小，提刀之人仔仔细细地上下打量着饭店门口那个背光而立、与他对视的矮个男子。突然之间，他的嘴巴缓缓张开，双眼蓦地睁大，原本惊疑不定的神色完全消失不见，一种按捺不住的狂喜洋溢于脸上。

他飞快转身，站定，手中砍刀再次提起，指向了双手扶门，立于饭店门前那位矮个男子，用一种激动得甚至有点发抖的声音，高声呼道：“廖……廖光惠？”

说完之后，他微一偏头扫了身边几人一眼，似乎想要求证什么，却又不待他人做出任何反应，立刻转过头来，瞬间声音变得极度高亢激昂：“廖矮子?！”

未待声落，身体一震，整个人飞一般往前扑出。同时，又是一句狂吼响起于街心：“跟老子来，搞死他！”

廖光惠这才回过神来，没有丝毫犹豫，转头向着饭店右边大道飞奔而去。

“哐啷！”

急遽松手之下，饭店大门来回摆动不已。

“啊……”

直到这时，从半开的门中窥见了一切的店内众人，吓得脸白若纸，发出了无数惊呼。

廖光惠如同一个没有灵魂的木偶，无惊无惧，低头狂奔。

他知道，他不能死，绝对不能死！

一切才刚刚开始，这么多年的苦，这么多年的罪，他的未来已经开始明亮，怎么能死？

今若不死，他朝我必百倍奉还。这就是廖光惠当时真实的感觉。

绝望越来越浓，如同眼前的夜色。

不知何时开始，隐约间有一股股呼啸的风挟带着铁器所独有的冰凉，不断地掠过背部、腰间，浸入筋骨，化为火燎。

每跑一步，背上被划开的皮肉扭曲变形的感觉都是那样地清晰，汩汩鲜血顺着身体淌下，从一条伤痕缓缓流入另外一条伤痕，热辣滚烫而又痛楚难耐。

手脚越来越不听指挥，步伐也越来越不协调。可前方的路，怎么还是那么漫长？

“廖矮子，老子帮李爷了你的难！”

一声狂吼中，廖光惠突然发现自己跑不动了，喉咙上传来一阵大力挤压。他低下头，看见一只青筋凸显的手紧紧环绕着自己的脖子。手臂上还有一个用墨水文上去的拙劣不堪的“忍”字。

那一刻，他的脸上居然露出了某种奇怪的笑容，就像是看到了这个世界上最为可笑的闹剧。然后，他的后腰上就传来了一阵尖锐的痛楚，这种痛来得那么突然，又那么强烈。强烈得使人有些眩晕，眩晕中却有些轻松。喉咙上的挤压感散去，他站定身子，回过头来。

身后的那人满脸油光，气喘吁吁地望着他，凶狠中仿佛带着无尽的得意之色。

廖光惠不怕，他只是觉得那个拙劣的“忍”字果然很配眼前这位形象粗鄙的男人，终于，他忍不住笑了起来。

眼前男人的神情从奇怪疑惑变成了巨大的愤怒与羞辱，他脸色大变，抬起腿，一脚将廖光惠踢倒在地上。

廖光惠已经完全无法再挣扎，他索性放弃了任何的举动，死狗一般躺在冰冷的地面。头顶上一盏老旧的路灯，在寒夜的湿气中散发出昏黄的光芒，照在了他的脸上。

不知何时，他感到光线一暗，一个黑糊糊的人影出现在双眼上空。廖光惠看到几颗白森森的牙齿在暗影中露了出来，显得那样鲜明突兀。

然后，他就听到了冷冷一声："砍死他！"

廖光惠闭上了自己的眼睛。

如同白驹过隙，飞逝无踪的瞬间，又好像是沧海桑田，漫长无际的永恒，一个熟悉的声音传来。廖光惠再次睁开眼睛的时候，却发现周围所有人都已经回头望向了后方。

"小麻皮！"

身后不远处，一个背光的身影手里提着两把菜刀飞快地扑向了人群，正是方才转身跑回酒店的那位高个年轻人。

纵然在夜色当中，每个人也都清楚地看见了这位飞奔而至的高个年轻人脸上的表情。

不是你死，就是我亡。没有人会和这样的疯子拼命。虽然人数占据了绝对优势，众人却依旧纷纷四散逃开，没有一个迎战。

砍翻廖光惠的领头人显然也被高个年轻人的姿态吓住了，但也许是老大的尊严与荣耀留住了他。在那一瞬间，在手下小弟纷纷逃开时，他居然没有动，甚至都没有做出任何应该做的动作，只是静静地站在那里，看着一把菜刀，由远而近，劈在了自己的胸膛。

"哪个来？哪个再来？我捅你的娘，来啊！"高个子年轻人状如疯癫，手拿菜刀东挥西砍。

躺在地上的廖光惠笑意渐浓。

廖字头上两把刀，海燕稳龙袍彪！

龙袍来哒，既然龙袍来哒，那还有什么好担心的呢？

跑了这么久，他真的累了，很累很累了……冰凉的风中，廖光惠再一次闭上了双眼。

一毛五一斤的橘子

裹着厚厚的棉被，在床上翻来滚去不晓得多长时间之后，我才终于狠下心，爬了起来。这是一个不错的早晨，虽然寒冷，却有阳光。

待到几个小时之后，气温开始上升，母亲可能会把家里的衣物拿出去晒晒；父亲可能会坐在阳光底下抽根烟、喝杯茶；我可能会在收购站和何勇、铁明他们玩玩牌，也可能会搬个凳子，找个阳光下的角落，打打瞌睡。

至于廖光惠，我当然不认识他，我当然也就更加不知道，昨天晚上几十公里之外所发生的任何事情。这一切都与那个早晨的我完全无关。

只不过，奇妙的是，几个小时之后它却会对我造成第一个直接的影响，接下来在不经意间，它继续改变着我的一生。

赶到收购站的时候，我远远地就看见一林和老一哥两个人正在张罗着营业前的准备。进到站里，唐五和秦三居然都不在，而通常他们俩都是最早到的人。

问了问一林，一林说他哥昨晚临时有点急事，半夜就去市里了。

整个上午的生意还是那副要死不断气的老样子，隔三差五地来几个客人，也是问的人多，卖的人少。其中还有两三个人在我们这里东问西问，搞了半天，对着价格牌看了又看之后，满脸犹豫地考虑半晌，还是挑起担子去了对面。

中午，老一哥按照惯例，在隔壁的小餐馆替大家订了午饭，干芦笋炒腊肉，味道不错。我陪着老一哥小酌了一杯粮站自酿的米酒，味道也不错。

一如早晨所料，吃完了饭，与何勇几人玩了几把牌，输赢太小，越玩越没兴致，索性散场。下午一点半左右，我搬了一把凳子，靠着收购站前阳光灿烂的墙边坐下，看起了小说。

没多久，我的眼皮开始打架，似睡非睡间，听到老一哥殷勤的招呼声，睁开眼一看，唐五回来了，身后雷打不动地跟着秦三。

两个人的脸色都有些奇怪，唐五甚至都没有回答老一哥的招呼。他们径直在门边停了下来，唐五对着秦三说了几句什么之后，秦三门都没进，转身离去。

“五哥，听一林说你去市里了，才回来啊？”站起身，我试探着对唐五问了一句。唐五微微点头，也不说话，大步走入了站里。

“老一，麻烦你帮我把牌子拿过来一下。”人还没有坐下，唐五就一手指着门前的价格牌，大声招呼着老一哥。

老一哥麻利地答应着走了过去。

皮铁明和北条装模作样地拿着扫把扫地。

坐在店里唯一的一张木桌后面，唐五看着老一哥替他摆在桌上的价格牌，皱着双眉，良久都没有说话。我隐约觉得出了什么事，望向一林，一林却使着眼色，示意我不要多嘴。

终于，唐五低下头，在一张红纸上写了起来。写完之后，他又怔怔地停了几秒，我看见他的背脊猛然往上一直，像是下了很大的决心，一把扯掉那张写着价格，糊在牌子上的红纸，再从抽屉里找出一瓶糨糊，将新写的纸糊在了上面。

身后一阵脚步声响起，我回头望去，是秦三。秦三手里拿着一个当时居委会大妈传达精神或者号召开会时经常用的大喇叭，他身后还跟着五六个也是在唐五手下讨生活的年轻人。

“嗯，来哒？”

“嗯，来哒。”

简短对话过后，唐五也不再答理秦三，转头看向一林：“老二，过来，把这个牌子摆到外头去。莫摆在门口，给老子摆到街边上，听到没有？街边上！”

“哦。”一林大声答应着，快步走了过去。当他从自己哥哥手里接过牌子的那刻，他脸色剧变，看看牌子，又看看他哥，手舞足蹈了几下之后，才打机关枪似的说："哥，你搞什么啊？这个，这是干什么哦？这是……"

在他双手挥动中，我看清了牌子上的字，那几个字很普通，写得也很不好看，就像是刚学写字不久的小学生写的一样，歪歪斜斜，如同蚯蚓爬过，毫无美感可言。但是，它们却让我和一林一样感到了极大的震惊。那个牌子上写的是，橘子收购：一毛五一斤！

这是一个神经病才会写出来的价格，虽然橘子过了黄河之后的价格会比一毛五还要高，但是那是包含了运费、损毁等很多成本开销后的价格。在过黄河之前，谁敢以这样的价格收购，那就是厕所里点灯——找死。只有神经病才会心甘情愿地找死。唐五不是神经病，所以面对除了秦三外我们所有人的目瞪口呆，唐五看着一林笑了起来，他说："你去摆，你去摆就是了。摆在街边啊！"

一林已经习惯了对唐五服从，他虽然还是犹犹豫豫，但也不再多说，转身走向门外，将牌子摆在了门前四五米处的街道旁边。

看到一林将牌子摆好，唐五这才扭过头对着我和何勇这边，手一抬，指着我们说："秦三，你把喇叭给他们，你们几个就帮我个忙，和一林一起，帮我拿着这个喇叭筒到街边上去喊，朝着对门喊，声音越大越好啊。今天辛苦下，晚上兄弟们一路喝酒。"

我顿时觉得浑身像是过了一阵静电，有种东西在心里猛然一下吊了起来，吊在高处，却又上不着天，下不落地。

我转头看向何勇，他眼中同样精芒闪烁，若有所思。这时，老一哥也从最初的震惊中清醒过来，对唐五说："五伢儿，如果对门的等下也把价格提高了，那又怎么搞呢？"

"不管他们提多少，你们几个就给我多喊两分。上不封顶，反正就是要比他们狠些。听到没有？"

已经走到门边的我心里再次一动，扭过头看向了唐五。我看到了一张因为兴奋而通红的面孔，面孔上两只黢黑的眼眸，放射出的却是冷静到仿佛不掺杂任何感情色彩的目光。

我一阵心寒。因为，我曾经见过这样的唐五，就在那一晚，那座桥上，他举枪指向我的脸颊时。

那一刻，我意识到等待已久的机会终于到来。

果农们潮水般涌向了我身边的价格牌，就连一些不是果农的闲人也跟着凑到了面前。

最初，人们试探性地询问着、质疑着，在得到我们肯定的答复之后，犹自半信半疑。这样的情况并没有持续多久，人们毕竟还是抵挡不住贪婪的本性。断断续续，有人开始挑着担子走向了我们身后面带微笑地站在门边秤前的唐五与老一哥。

一个、两个、三个……

终于，当那些真金白银一起绽放在眼前，人们纷纷意识到这种梦中才会出现的奇迹已经变成了现实。于是，短短的街道上出现了前所未有的混乱。

高亢的招呼同伴声，惊奇的咂舌声，后悔的叹息声，愤怒的指责声，声声入耳，连绵起伏。

几米开外，市里人所开的收购站已经乱成了一锅粥：没有放下担子的果农转身就走；放下了担子的也赶紧扛起了扁担；已经称货，开始算钱的怎么都不肯收钱，只求要回自己的橘子；更有卖完橘子已经半天的人，都回过头去找他们扯皮、吵架。每个人的眼睛都看向了我们这边，每个人的脚步都走向了我们这边。

市里人的“国营单位”再也没有任何的吸引力，而我们也不再是果农们片刻之前还不放心、不相信的个体户。唐五脸上的笑容越来越浓，老一哥额头上的汗珠越来越密集，我们兄弟的招呼声越来越响亮，市里人的解释恳求声却越来越卑微。

在金钱魔力的面前，原本的一切都不复存在，尊重与唾弃的转换就是如此地简单。

只是，当我旁观着这一切的时候，心底依旧抛不开那一个谜团：究竟是为什么？唐五并不是一个愚蠢到去做损人不利己的事情的人。我们生意惨淡也不是一天两天的事了，如果他要这样做早就做了，为什么非要等到今天？

不过，无论我怎么想，在被市里人压了这么长一段时间之后，唐五终于在这一刻给了对方狠狠的一击。不，应该是致命的一击。因为，那帮人就那样满脸不敢置信、傻不拉叽地站在空无一人的门面前，铁青着脸，看着我们。

原本，唐五以为他们也会提高价钱，谁知道，他们根本就没有。一毛五本来就已经是一个疯子才会给出的价钱。那帮人并没有唐五那种致命的疯狂，他们做不出这样玩命的事。在生意场上，他们已经一败涂地、尸骨无存。

只是，他们应该也习惯了在大街上横着走。所以，当这种巨大的打击降临在自己头上时，他们习惯性地选择了一个已经被自己熟练掌握、屡试不爽的办法。

所有人都忙得不可开交，不得不只留下鸭子一人继续待在街边叫喊。而我和铁明、夏冬、北条、何勇、一林，还有跟着秦三来的那几人都被叫回到站内帮着过秤、检货。

当时，我刚往铺在地面的一块大帆布上倾倒完几筐橘子，抬起身想要舒缓下已经有些酸麻的腰腹，望向前方街道，刚好看见市里人当中一个领头模样的家伙阴沉着脸，嚣张跋扈，一摇三摆地向着我们这边走了过来。

“喂，五哥，五哥。”我大声地唤着，快步走向了正在给一位果农算钱的唐五。在我的示意下，他停下了手中动作，微微扭头看了一眼来人，又转头回来，若无其事地对着我一撇嘴：“不管他，搞事，搞事。”

不知该走还是不该走，我只得手足无措地站在唐五身旁，却发现不知何时，何勇他们也都纷纷停下了各自手里的工作。

得道者多助

“朋友，你这么搞，要不得吧？”一句带着市内口音的话在前方几米处响起。我循声望去，一个穿着非常时髦的小腿牛仔裤的年轻人大马金刀地站在了我和唐五身前。

远处，何勇、一林、夏冬等人已经纷纷放下手中的活计，向我们走了过来。只有秦三依旧斜靠在门框上，整个身子都隐藏在屋里相对阴暗的光线中，目光炯炯地看着这边，一言不发。

我微微向前踏出一步，挡在了此人与唐五之间。

正在忙着清点手里一沓钞票的唐五好像被这突如其来的问话吓了一跳，这才转过身，抬头看向那人，有些笨拙地将双手在蓝黑色围裙上来回擦拭了半天，才轻轻地将我推开，朝那人伸出一只手，客气万分地笑着说：“你好，请问怎么了？有什么事吗？”

来人若有若无地瞟了一眼唐五伸过来的右手，丝毫没有与他握手的意思，再次说：“都是做生意，你这么搞要不得啊。”语气还是那样阴阴沉沉，冷冷淡淡。

这时，唐五脸上才露出了一副恍然大悟的表情：“哦，你是对面站里的老板吧？呵呵，你好你好，大家发财，大家发财啊，哈哈。”

也许是唐五的脸上那种客气到有些谦卑的样子，让来人感到一丝愉快，那人的脸色明显有些缓和，不再像片刻前那般僵硬。只不过，此人还太年轻，年轻人都有些分不清好歹，掂不好轻重。敌意开始减弱后，他居然又拿腔捏调地把架子端了起来：“你这个价格是碰到鬼了啊？你搞这么个价格，我们还怎么做生意啊？你会不会做事哦？”

“啊，这个啊？那是那是，你们也为难，我晓得，我晓得。”

“那你还不改一下？”

“不是的，同志，你看啊，我也没得办法，我也真的是没得办法。而今生意确实不好做，是不是？你看这些农民搞一年也不容易，做生意嘛，多赚少赚都是一样的。不黑他们的良心吵，是不是？我也只是出于这一点，没得别的意思，你莫发火。对门对户的，一路做生意，今后也是抬头不见低头见，有什么不周到的地方，就请同志你多包涵哈，多体谅些，好不好？我也只是想要混口饭吃，真的没得别的意思啊。”

唐五一边说一边指着身旁的那些果农，脸上还是那副谦卑、和气的样子。

不过，他虽然谦卑和气了，果农们可不这样想。唐五的话一出口，果农们就像是被点着的火苗般聒噪了起来：

“就是啊。这个伢儿讲得不错，将心比心吵。我们农村里的也不容易啊。”

“妈的，你们市里佬，晓得什么。你们要做生意，老子不吃饭哒。伢儿，就是这个价，要得。”

“你个人做生意黑良心，还不许别个凭良心搞事。混账！”

“妈的，老子真是背麻皮时（方言，倒霉），先出来一步，就卖给这个卵人了。李老头，你的命好，起床比我起得迟些，橘子也没得我的好，而今卖到这里，你赚的钱还比老子多若干。日他的娘，想起就恼火。你个伢儿，自己黑良心，还在这里要别个也学你啊？这么搞不积德，对屋里后人不好。伢儿，听老头给你讲这一句！”

“哎，王老头，你说事就说事啊。什么我的橘子没你的好啊？老子专门到县里农业局买的化肥，老子的橘子……”

一时之间，群情激荡，粗话连天。一个个平日里老实巴交，和陌生人说句话都会口齿不清，看到穿衬衫的人就要喊“干部”的果农们，此刻都一反常态，当家做主般雄了起来。每个人都满脸通红，下嘴毒辣，骂得口沫四溅、义愤填膺，其中有些话甚至连我这个流子听了都感到难以接受。

那个市里人自然就更加难受了。

他也许年轻，但并不算很笨，他当然也看出了情况的不对头。在众人指指点点的辱骂、呵斥声中，他脸上红一阵白一阵，几次想要张嘴骂人，又忍了回去，硬生生憋了半天，好不容易找个可以插嘴的机会，立刻凶狠狠地说：“老子不管其他的事。老子只问你一句，你的意思就是要这么搞，不给我们饭吃？”

就在这个人说话之前的瞬间，我发现果农们阵阵的辱骂声也引起了街对面收购站那群人的注意，其中七八个人穿过街道，纷纷向着我们这边靠了过来。

我心底不免有些忐忑，扭头看去，何勇、夏冬、铁明、鸭子、北条早已站在了身旁。稍远处，一林和开始随着秦三一起赶来的那些人也都不知何时，三三两两地混在了人群之中。老实怯弱的老一哥则已经远远躲开，手脚比平时更加利索地清理起了帆布上的大堆橘子，连头都不抬一下。

只有秦三还是老样子，躲在更远些的收购站屋里，纹丝不动。

看到身边有了这些自己人，我心里顿时感到了些许的平静。再一看唐五，他好像没有丝毫的警惕之色，还是满脸堆笑的样子，仿佛完全就不在这个已经是危机四伏的局势当中。

等到年轻人说完，唐五打着哈哈从身上摸出了一包皱巴巴的“芙蓉”烟，抽出一根递了过去：“同志，先抽根烟，先抽根烟。莫发火，有事好商量吵，和气生财啊。先不发火，不发火！”

唐五的话音未落，对面站里的那批人已经赶到了我们面前，其中一个个子高大，满脸横肉的家伙猛然转身，对着身边一位依旧在喋喋不休的果农大喊道：“妈的，你们只怕是想死吧？骂哪个？你再骂一句给老子听听！是不是想搞啊？你个老麻皮！”

半秒钟前还义愤填膺的果农们立刻默不作声了。

看到自己的人来了，我前面的那个人明显胆气大壮，胸膛往前一挺，几乎要接触到我的身体，狠狠瞪了我一眼之后，这才高声对着唐五说：“没什么商量的，你搞这么个价格就是不给老子面子。老子最后问你一句，价格你改不改？你莫看我不是本地人。乡巴佬，你信不信，你敢端老子的饭碗，老子就敢弄死你？”

说着，他一巴掌打在了唐五伸到自己面前的那只手上，香烟画出一条白线，跌落在地上。

“做生意，不同人有不同的方法吧。”唐五一把扯住我前冲的身子，脸色也沉了下来，不过说话的口气还是那样淡然，不带一丝火气。

“啪啦”一声响起，我循声看去，方才骂果农的那位大个子正在收回踢翻我们称货竹筐的右脚，凶狠万分地盯着我和唐五说：“老子捅你的娘啊！给脸不要脸是不是？”

我感到自己的每一根头发都立了起来。我只是如同每一个有血性的男人一般，不喜欢被人欺负到眼前。

收回目光，看向唐五，我需要态度暧昧不清的他说一句话。

但是透过他并不英俊的侧面，我却看见了他的笑容，笑得得意、张狂，一扫刚才那种卑微与和气，就连一直半弯的背脊都挺了起来。

对面那个人脸上的表情显然有些惊讶，他想不通唐五为什么会突然变了一副模样。其实，不光是他，包括我在内的几乎所有人，那一刻对于唐五笑容的含义都没有想通。

只有一个人想通了。

那个被大家唤做是唐五的影子的人。我只看见眼皮底下一道寒光在人群中极为狭小的空隙间里，贴着我的身体一侧闪电般划过，没入了身前那位年轻男子的大腿之中。

“啊……”

剧烈的惨叫响起，在抽出匕首的同时，秦三已经从我身旁掠过，如同一只恶鬼，扑向了对面那位恐惧失措的人。

当我也开始随着秦三一路飞向前方时，只听到耳边万声皆起，余光看见果农们纷纷四散逃开……

混乱中，秦三的身影在人群里一闪再闪，从我的眼前消失无踪。

秦三打架的风格与我之前所见识过的任何人都不同。在一片混乱中，他飞快地上去捅了两刀，又飞快地消失无踪，就像是一个闯下大祸却不敢担当的小人一般，连半秒钟的时间都没有停留。

本来，我看不起这样打架的人。一直以来，我认为打架就是要光明正大，硬碰硬地干倒对方，才算是英雄，才算是豪气。但是那天，当我亲眼见到秦三出手之后，我才算真正明白了：打架从来就没有英雄、没有豪气，只有直接干倒对方，让对方连还手的机会都没有，只能剩下满脸惊慌与一腔胆寒，甚至连做梦都会吓醒，这才是牛气。

就在那一天，我心甘情愿地主动学习了这种牛气。

我带着对秦三史无前例的由衷敬仰转过身拿起了旁边秤上的铁砣，然后走向了正与一林、夏冬、铁明、何勇他们纠缠不休的那些人。

当铁砣一下下地砸在那些人的脑袋，和鲜血一起流下的，是敌人的勇气。

搞笑的是，那些果农们也像和市里人有着深仇大恨一般，常常趁着不注意，冷不丁地冲上前去给他们腰间、背上来上那么一两下冷脚、冷扁担。打得并不算重，甚至还有些畏缩，却也大义凛然、心花怒放。

不知道打了多久，也不知道我手里的铁砣被谁拿走，又被谁藏了起来。当我清醒的时候，警察的绿色制服已经闪耀在我们的眼前。

那一刻，我真正地害怕了起来。当狂暴从体内退却，取而代之的恐惧是那样深入骨髓，让人颤抖。

“五哥，不会又被抓到派出所去吧，姚老三才出来，还在保外就医啊。”何勇在我的身旁替我说出了那句我不想说出来的话。

唐五没有回答，他只是回过头，拍了拍我的肩膀，非常自信地对我一笑。

接下来，我又一次见到了秦三的老到与唐五的能量。

警察把双方劝开，先检查了一下被秦三对着大腿两刀刺倒在地上的那人的伤势，确认不会死之后，又检查了一下我们，看有没有人带家伙，确认没有之后，又找双方当事人与旁观的果农、九镇居民们问了下情况，想要找出那个拿刀捅人的人。

几乎没人发现是谁捅的刀，只有事发时，离我和秦三不远处的两位果农依稀看见了一点情况。可是，不知道出于什么心态，这两个老农民在极度含糊地描述了他们所见的事情之后，异口同声地说那个人肯定不是我们站里的人。因为当时吵架的时候，拿刀的人并不在场，是后来来的，可能是凑热闹搞了两下就走了。

再后来，听到警察说，要带他们去派出所问情况、作证，他们干脆说自己不记得了，都不晓得自己到底是否看清楚了没，一边说一边挑上担子就走。

最后，经过调查得出的结果是由抢生意引起的普通纠纷。警察们就开始一面倒地训斥起了那帮市里人，要他们做生意就做生意，不要在九镇地盘上闹事，如果再敢闹事就要逮人。

第五章
泛着血光的第一桶金

坐小巴车的将军

警察走的时候带走了唐五与那个受伤的市里人。看着他们离去的背影，虽然心中不再有之前那种极度的恐惧和紧张，但我还是忐忑不安，我生怕再惹出什么事情来，要去坐牢。

没想到当我还在这样的情绪中焦虑不安时，才离开一个钟头不到的唐五居然回来了。他的身后站着那个消失无踪的秦三。

两人都是面色平静，没有半点异常，就好像不久前的那场殴斗完全不曾发生过。我们围着唐五问长问短，他说那个市里人被送到医院了，他也只是去所里写了个笔录而已，要我们不用担心。

我终于彻底放松了下来。唐五笑意盎然地看了看对面伤痕累累的市里人，对我们说："我现在有事，要去邮电局打个电话。你们先把地上搞干净，继续做生意。"

五点多钟，唐五再次回来，只说了一句话："晚上，我要办点事。义杰你先跟我走。一林，你和何勇，你们几个人自己先在这里看生意，等一会儿装货的时候，你们打下招呼，好吧？我可能要晚点才会回来，今天你们都在店里等我，记得，我不来，就莫走啊。”

离开时，我无意中发现何勇始终望着我，眼睛里面有几分说不清道不明的味道。

这是唐五第一次带我单独出门，我满腔雄心壮志，摩拳擦掌。我以为我今天的表现已经完全打动了他。所以，接下来他会有很重要的事情安排我去做，很可能是办人。

谁知道，出门之后，他只是带着我又去了一趟邮电局。在里面的单间，不知道他给谁打了个电话，然后他要我到九镇西边通往邻市的一条公路边上去等两辆挂着邻市牌照的车，一辆是吉普车，一辆是小巴车，大概还有一个小时就会到。等到了之后，他让我带着那两辆车到市里人的收购站门面前认认路，转一圈就行了，其他的都不用我管，只需回到收购站来等他的消息。

给了我车牌号码之后，唐五带着秦三转身离开。

说老实话，我有些失望。唐五还是没有给我什么特别的重任，仅仅只是交代了一件谁都可以去做的事情。看着他们离去的背影，我突然发现自己是那样地嫉妒秦三。

不过，有句话叫做“塞翁失马，焉知非福”。当我带着满腹不甘，一个人孤零零地蹲在公路边上，闲极无聊地抽烟、发呆，又怎么会知道，冥冥中命运之神会在几十分钟后，安排一个我人生中极为重要的朋友出现。

那个年代路上的车并不是很多，远远地，我就发现两辆车一前一后地从邻市方向朝着我这边开了过来。扔掉手上的烟头，猛然站起，却发现右腿因为蹲的时间太长，血气不通，又酸又麻，差一点摔我一跤。车子已经越来越近，顾不上活动腿脚，强忍着，一瘸一拐地走向了公路中间，对着两辆车招手。

车子停在了我的面前，前面那辆吉普车的车窗摇了下来，一个人伸出脑袋看了看我，此人的面孔极为干瘦，鼻翼旁边两道像是刀划一般的法令纹让我印象非常深刻，配上那尖锐的目光让整个人的表情看上去很有几分随时翻脸无情的味道。

我对着他走了过去，不待我说话，这个人径直开口说："你是唐五的朋友吧？"

土气难听的邻市口音传到我的耳边，让我心头一震。虽然早就晓得车是邻市牌照，但我依然没有想到唐五叫的人居然也是邻市的人。

在市区、县城、九镇、邻市，他究竟有多少朋友，有多深的人脉？在这一层层的关系链里，我是否还是最外围的、最微不足道的一环？

"嗯。"我直觉不太喜欢这个人，也就没有废话，简单点了点头。

"那要得，你去后边的车上，等一下我们跟着你，你只要带下路就要得了。"

当他摇上窗户的那刻，我清楚地听到他对车里的其他人说："还是个瘸子，唐五底下的徒弟除了个秦三，都是些什么角色啊？"

一阵怒火涌起，我走向了后面那辆小巴。车里人打开车门，我走了上去，这才发现，里面居然坐满了清一色的年轻人，每个人都那样面无表情地盯着我，但是从这种没有表情的表情里面，我又能够感觉出很多微妙难言的东西：就像是一群狼在看着一只新来的陌生动物，在打量着它到底是自己的同类还是猎物。

这当然会让我有些尴尬难堪。

"哎，朋友，你就坐在这里，来咯，不用客气，五哥我们也熟悉，都是朋友。"一个青涩却很豪迈的声音在车里招呼道。我望过去，眼前出现的是颗硕大无朋、布满了青春痘的脑袋。这个脑袋的主人正在大力地扭动着他高大魁梧的身躯，硬生生地在屁股旁边替我挤出了一小片地方出来。我坐在了他的身旁。前面的吉普车开向了路边，为我们的车子让路。

"直走。"在我的指点声中，车子向前开去，吉普车则紧紧地跟在后头，我们朝着九镇开去。就要到达位于九镇中心地区的十字路口时，前方司机扭过头对我说了一句话。我知道他是在对我说，但是他的口音实在太重，我一时没有听懂，只能下意识地看向了旁边那位让我坐下的年轻人。

他立即会意过来："哈哈，你莫管他，他是乡里的，说话我有时候都听不明白。他问你前头怎么走。”

“到了十字路口左拐。”

车子拐向了通往收购站的那条街，我想要告诉司机慢点开，在前方不远就到了，但是怕他听不懂。看了看旁边的年轻人，却不知道他叫什么，又不好意思没头没脑地就对他说。

没想到，这个年轻人非常聪明。他居然仅凭着我的眼神，再次明白了我的意思，下巴友善地对着我抬了一下，说：“没关系，你告诉我怎么走就行了。你喊我将军咯，朋友都是这么喊的。”

将军，好豪气的外号。

顿时，我对这个年轻人突然有了某种莫名的好感，我觉得这两个字和他给我印象是那么匹配，大气而豪迈。

我也微笑着对他点了点头：“师傅，开慢点，就在前头，那里有个大门，你看到没有？门对面就是，对对对，就是门口铺着橘子的那些人。大门旁边是五哥的，千万莫搞错哒。嗯，就是这些人。”

车子从收购站门前缓缓开过，透过车窗，我看见那帮市里人在低头整理着地上的货物，一个个无精打采、默不作声。他们当中没有一个人发现，在我说话的同时，将军已经如同狼一般盯着他们，轻缓却坚定地扬了扬下巴。

车子从街上绕了一个大圈，又回到了十字路口。我按照唐五的吩咐，打开车门，准备先行离去，赶回收购站。

关上车门前，将军一把拉住我：“哎哎哎，差点搞忘记哒，你叫什么名字啊？都还没有告诉我呢。”

看着他友善的笑容，我说：“义色。”

“那好，义色，今后多联系啊，都是兄弟哒。有什么事的话招呼我一声。”

在我一生中，有很多人在很多场合，给我说过几乎一样的话。说过之后，他们没有当真，我也不曾放在心里。因为，我们彼此都知道，这只是礼节上的话而已。唯有一次，我当真了，就是这次。幸运的是，日后种种证明，将军并没有辜负我的轻率与认真。

连我自己都想不通，怎么会对一个刚刚见面才十几二十分钟的小流子，莫名其妙地生出了发自内心的信任与好感。

很多年之后，我懂了，因为将军就是那种人，那种可以让人一见倾心的人。

会心一笑，我关上车门，车子在我身后扬长而去，卷起一地尘埃。

唐五会变身

南方山区寒冬的夜晚降临得非常早，晚上七点多钟，夜色已经完全笼罩了九镇。那个年代不像如今有这么多做生意的人，大家都穷。可也正因为都穷，穷着穷着也就习惯了。大部分人都自觉或被动地认为古今中外老百姓的日子本来就应该这么过。自然也就没有了今天这么大的生存压力与奋斗精神。几乎每个人下了班就径直回家，去享受老婆孩子热炕头了。

偌长的街道上，除了我们几家做生意的人还在忙碌着清货、收摊子、关门面之外，只剩下千家万户的袅袅炊烟中带来的香气，街道上已少有行人。

我正在与北条一起抬着一大筐橘子上车。按理说，这是收购站每天开始装车的时辰，我们站里下午六点多就开始装车，已经走了一辆，现在还停着三辆货车，搬运工们正在寒风中大汗淋漓地埋头苦干。

可同样堆了一些货物的市里人摊点前，居然连半辆车都没有，请来的搬运工悠然自得地站在门外抽着劣质烟卷闲聊，而那几个白天与我们打架的年轻人则守在门面里面。灯光下，可以看见他们满脸焦急地窃窃私语，还隔三差五地跑出来对着十字路口的方向抬头张望。

我们兄弟都隐约猜到这种状况肯定与唐五有关，但是无论我们怎么讨论，都想不出唐五究竟是用了什么方法来封锁市区通往九镇的交通，居然可以做到不放一辆对方的货车过来。

尤其是我在明知道唐五安排了将军他们那批人之后，怎么还会有这么强大的力量来安排另外一批人去办这件事？这个其貌不扬，甚至有些乡土气，比我大上十岁不到的男人身上究竟还隐藏着多少我不知道的东西？他到底已经强大到了一个什么样的地步？

正当我低头思考时，突然感到肩膀被身边的北条狠狠地撞了一下："义杰，义杰，你看，你看。"

声音紧张、仓皇。

我顺着他看向前方的目光望去。

几道雪白的车光扑面而来。

"嘎"的一声，一辆有些破旧的小巴车猛然停在了我们面前的公路上面，随着那声让我直起鸡皮疙瘩的尖锐刹车声响起，我甚至看见了车头在骤停之时向着前方颤动了几下。

"刷刷"两声，两边的车门都被人飞快拉开。一个熟悉的硕大无朋的脑袋率先从面对我们这边的门里伸了出来。

将军！

这时的他完全不再是之前与我说话时那种极为真诚的讨喜模样，如同完全换了一个人，面如寒霜，杀气腾腾地拎着一把砍刀，根本就没有注意到我，转身跑向了对面的收购站。

"搞死他们！"

当车子停下时，有几个市里人也许想要看看什么情况，朝着车子迎了过去。刚走了几步，一把雪亮的马刀直接从车厢里面对着市里人飞了上去。市里人大惊之下，四散逃开，车里众人却不依不饶，在大街上紧紧追赶。

这一战时间非常之短，几乎刚一开始就已完结，就像来的时候那般迅速，转瞬间小巴车就已经扬长而去，无影无踪。

长街更为空旷，空旷到我几乎可以听见自己和身边兄弟们"扑通扑通"的心跳声。那一刻，我们好像大梦初醒般清楚地意识到，其实我们和他们走在同一条路上。

唯一的区别，只是结局到来得早晚。

除了老一哥先回家之外，我们其他人都按照唐五的嘱咐，默默地坐在门面里头等他。外头的气温越来越低，收购站里的炉火在老一哥走时就已经熄灭，彻骨的冰寒让我们手脚都开始有些僵硬起来，这也让等待的滋味更加难受。

时间越来越晚，一直到了晚上十点多钟，门面外才传来了敲门声与唐五的说话声。

走进门来的唐五一身酒气，笑容满脸，身后的秦三却还是一贯地冷静沉着，古井不波。

“哥，你搞什么去了？冷死哒。”一林不满地抱怨道。

“呵呵，今天有些事，刚刚陪几个朋友吃饭去了。你们都还没有吃晚饭吧，我已经在旅游大饭店点好菜哒，等下就去吃。今天都辛苦哒，等下我和各位老弟们好生喝一杯。”

我猜到唐五应该是陪那个坐在吉普车上的瘦个子喝酒去了。因为当时摸清了路之后，将军在车上跟我说，他们办完事马上就会赶回去，今天没得时间了，要我下次去他那里找他喝酒，而他们的老大，也就是那个极为干瘦的人则会留下来吃饭，玩一晚上，明天再走。

遇到重要的事情、重要的人，唐五连一林都不带，只会带着秦三。想到这里，我心底蓦然一动，看向了不远处还是一脸不高兴的一林。

我以为今天的事情已经全部了结了，剩下的就是如同唐五方才所说的，一场只属于胜利者的狂欢。没想到唐五继续说：“反正今天也辛苦哒，我当老哥的也不和你们假客气了，等一会儿我还想你们跟我一路去办件事，不是什么大事，我只是找个人说几句话就要得哒。搞完了，我们再去喝酒。要不要得？”

当然要得！

大概晚上十点半的样子，在一林不情不愿的嘟哝声中，我们兄弟心甘情愿地跟着唐五、秦三一起来到了九镇桥头，又在桥上极度寒冷的河风中苦等了快一个小时，这才听到正在抽烟的秦三小声说：“来哒，来哒。”

对着桥另一边看去，果然隐隐约约间有一个黑糊糊的人影慢慢走了过来。我不禁万分奇怪地瞟向了秦三。他一直都站在我身边两三米处的位置，而且我明明看到他自始至终都是一副完全不怕冷的样子，斜靠着桥栏杆，对着河面抽烟。他究竟是在什么时候，用什么办法看到二三十米开外的黑影？

没有人说话，始终跺着脚避寒的皮铁明也安静了下来，我们都静静地看着那个越来越近的黑影。慢慢地，我能看出那个黑影走路一瘸一拐的样子，再后来，距离我们大概还有十来米的时候，我终于认了出来。

他就是被秦三对着大腿捅了两刀的那个市里人。他应该现在才从桥那边的派出所里面被放出来。我想他一定有些害怕，有些焦虑、紧张。因为在黑暗中，我看见他居然用一条瘸腿走得又快又急，还不断四处张望。他一定不明白，怎么派出所外面没有一个同伴来迎接自己。

“出来哒？”看着越来越近的人，唐五突然说了一句。在极度的宁静与空旷中，这突如其来的阴森森的一句话顿时把我也吓了一大跳。

那人先是一呆，可能是唐五表现得没有任何恶意的问话让他误解，以为是自己的人；而桥两边的黑暗又让他有些看不清。他飞快地回答着，加快速度朝着我们这边走来，几步之后，他停在了原地。

因为唐五已经从黑暗的桥边走出，迎向了他。此时的唐五再也不是白天那个谦卑地与他争吵的人了，虽然还是那样土里土气的装扮，不过眼中闪烁的却是一种犹如猛兽般冷酷、残忍的寒芒。

我看见，秦三像是一个无声无息的幽灵，不知何时已经来到了此人的身旁，猛然抬手，重重打下。兄弟们一拥而上……

唐五一言不发，冷冷地站在一边看着此人在我们的击打之下由站变躺，再由躺变瘫。直到我们已经开始打得有些后怕，下手也越来越轻，越来越慢的时候，唐五这才走过来，蹲在此人面前，说：“你也是帮老板办事，我也是帮老板办事。我老板本来要卸一点你身上的东西。不过，我这个人做事不做绝，点到为止，但是，今天你就给我滚出九镇，再也莫来哒！听到没有？下回，我就不好给我老板交差啊，明白吵？”

得到那人的肯定回答之后，唐五又说了一句莫名其妙的话：“回去帮我给廖老板说一声，该给的面子，我只可以做成这个样子哒。”

我还记得，那天在旅游大酒店喝酒时，何勇当着大家的面，问唐五："五哥，你说你有老板，他也有老板，你的老板是哪个啊？怎么没有听你说过呢？我们认不认得？"

"呵呵，是大老板。今后会介绍给你们。"

"五哥，那他们今天运货的车怎么都没有到呢？是不是因为你的老板呢？"

"哈哈，关你什么事？你安心做事，等着月底分钱就是了。"

"五哥，我觉得你今天够可以，有气魄而且还占理，警察都帮。这些人自己做生意不行，他妈的，还不许我们做。"

"哈哈……"

在这几句言之无物的"哈哈"声中，唐五成功地在我们每个人的心中树立了深不可测、高不可攀的大哥形象。

从这晚开始之后多年，何勇更是对他五体投地，始终坚定不移地追随着他。不曾想到的是，这居然也是我们兄弟之间那场悲剧的根源。

水果收购的价格在市内人彻底离开了九镇之后，当然立刻就降了下来。果农们肯定也会有些不高兴，但更多的是后悔。

为什么不在一毛五的时候卖，而要等它继续涨呢？

但是贪心的果农怎么想的，这要紧吗？

当然不要紧了。

一个为了果农的利益可以与人打架的人，就算现在他的价格降了一些，也还是比公家收购的价要高得多。你不卖给他，卖给谁？

何况，除了良心更黑的公家粮站之外，再也没其他的收购站了。

在搞定市里人之后的一天晚上，我从一个亲戚家回来，遇上了已经喝得走路都有些走不稳的一林。一见到我，他双眼中就冒出了非常惊喜的光芒，就好像我们不是几个小时前下班的时候刚分别，而是一别数年，他乡偶然相遇一般。他鬼喊鬼叫着跑到我面前，一把拉住我，非要再和我去喝酒不可。本来我不是很想去，一林酒瘾太大，一喝又是几个小时，不到深夜不会回去，我明天又还要上班。

但是，我终归还是拧不过他，被他强拉着到了车站边上的一家小饭馆。在那里，我第一次听到了李杰与廖光惠两个人的名字，也第一次知道了那一晚发生在市内的长街追杀。

时间越久，我就越发感受到唐五身上散发出的那种深不可测的气息，这常常让我想起另一位离别已久的朋友——海燕。他们同样都像是一口深潭，清凉诱人，却看不见潭底隐藏着什么。

唐五的手段和实力彻底地震撼了我。我意识到，跟着他也许并不仅仅只是当初想象中的那样反正也没事做，混碗饭吃而已。我很想近距离地靠近他和他身上的那种权威，我甚至想要真正地拥有这种权威。但是，我知道只要秦三还在唐五的身边，我就永远没有这样的资格。

这让我颇为痛苦。

在这样的思绪中，看着一林醉眼惺忪的样子，我突然就想起了那一晚，我们苦等在冰冷的收购站，而唐五、秦三却酒足饭饱、一脸轻松地走进来时，一林脸上所表现出的那种很不开心的神情。

抛开日后那些恩怨不说，我得承认，在刚出道跟随唐五的那段日子里面，他对我和我的兄弟们确实还不错。唐五也的确是一个配得上“大哥”两个字的人。

那个年代的江湖和现在的完全不同，那个年代还没有现在这样盘根错节的利益。维系大哥小弟之间关系主要靠的是义气，例如当初的闯波儿团伙。

但是，唐五不同，他超时代地看出了利益的重要。

市里人走了，唐五差不多垄断了全九镇的农副产品收购，利润开始滚滚而来。他的手头活泛了之后，一人得道鸡犬升天，我们几人也随之得到了长那么大以来，所见过的最多的报酬。

我终于骑上了那辆在闯波儿家里看见之后，就始终魂牵梦萦的重庆嘉陵“黑70”摩托车。刚买之后，实在忍不住得意，我还好几次骑着摩托车连跑三百多里路，赶到邻市去找将军喝酒；皮铁明还清了牢记在心中的所有债；何勇给了父亲第一笔拿得出手的钱；鸭子完成了从一个小流子到深受姑娘们欢迎的多金少年的转变；北条很得瑟地以每天十元的价格在新码头边上租了一张台球桌，他嘱咐店家，不管他在不在，只要是他的朋友们来打球，就不许收钱。夏冬在那段时间内有一个很奇怪的习惯：每天下班，无论时间早晚，他都绝不回家做饭，而是一个人跑到九镇国道边上的几家小馆子里去吃饭。而且他点菜的方法很特别，不讲口味荤素，只是从菜单上的第一个点到最后一个，吃完一家换一家，循环往复，乐此不疲。甚至，十月份，我市展销会召开的时候，他还专门跑到市里，买了一件几乎和我那件一模一样的呢子大衣。

“我之所以还活着，是因为我还没有过过一天的好日子。别个吃的，我也要吃；别个有的，我也要有。”那是他第一次实现给予自己的诺言。

鸭子的堂客

我之所以叫义色，是因为王丽事件之后，九镇绝大部分的人觉得我好色。活到现在，我的身旁也确实出现了不少女人的身影，无论我愿意还是不愿意，一个“色”字已经注定会伴随着我，再也挣不脱、甩不开。但是，就算在那帮兄弟当中，我也并不是女人最多的那一个，鸭子才是。

这些年来，每每想起那些无法忘怀的往事，鸭子留给我最大的印象就是他是一个浪子，浪荡放纵地过完了自己短暂的一生。到死的那一刻，可以与他牵扯上关系的女人至少还有五个，可是却没有一个出现在他的灵前。

鸭子本来没有这么浪，正如这个世界上，没有一个男人天生就是负心汉、薄情郎、抛弃妻子的陈世美，改变他们的是后来的际遇与人生。当一个人伤透另外一个人心的时候，他的心也会受伤；而一个人残忍地伤透很多人的心时，那是因为他的心已死。

鸭子的心死在他18岁那年的一个冬夜。

现在，在我们市街头混的一些小孩子口中，在出没于各种娱乐场所的风流豪客口中，“堂客”已经不再是一个需要谨慎、珍惜的名词。对着一个刚认识不到一个小时的女孩，甚至某位路边发廊的小姐，他们都可以一脸自在、理所当然地说出这个词。

但是，在鸭子18岁时，“堂客”这个词不是这样，它还很神圣、很严谨。

堂客是我们这边的方言，翻译成普通话就是老婆、妻子、内人、贱内、拙荆、我爱人的意思，其中的含义要远远超过女朋友和马子。

鸭子是我们兄弟里面最先拥有堂客的人。他堂客姓沙，为死者讳，我们就称呼她为沙娜吧。

鸭子和沙娜是初中同学，初二的时候，两个人就好上了，虽然比不上我与王丽所引发的那种滔天巨浪，他们两个人的爱情却也在封建闭塞的九镇引起了一场不大不小的风波。因为沙娜的爸爸是九镇镇政府的一名官员，而鸭子却是一个普通老百姓的儿子，初中没毕业还不学好，跟着人跑社会，打起了流。

为此，沙娜的家人大动肝火，还找上了鸭子的家门。泼辣无比的沙娜母亲甚至还动手打了替儿子说话的鸭子妈妈几下。

这样的父母却养出了完全不同的女儿，沙娜与她那个体形彪悍，站在路边像是个邮筒的母亲完全不同，不同的不仅仅是外貌，更是性格。沙娜对鸭子非常温柔，几乎到了对他百依百顺的地步。常常听到有人说，我们这个省的女孩多情且痴情，如果这句话是真的，那么沙娜可以说是我们省女孩的代表。无论家里如何阻拦，她就是不听，铁了心要和鸭子在一起，两人约定等一到了合法年纪，马上登记结婚。

后来，沙娜被她爸爸送到了我市的艺校学跳舞，本来她就隔三差五地偷偷坐车回来与鸭子相会，都这样了，还嫌不够，她几乎每天都给鸭子写信。

在一起时，我们经常听到：

“漆遥，我前天走了之后写给你的信看了没？”

“我收都还没有收到哦。邮电局送信哪像你回来这么快啊。”

“那好了，你记着，我昨天又写了的，到时候收信时注意下，不要搞掉了。”

“哎呀，你两天就回来一趟，写什么写？本来就这么近。”

“我是你堂客，我想写就写。”

“哎呀，够了啊，你啰唆。”

每当鸭子这样说的时候，沙娜都不会再回答，只是抿着嘴，看着鸭子不断地笑，恬静温婉，笑到我们起哄，笑到鸭子脸红，她眼里的幸福却更浓。

那一天晚上，沙娜也是背着父母回到九镇来看鸭子。

吃完了饭，两个人穷极无聊，在家里待了半天之后，看着也快要到十点钟了，沙娜父母应该不会再上街，于是，他们决定出去散散步。

走到十字路口时，鸭子碰到了几个朋友，他们正在十字路口边上那排门面外头打台球。受北条的影响，鸭子的台球瘾也越来越大，实在忍不住，他就凑过去，一起玩了起来，就这样玩到了半夜十一点多。

事情就是这么巧，如果十字路口像现在这样繁华，处处流光溢彩，那身处在台球桌旁灯光下的鸭子几人也不会这么醒目；如果，沙娜的父亲不是在县里开会，领导太啰唆了，他也就不会这么晚回来。

总之，沙娜的父亲看到了沙娜。

她父亲跑过来，大骂着打了沙娜一个耳光，要扯着她回家。

沙娜大哭着猛烈挣扎。鸭子说，当时他已经看到了从新码头方向开过来的那辆车，雪白的车灯光照得他心慌。他担心沙娜会在激动之下，跑到路中间，他很想提醒。可是，他不敢。他一辈子没有怕过几个人，但他实在是怕极了沙娜的爸爸。沙娜爸爸的心思现在还放在女儿身上，没空管他，他当然更加不敢主动引起沙娜爸爸的注意。毕竟他只是一个18岁的孩子，还不是一个真正有担当的男人。而且，当时沙娜的爸爸双手都紧紧抓着沙娜，鸭子认为凭沙娜爸爸的力道和盛怒之下的掌控，娇小的沙娜无论如何都不可能挣脱得开。

按道理应该是这样。

只可惜，几百年前，我们省闹了瘟疫，死了很多人。有一个游方的道士经过，告诉了这里的人一味专治这种瘟疫的药，叫做槟榔。瘟疫过后，吃槟榔的习惯在我们省根深蒂固地流传了下来。沙娜的爸爸就是这种习惯的忠实拥护者之一。

也许是嚼着一大块槟榔不好骂人，也许是某一根细长的槟榔渣扎进了牙龈。总之，在那一秒钟，沙娜的爸爸张大嘴，抽出了抓着沙娜的右手，将指头伸入了口中。

右手抠嘴了，左手就没有办法很好地控制自己的女儿。痛哭的沙娜拼尽全身的力气，一把挣开了父亲那只如同枷锁般箍住自己的左手，大叫了一声："我就是不回……"

她如同扑火的飞蛾，转身跑向了前方自由的光芒。她口里的最后一个"家"字并没有说出来。因为，另外一连串更为尖锐的声音震彻了安详古老的九镇。

"噶！"

"砰！"

"吱……"

"嘭嘭……"

刹车声、撞击声、硬物卡住了轮胎后，轮胎的强行滚动声以及轮胎翻过物体之后，落差造成的车体与地面的碰撞声……

没有人知道那一晚鸭子的心情，没有人可以了解到他的痛。

我只知道，当第二天，我收到消息，意识到那个喜欢睁着大眼睛看着我，细声细气地喊"三哥"的女孩就这样走了的时候，我痛彻心扉，痛哭流涕。

我都如此，何况鸭子。

鸭子消失了。

沙娜出殡的时候，他没有来，我们几个人本来想代表鸭子，也为了过去几年沙娜带给我们的美好与快乐，一起去送她上山。刚到她家门口，我们就被沙娜的家人连打带骂赶了出来。无缘无故被人打了，我们却没有感到任何的委屈，就连何勇，绝对不能忍受被人欺负的何勇，也神情呆滞、默不作声。

我们只是希望，这件事里面的所有人都能过得开心点，如果我们被打，能够让他们舒服一些，那也没有什么关系。

可是，鸭子却依旧消失了。他消失了大概有一个星期。

我们在找他，唐五在找他，他家里人在找他，沙娜的家里人也在找他，就连九镇派出所的警察也在找他。

一个星期之后，鸭子的妈妈已经绝望到濒临崩溃，开始胡言乱语的时候，他终于回来了，回到了他熟悉的世界当中。

他甚至在一大清早就赶到了收购站上班，我们一动不动地望着他。他却像没事一般，脸色平静，居然还对着我们笑了一笑，打了个招呼。

只是他消瘦得吓人，之前没有觉得鸭子长了多少胡子，一个星期不见，我们却发现他脸上居然已经是胡子拉碴了，原本丰润俊秀的脸颊已经深深地凹陷了下去。从他的眼睛里面看不到悲伤，也看不到任何的光芒，混浊得像是两颗蒙了灰尘的石头。

“鸭子，你还……”心直口快的一林下意识地想要安抚一下鸭子。

唐五猛地咳嗽了一声，在所有人的注视之下，一林将嘴里的话吞了回去。

“鸭子，你等一会儿就帮我把这几个筐抬出去一下，好不好？”唐五语调极其平常地对着鸭子吩咐。

我却没有半分感到唐五的刻薄无情。因为，正是唐五这句看似无情的话让所有人都躲过了那些不敢说、不敢提，甚至连想都不敢想，却不知道如何避开的痛苦，化解了空气中的悲伤与尴尬，给予了包括鸭子在内的每个人些许苦涩的轻松。

鸭子完全不说话，干活，坐着，干活，坐着。我们也不敢去找他交谈，沟通在那个上午变得那样地艰难。

直到沙娜的父母、亲戚赶来。

“你个不得好死的，你还我的女儿啊！”

在忙碌中，我突然听到了这么一声惨绝人寰的哭诉，悲伤、痛苦以及刻骨的仇恨在这短短的一声中表露无遗。

我知道大事不好了。还没等我完全抬起头，鸭子已经被人群重重包围了，一片惊天动地的怒骂、痛斥声在厮打中爆发了出来。原本喧闹的大街却奇异地变得安静，每个人都停下了手中的动作，一动一静间，气氛是那样地诡秘难言。

何勇与北条试着去拉开那群激动的人，却被毫不留情地推开。

我们剩下的几个也想试着去劝劝，被唐五阻止了。我们就那样看着鸭子像是一条狗般在人们的拳脚之下滚来滚去。不知道过了多久，殴打终于开始消停，最后，沙娜的爸爸也被身边的亲戚拉开了。街道上，除了依旧瘫坐在一旁的沙娜妈妈嘴里发出的那种听不清是哭泣还是念叨的声音之外，终于安静了下来。

透过不再密集的人群，我看到鸭子躺在地上，一动不动，他身体周围的水泥地上已经血迹斑斑。又过了几秒钟，鸭子动了，他挣扎着坐了起来，然后他再挣扎着跪了下来，就跪在了沙娜爸爸的面前。

“咚咚咚……”

就在粗糙的水泥地上，鸭子接二连三地磕起了头，好像脑袋已经不再是他的，他完全感觉不到丝毫的痛苦，每一次抬头，我都能看见他额头与地面上的血迹更多了。

我又想过去，唐五再次阻止了我。

磕了七八个头之后，已是极度虚弱的鸭子撑不住了，身体都开始摇晃。他对着沙娜的爸爸说：“爸爸，对不起。今后，我就是你的儿。”

没人会想到，这句话居然又一次惹火了刚刚开始冷静的沙娜父亲，他疯狂地扑向了鸭子，一把将鸭子摁在地上，嘴里不是哭喊，也不是骂人，却像是释放着什么一般地号叫着。随着号叫，他一拳连着一拳，打向了鸭子的脸庞……

我看不下去了，我决定不再顾忌唐五的阻拦。可我还没有动，另外一个人动了。何勇，一直以来与鸭子关系最好的何勇。他跑了过去，一把推开了骑在鸭子身上的沙娜的父亲：“妈的，想要搞出人命来？”

何勇这句话引起了巨大的反应，本已安静下来的沙娜家人再次愤怒起来，纷纷扑了过来。

随手拿起身边的一根扁担，我朝着何勇、鸭子就跑了过去，眼角看见几个身影也同时奔向了那里。

这次，唐五并没有阻止我们。除了唐五、秦三、老一哥之外，我们所有人都挡在了鸭子的身前，沙娜家人的表现彻底激怒了我们，我们没有办法继续忍耐下去。

“你们是不是还要搞？”

“你他妈的是不是想要搞出人命来？”

“关他什么事？未必要打死他啊？”

显然，我们此刻反常的团结与愤怒出乎了沙娜家人的预料。沙娜的家人都停下了脚步，站在我们的前方，有些不知所措。

一片安静中，我听到身后传来了鸭子的声音：“走开！”

“鸭子……”

“勇鸡巴，你把我当兄弟，就走开！”

“鸭子……”

“我捅你屋里的娘，关你们屁事啊，走开！”

我们都惊呆了，回过头看着被鲜血盖住面孔，已经完全看不清表情的鸭子，却没有一个人移动。鸭子想要从何勇与夏冬的身边挤出来，何勇拉住了他。

“我操你妈！”

鸭子大怒，他一拳就打在了何勇的脸上，何勇的鼻血刷地一下就流了出来。鸭子没有留任何的情面，扑上去对着何勇继续殴打，就像是在以前的日子里，对着那些与我们有仇有怨的敌人。

何勇被打得连连后退，鸭子依旧没有丝毫退却之意。夏冬与铁明想要上去劝架，刚一近身，都被鸭子的眼神吓退了回来。

那一刻，我想，鸭子是想要把这一个多星期以来始终埋在心底，却无处发泄的怨愤、悲伤、痛苦、绝望、仇恨等等一切都发泄出来，发泄在他最好的兄弟何勇身上。

何勇没有还手，一下都没有，但鸭子下手却越来越重、越来越无情。他已经完全失去了控制，如果再这样打下去，也许鸭子会打死何勇。

唐五终于走了出来，他从背后死死抱住了鸭子；秦三则挡在了何勇的身前。在唐五的怀里，鸭子大骂着、挣扎着，两条腿在半空中前后飞舞。我知道，他是想要连唐五一起攻击，却丝毫挣脱不得。

骂声渐渐变了，鸭子终于放声大哭了起来。我永远都想不到，一个人的哭声可以那样地凄凉，那样地响亮。整条大街上，都只有他的哭声在回荡，盖住了所有的一切。那一刻，就连沙娜的家人都没有发出半点声音。

最后，就在唐五的怀里，鸭子晕厥了过去。不是如同我们常见的那样突然一下失去知觉，而是哭声由小变大，持续一段时间之后，又由大变小，由小变成抽泣，再由抽泣变成哽咽，慢慢地整个人的脑袋和四肢就一起完全瘫软了下来。

永失我爱

把鸭子交给我们之后，唐五走向了沙娜的家人。

他说："我晓得你们而今也不好过，只是漆遥也不希望发生这样的事，也不能完全怪他，并不是他害的。"

当他说完这句话，沙娜的家人指着唐五的鼻子又开始骂了起来。

等沙娜的家人骂够了，唐五继续说："不管怎么样，人已经被你们打成这个样子哒。漆遥也是人生父母养的。真有他的责任，等政府判下来哒，该他负的他就负。但是而今，一，这里是我做生意的地方，不是他漆遥的地方；二，不管他做了什么，有法院办他，有他屋里的娘爷教他，你们不可以打人；三，如果你们还是不依劝，还要在这里闹事的话，我面子已经给足了，就莫怪我翻脸不认人。"

说完之后，他转头就往回走，边走边喊："老一，做生意。秦三，给老子把门看好，我打了这么多年的流，今天就看一下哪个敢闯我唐五的这个门！"

彬彬有礼之后，翻脸无情，当时的唐五身上表现出了一种极为强烈的威慑力。这种威慑力，也许不足以震慑住承受了丧女之痛的沙娜父母，但是无疑已经足够让那些悲痛远远没有那样浓烈的亲戚们胆寒。无论沙娜的父母怎样纠缠，他们终究还是没踏进门面一步，沙娜的父母被身边亲戚们半劝半扯着，渐渐离去。

鸭子刚刚清醒没有多久，派出所又来了人，在对唐五保证了人身安全之后，带走了他。

沙娜的父母在女儿死后，就已经向派出所报了案，说鸭子强奸沙娜。这当然是很荒谬的说法，他们两个在一起已经四五年了，几乎全九镇的人都知道。所以，派出所只是依照惯例，做了一番询问调查，然后当天傍晚就把鸭子放了出来。自然，派出所也没有追究沙娜父母报假案的责任。

我相信，不追究的原因并不主要是因为沙娜的父亲是官，而是因为派出所的警察也是普通人，也有着普通人所具有的人性。向来视为珍宝的爱女惨死，虽然是无心之失，却也有一定的责任，他内心该有着多大的痛苦与愧疚？这样的愧疚不让他找个渠道发泄出来，往后的生活他还能过下去吗？

所以，派出所的警察原谅了沙娜的父亲，鸭子更加不会对他有半句怨言。只是，这个男人还是垮了，本来有机会升到县里的他，在这之后的仕途中碌碌无为，因为他失去了奋斗的目标。

鸭子就更不用说了。

他彻底地变了，完全变了一个人。他人生中的第一个变化是在沙娜死了一个多月之后的那一天。他一直不敢到沙娜的坟前去祭拜，可是唐五觉得他应该去一下，去了对他自己有好处。于是，唐五吩咐我们陪着他一起去了一趟。

沙娜就葬在九镇旁边的神人山。无数灰褐色的旧坟堆里，有一处依旧呈现出新鲜泥土红黄相间颜色的新冢，那里就埋着沙娜，那个眼睛大大的小巧玲珑的漂亮女孩。

在那里，鸭子再次爆发出了那种惊天动地的痛哭声，只不过，这次他哭得像是个人，少了一些先前的死气。

也许，唐五说得对，只有坚强地面对，将痛苦尽量发泄出来，人才能活得下去。

还记得，当时鸭子边哭边说："啊啊……我就是没得钱啊……堂客，我要是有钱，我屋里娘爷（方言，爸妈）要是有钱，你爸妈啊……也不会看不起我啊……不让你和我到一路啊……堂客啊……怪我没得用……我要有钱啊……就没得这回事啊……堂客我怎么活哦……我对不住你啊……堂客你带我走咯……下一世啊……堂客你莫不认得我哒……我舍不得你啊……堂客……我舍不得哦……"

听着鸭子的哭声，我们所有人都跟着痛哭流涕。只是，我万万不曾想到的是，此刻为他人而悲伤的我，在几年之后自己也会站在一个同样因为意外而去世的女孩墓前，体会到这种痛不欲生的感觉。

那一天，鸭子在沙娜的墓前一直从下午哭到了天黑。下山之后，我们去喝了酒，喝得天翻地覆、日月无光。然后，醉得路都已经走不稳的鸭子非常强硬地拉着我们所有人去嫖了娼。

这是鸭子，也是我和夏冬、皮铁明第一次嫖娼。

再然后，嫖娼变成了鸭子的生活。

十年生死两茫茫，不思量，自难忘，千里孤坟，无处话凄凉。

纵使相逢应不识，尘满面，鬓如霜。

昨夜幽梦忽还乡，小轩窗，正梳妆，相顾无言，唯有泪千行。

料得年年肠断处，明月夜，短松冈。

永失我爱。这种痛，我懂，鸭子懂，苏轼也懂，经历过的人都懂。

沙娜，一路走好。

多年之后，因为种种原因，沙娜的父母终于原谅了鸭子。生前不能同床，鸭子死后，他与沙娜终于葬在了一起。我与皮铁明一人出了八万块钱，为他们买了块好地，建了一座好墓。

墓前用九镇特产的青石岩刻了一块碑，碑上只有六个鲜红的大字：

漆氏夫妇之墓。这是后话了。

沙娜走了，日子还得继续，九镇依旧是那个延续了千年的九镇。但是，在我们的世界中，沙娜却留下了抹不去的痕迹。

我曾经看过一本关于算命辨相的古书，书里面提到过一种替人看相的方法，名为“论相六法”。其中，有一句话是这样说的：“问权论贵皆在眼。”也就是说，一个人是否能够成大器，就看他的眼睛。

上小学时，老师也曾经告诉过我们，眼睛是人类心灵的窗口，要像爱护生命一样爱护自己的眼睛。这说明，一个人的眼睛确实能够表达一些东西。在我的这大半生中，我见识过很多双不同的眼睛，或猥琐、或凛然，或专注、或散漫，或迷离、或清澈，或热诚、或冷淡。

那些眼睛里出现过的眼神，有些我记住了，有些一闪即过，散若云烟，但是在我的印象里，真正让我刻骨铭心的只有来自两个不同的人眼中的同一种眼神。因为，只有这种眼神让我体会到了发自内心的恐惧。这两个人，一个就是目睹了沙娜死亡之后的鸭子，而另一个则是多年之后的一个年轻人，他的名字叫做险儿。

让人恐惧的眼神其实并不凶悍，甚至它可能都没有半分凌厉的光芒。只是，当你与他对视的时候，你会发觉，在这样的眼神中，你并不是一个活生生的、有血有肉的人。你只是路边的一摊水迹，桌上的一块抹布，脚下的一根杂草，你只是一样与这些物体没有任何区别的毫无生命力的东西。而且没有生命力的还不仅仅是你，还包括了那种眼神本身，它的里面没有欢乐、没有忧愁、没有回忆、没有憧憬、没有变幻，也没有任何人类所应该具有的喜怒哀乐，有的只是两团看不见底的漆黑……

就像是——死亡。

鸭子是个跑社会的流子。曾经，他也是我们兄弟里面最不像流子的一个人。无论何时何地，鸭子看上去都是那样的白白净净，说话轻轻柔柔，眼神温和而平静，像是一个很有教养的小孩。

现在，他却变成了一个拥有这种眼神的人。就算是对着他一直深爱，也始终深爱他的母亲时，他的脸上也许会笑，肢体上也许会有表达亲热的动作，眼神却依旧不变。唯一会让他眼神起些许变化的只有走在街上，偶然听到的尖锐刹车声或者是与这种声音相近的铁器摩擦声，只有这时他的眼中才会冒出一些说不清道不明的东西。

记得，在沙娜死后不久的某天，新认识的一位朋友曾经开玩笑对他说："鸭子，你秀里秀气的一个后生伢儿，一双眼睛，怎么看起来这么瘆人啊？死气沉沉的，你只怕是离死没得好远了吧。"

当时的鸭子笑了笑，没有回答。我们谁都没有想到，冥冥中，那位朋友却说出了老天不愿说出的秘密：鸭子，离死真的不是很远了。

也许，当沙娜躺倒在卡车底下的那一刻，鸭子就已经死了，现在活着的早已不再是他。沙娜的离去影响的不只鸭子一个人，还影响了我本人。而受到影响之后的我，所做出的事情，又影响了一系列的人。

小时候的某段岁月里，我非常喜欢我的姑姑。因为，姑姑经常会给我钱，给我买玩具，带我上街玩。这证明，就算是不懂事的我，也还是很喜欢钱，这个世界上没有谁不喜欢钱。

在我的一生中，第一次对于钱的魔力有所感受，是因为那次看到老梁买酒时候的窘态。然后，我又见证了唐五在日进斗金之后的左右逢源。但是，纵然如此，在最初决定打流的那些日子里，对于钱财，我却依旧没有太大的欲望，我更想要的是权力和尊严，用道上的话说，我希望到哪里，别人都会给我一些面子。我已经受够了没有面子的罪。

直到那一晚，我听到了鸭子在沙娜坟前的痛哭，看到了他无力回天的痛苦，我才真正明白了钱财的重要性。至少，钱财可以挽救一个人的爱情，也可以挽救一个人的生命。

世事就是这么奇妙，不是吗？我一直想要出头，前面却挡着不动如山的秦三；我才刚刚想通了求财的道理，一条财路就自己送上了门来。

只不过，我人生中的这第一桶金，已经注定是泛着血光的。当我决定接受它之后，我拼了自己的命去换。

将军的酒

将军比我大五岁，那一年，他已经满了22岁。在他们那个市，将军混得很不错。他的大哥，也就是上次我见过的那个坐在吉普车里，脸颊干瘦，有着很深法令纹的人，是他们市黑道能排得上号的人物。将军刚出道就跟了他，一直以来忠心耿耿，颇得他的器重。

这些年来，将军坐过牢，流过血，一步步地将他大哥扶到了台面上，但是将军却并不想一直这样过下去。

曾经有一次，他给我说，他其实并不喜欢打流，也没想过非要当大哥，比起这些而言，他更希望日后能够稳稳当当地做生意、赚大钱。将军确实是个很适合做生意的人，对于钱，他好像有着某种超乎常人的敏锐嗅觉。在我还根本不懂钱的作用时，他就已经替自己攒下了一份不算太大，但在当时来说却也绝对不小的家业。

用三台游戏机当本，只不过一年多时间，他已经在位于他们市市中心的一所中学旁边，拥有了一家由十来台游戏机与几张台球桌组成的游戏机室。将军那个市离我市有三百多公里，但是他们市地处大山深处，交通不便，经济也比我市差很多。每次，他要购买新的游戏机和配件时，都要跑到我们市里来进货。昨天他又来了，并且提前通知了我，要我去市里和他见一面，聚一聚。

好不容易熬到下午四点多钟，随便找个借口，向唐五请了假，我坐上最后一班车去了市区。在位于我市南站批发市场旁的一家叫做春天的小旅社里，我找到了将军。我身上带了八百多元钱，是一笔足够两个人花天酒地一晚上的数目。

自从认识将军之后，我已经去他那里找他玩了很多次。我每次去，他都像是款待自家客人一般待我，使尽浑身解数，唯恐不周。

所以这次他来了我们市，我要还他这个人情。可奇怪的是，当我出现在将军面前那一刻，我发现将军虽然很高兴，但是与我一贯所见的他那种豪爽开朗的样子并不相同。对于这次相逢，他的兴趣好像并不太高，甚至可以说是心事重重。

我提出请将军到我市最好的酒店去吃晚饭，他拒绝了。我只得和他一同来到了靠近旅社的一家普通小饭馆。在这家饭馆里，将军和我说了一段话。也就是这段话，为今时今日的我奠定了根基。

“将军，这次，你过来进几台机子啊？”

“八台。”

“恭喜你啊，生意越做越大。你还苦着个脸干什么啊？恨钱用不完啊？给我点咯，我正好一天到晚，口袋里面布贴布，穷得要死。”

将军低沉的心情着实让我有些扫兴。于是，一落座，我就试图谈点喜庆的事情，来冲淡这种尴尬的气氛。谁知道，我上面那句话刚一出口，将军就说出了一句平时绝对不会说的话来。当时，他本就阴云密布的脸更是一沉，低下头长叹了一口气：“哎，塞翁失马，祸福难料啊！”

就像那个时代里面绝大多数跑社会的流子一样，将军也没有读过多少书，从他口里吐出的通常都是粗鄙不堪的方言。这是我第一次听到他文绉绉地说出一句成语。这种反常与他当时的肢体动作配合起来，给予了我一种莫名的心理压力。我的心头也跟着猛然一沉，问道：“怎么了？是不是出什么事了？”

将军点了点头，没有说话。

“到底怎么了？有什么麻烦就说咿，信不过我啊？”

这时，老板刚好将第一盘菜端上了桌，将军夹了一筷子，送入嘴里，然后再一口干掉了面前的那杯酒，也不抬头，看都没看我，说出了第二句成语：“匹夫无罪，怀璧其罪啊，兄弟。”

这下，我彻底意识到将军遇上了很大的麻烦。我不再试图将他玩乐的兴趣挑起来，端起酒瓶，给他的空杯斟满之后，我举起杯，与他轻轻一碰，率先饮尽，看着他，道：“你说。”

接下来，已经打开了话匣子的将军将所有的一切原原本本地告知了我。当初，他弟弟小将军中学毕业之后，也不想再读书。于是，他和弟弟一起商量着做点什么生意。最后，同样是天生生意精的小将军偶然在电视里面看到了大城市里的人玩游戏机的画面。于是，他向他哥提出可以在他们学校旁边租个门面，开游戏机室。

打流的人，都是左手拿钱右手花，过了今天没明天。当时将军手头并没有太多钱，他找过他的大哥，想要借点钱或者合伙一起干。他大哥不仅对合作没有丝毫的兴趣，连钱都没有借半分。

最后没有办法，将军只能倾其所有，东挪西凑地搞定了门面租费与各种手续费，再买了可怜巴巴的三台机子，权当是帮弟弟一把，让他好歹有个营生，不至于像自己一样去打流。

那个年代的人，有几个玩过电子游戏啊，在这样的诱惑之下，游戏机室开业后，将军的弟弟将它经营得风生水起，两个月左右就赚回了所有成本，接着又盘下了隔壁的一间空门面。一年多时间，就做成了现在的局面。

当初，将军的大哥不愿意帮他，结果现在又找了过来，说是要一起干，投资五千块钱，利润三人平分。且不说钱多钱少，数目合不合理，关键是这笔生意是将军和他弟弟两个人的，现在运转得很正常，根本就不需要外来的资金。这样的情况下，就算是将军同意，他弟弟也不愿意。自家人碗里的一锅红烧肉，你一个外人拿了瓶豆腐乳过来，凭什么凑一桌，说吃就吃？但是，将军的大哥不听这些，这位菩萨已经习惯了横着走，他明确地给将军说，要不一起将生意做大，要不从今以后恩断义绝。

就为了这件事情，将军的老大已经对将军起了很大的意见，而且两人之间的龃龉还有越来越深的趋势，但这还不是最关键的矛盾。最关键的矛盾是，税收越来越重，游戏机室旁边的中学也管得越来越严，每天到游戏室打自家孩子、与老板吵架的家长也越来越多，将军两兄弟渐渐觉得，这个生意不是长久之计。

他们想要抓住最后的一段时间，再赚一把就转行。

他们看中了餐饮。

这一年多以来，在相对发达的我市市区，大小饭馆就像是雨后春笋，不知不觉一夜之间就遍地开花，而且每一家的生意都还相当不错。但是，将军那个市，那时还没有这样的局面，除了有几家装修、规格、服务都非常落后的私人餐馆之外，就只剩下国营大饭店。

将军想要抢在繁荣局面到来之前，率先占领市场，树立口碑。

这绝对是一个好想法、好念头。唯一不好的是，当时，他们市最大的一家私人餐馆的老板就是他的大哥。这个时候，如果他想要插手进去，就意味着他铁了心要和他大哥抢生意，就意味着他铁了心要和他大哥翻脸。

游戏室，给，不甘心；不给，得罪了大哥，死路一条。

饭店，开，稳赚，得罪大哥，死路一条；不开，游戏室生意一旦开始走下坡，将军也只有死路一条。

"哎，义色，老子真的是看不到前头有条路让我走了。"

说到这里，将军已经忧愁得不再像是将军。

一匹同路的狼

听了上面的那些话，我已经明白，今天将军找我过来，并不是为了把酒言欢，而是为了另外一个我们都心知肚明的原因。

我试探着问道："那你想要怎么办？"

将军半天没有说话，他显然在思考着什么，很久很久之后，他才说："这些年，我帮他打江山。而今他家业壮大，老子除了有一点所谓的名气之外，鸟毛都没有一根。我也不求别的，只想借着他的一点光，没得人找麻烦，过些好日子就要得哒。呵呵，真没有想到，这些年，竹篮打水一场空，结果最大的麻烦就是他找的。不给老子活路走，什么麻皮大哥不大哥？狗杂种！他做得出来，逼急了老子，绑着一起死！老子屋里至少还有个老弟送爷娘上山。"

说到这里，将军稍微顿了一顿，看了看我，我避开了他的目光。

将军的声音转柔，继续说："只是，而今他也防着我，道上也到处流传着闲话。办他，办得好就好，办得不好，老子烂命一条，无所谓，我就怕害了我屋里的老弟。你见过的，他还是个小伢儿，堂客都没有睡，哎……"

将军的语气越来越低沉，面对着他极度复杂、游移不定的眼神，我没有回答。因为，那一刻，在我的心里，各种各样的念头、思绪汇集，正在隐秘而急遽地翻动着、斗争着，纠缠在一起。

刚认识将军的那天，我就已经知道，这个人会是我的朋友。随着彼此之间的来往逐渐增多，我发现，我和他之间，远远不只是朋友那么简单，感觉就像是一头孤独而紧张地走在遍布了猛兽与机关的深山里面的成年公狼，遇见了另外一头有着共同的目的、来自共同种族的狼。

这是一种代表了安全与信任的依靠。这种关系与我和唐五，或者和何勇、皮铁明、夏冬他们之间的关系都不同。

前者对我而言，是一种利益的交接，就在最初，我以我自己为代价替皮铁明向唐五借钱的时候，就已经确定了这种关系的最终本质；而后者，对我来说，只是情感，我们有着共同的童年，有着共同的成长记忆，回首我们每个人各自的生活，都少不了彼此的存在。

将军与我的感情，不见得会比上面两种更加浓烈，但是一定比上面两种更加稳固。因为，我和他的关系，同时掺杂了利益与情感。

这种关系非常地珍贵，也极端地微妙。我一直都不曾与任何人分享，包括我最为相信的皮铁明。

每次与将军相聚，我都是独自一人前往。将军也明显抱有同样的想法，他的生活圈中，除了他的弟弟小将军之外，我再也没有见到过任何其他的人。

因为，遇到危险时，你最需要的不是亲密无间的家人、朋友，而是另外一匹同样凶猛健壮，会坚定地站在你身边的成年巨狼。而在这条路上，你永远都不知道谁会是你的敌人，你得要注意着，这匹本和你在同一阵线的狼，会站在你的对立面。

只是，这些谁都不会说出口的奇妙心理不曾有半分影响我与将军之间的交情。我们本来就是同一类人，我们之间有太多的共鸣，我们一起见证着这份关系的日益稳固与坚定。

如果是其他一件事情或者其他一个人，我就一定会答应去帮他摆平。只可惜，这个人是他的大哥，他大哥的这个身份并不重要，重要的是，他的大哥也是始终站在唐五身边的那匹狼，而唐五是我的大哥。

很傻很天真的雷震子

在收购站事件之后，唐五保持了一贯沉默如金、高深难测的风格。他并没有给我们细说，但是在与大嘴一林的偶尔闲谈中，我已经知道了，将军的老大——那个前来为唐五平难，有着深刻法令纹的人，姓熊。以前人们叫他熊哥，近几年，有些人喜欢叫他熊“市长”。

他叫熊“市长”，并不是因为他真的就已经掌控了他们市的地下秩序，他还没到那一步，那个市里的顶头大哥并不是他。

他叫熊“市长”是因为他的亲老表，也是他们那个市公安局的副局长。据说这个老表对他非常到位（方言，周到），场面上值得一位副局长用如此到位态度对待的，可能连高半级的局长都不行，至少也要市长才行。所以，他就成了江湖人口中大名鼎鼎的熊“市长”。

种种迹象已经向我表明，如果我帮了将军，但凡事情走漏半点风声，我绝对会吃不了兜着走。

只不过，那天将军很巧妙地向我表达了一个意思：他是熊“市长”手下最为得力的人，也是伴着熊“市长”成长起来的最初几位元老之一，只要熊“市长”倒了，他又能撇开关系，那么他就很有可能坐上熊“市长”如今的这个位置。

如果真是那样，那么我身边站的也就不仅仅是一匹与我实力相当的狼，而是在某种程度上，我变成了另外一个唐五。因为秦三而达不到的梦想，在这里却突然出现在了我的眼前。

所以，最终我还是决定帮他。我姚义杰毕竟不是一个像老梁一样甘于平淡的人。

“我来帮你办！”当我说出这句话的时候，从将军脸上的表情，我就已经知道，我没有做错这道选择题。

那一晚，我和将军商量，决定先同意熊“市长”的强行入股，待过段时间，事情开始平息，关系缓和之后，再办他。不过，将军并没有想彻底干掉熊“市长”，他只需要将他弄成废人就够了。

这并不是将军仁慈，也不是我手软，而是完全没有必要去冒那么大的风险，因为我们都身在江湖。江湖上的道理有些时候很复杂，有些时候却很简单，就像是古龙小说中的那个故事。在百晓生的兵器谱排名中，天机老人始终一骑绝尘，排名第一，但是，他却彻底完了。因为，他败了，败了一战而已。

这个世界上只有一个巅峰，能够站在巅峰上的只有一个人。没有登上巅峰之前，你可以败很多次，但是一旦到了那个位置，你就绝对不能败了。

败了，就完了。一个彻底完了的人当然就无法再构成任何的威胁。所以，将军要做的只是让熊“市长”完了，而不是死了。

第二天，我坐五点多钟的头班车回到了九镇。

跟着唐五的日子里面，他确实从各个角度上全面影响了我。如果说还没出道时，凭着一股怒火砍闯波儿的我还是一颗刚刚发芽的小苗，那么唐五的言传身教就是一场贵如油的春雨，是他让我埋在心底的大树开始成形。

至少，他教我学会了隐藏。我隐藏了我与将军之间的所有一切。在回家的路上，我就已经想好了，办这件事情的时候，我不能动用任何与唐五有瓜葛的人，就算亲如何勇也一样，因为我无法控制他们。包括这时的皮铁明在内，他们都只是我的兄弟，而不是我的班底。

我现在唯一拥有的班底，只有通过昨日一夜，彼此关系正式升华的将军。但是，很显然，这件事情，将军自己不可能出面。

那么，我能够用的是什么人呢？正当我为此而冥思苦想，依旧不得其门而入的时候，几个陌生人横空出场，伴我至今的班底终于开始组建了起来。

我这一生中，伤害了很多很多的人，有些是刻意为之，有些是无意造成，有些是不得不做。但是，我很少会觉得自己对不起谁。做过了事情之后心怀愧疚的那是好人。而我，从1989年开始，就已经是一个臭名远扬的坏蛋了。我伤害别人，是因为我不想被别人伤害。这就是一个坏蛋应该拥有的唯一的生存逻辑。一直让我心怀愧疚的只有五个人，王丽是第一个，雷震子是第二个。

正式与雷震子打交道是在我与将军吃饭，许下了帮他的诺言之后的某个晚上。但是，在此之前，我就已经很多次地听过这个人了。

因为，没有人不认识他，在当时的九镇，他实在太过于独特。

雷震子不是九镇街上的人，他出生于九镇旁边一个叫做虹桥的乡里，我甚至还清清楚楚地记得他身份证上的具体地址，虹桥乡红旗大队向阳小组105号。

他也并不姓雷，他的姓就像他短暂的一生那样平凡而普通——张。之所以叫做雷震子，是因为他那一头绝无仅有的牛逼发型。

80年代末期，不知道为什么，我们那个地方，从市区到县、镇，十几二十岁的男孩子都烫起了那种极大极卷的发型，就像现在是人不是人都喜欢挂条拴狗的金项链装大哥、装老板一样，烫卷发也是当年显示一个年轻人最牛的标志。

当年我也做过这种丢人的事，不止是我，何勇、皮铁明甚至唐五，我们周围的兄弟都烫过。

雷震子就是将这种发型发扬到极致的佼佼者。他本来就是一头自然卷的头发，而且脑袋顶部的头发天生就比两边少一些。烫头的风气流行起来之后，这哥们还嫌自己的卷发不够潮，又专门跑到“香港发廊”去烫了一下。

这一下，好家伙！

香港发廊前文中已经介绍过了，那个老娘们生意好，不是因为手艺好，而是经常兼职做皮肉生意。我们烫头都是去市里或者县城，雷震子图便宜，在那里就烫了，能不醒目吗？

那是绝对的醒目！他两边又多又厚的头发全烫得斜插入云，中间少的那一部分，则贴着脑袋顶上开了一朵富贵祥和的芙蓉花。这哥们还不太爱洗头，头发都是一坨连着一坨，层峦叠嶂。

那段时间，正好全国热播电视连续剧《封神榜》。据说，某天雷震子顶着那发型招摇过市的时候，一位在街边摆摊子卖米糕的堂客，盯了他半天之后，大叫了一声："我的菩萨啊，雷震子！"

这一下，这个大名就正式传播开来。

造成雷震子一生悲剧的原因，在于他最大的梦想就是打流，而且他还认识了我。

当然，打流的人也不见得全部都是悲剧收场。只可惜，如果一个像雷震子一样的人去打流的话，就绝对是悲剧收场。雷震子究竟是个什么样的人呢？

他就是无间道里面，整日跟在陈永仁后头的傻强，很傻很天真。

雷震子，真的很傻很天真。

1984年，雷震子13岁，读完了小学，没钱继续读书。家里人把他送到了九镇汽修厂做学徒，一干就是五年。

就是在这段时间里，雷震子度过了他一生当中最为光辉的一段岁月，上帝本已经将他的美好前程摆在了他的面前。可惜，他没有发现，或者是发现了，却没有去珍惜。

他对于汽修极有天赋。学徒只有半年时间，他就已经出师，开始独立修理大卡车。后来，老师父的年纪也越来越大了，一两年之后，他就已经成了九镇汽修厂的镇厂之宝。

据说，那几年，那些在九镇附近运矿的大卡车，一旦车出了毛病，连市里的汽修厂都不去，专门跑到九镇来点名要找他。工作越来越忙，名气越来越大，钱也越来越多。少年得志，可以让人飞得更高，比如韩寒；也可以让人死得很惨，比如雷震子。穷惯了的雷震子发现吃饭已经不再是问题之后，他开始追求更大的精神满足。

这没有错，错的是他选错了一个满足精神需求的方法——赌博。

1987年左右，雷震子染上了赌博的恶习，而且，赌得越来越大，越大越爱赌。

他有多爱赌呢？一个小小的故事就可以说明。

当时，雷震子早已经被汽修厂开除，深陷于赌博之中了。当年的一点积蓄也几乎输得一干二净，尽管如此，他还是照样逢赌必去。

某日凌晨，在九镇供销社旁的早点摊，一个熟人看到了双眼红肿、呵欠连天的雷震子在那里吃早饭。熟人凑过去，开玩笑说："雷震子，昨天又不作活（方言，不学好，寻死路），和别个打牌去了吧？看你这个卵鬼样子，一清早就像是被屎熏到了一样，要死不断气的，输了吧？"

待到熟人一说完，雷震子像是受到了极大侮辱一般，嘴角一撇，把手里的筷子往碗边上一放，猛地几口将粉丝吞入肚中，说："切，老子打牌啊？呵呵，老子而今早就把打牌这回事看白了，不是条好路。你以为我还像是以前，天天和刘毛他们一起搞哦。刘毛他们昨天又打了一晚上，我日！他们的瘾真大，不晓得是为哪般啊？怕人抓赌，搞了条渔船，刚好坐四个人，刘毛、小七、张麻子、老黑四个人就这样在河里抹黑搞到了天亮，刚刚才回去睡觉。真的是……哎，这些人没救了。"

在九镇，由于派出所的民警经常抓赌创收，时间长了，打牌的人也就想出了各种各样的方法来躲避。有些人就经常找渔民或租或借一条小船，在船上打。因为船体是狭长的，左右两边的人只能坐在船舷上，怕打牌入迷了，翻到河里面去，出事故。所以船一般都停在离岸边四五米处，水比较浅的地方，不会停在河中间。一旦发现有警察，众人也有足够的时间把船划得更远。

这是九镇人尽皆知的事情，显然，那个熟人也知道，但是，那位熟人还是有些奇怪："那你怎么晓得的啊？这么早未必你就遇到了刘毛了？"

"老子在旁边看的吵。"

顿时之间，天雷轰顶，熟人大惊失色，伸出一根指头，指着雷震子说："雷震子，你，你，你，你妈的，你站在水里看别个打牌，看了一晚上?！"

雷震子脸上还是得意的笑容："这有什么麻皮啊？老子又没有打，没得瘾，老子早就不搞了。"

玩物丧志，痴极成魔。

又过了一段时间之后，雷震子终于被一帮损友玩得山穷水尽了。他开始小偷小摸，被捉，放，再被捉，再放。

终于，天真的他正式踏入了江湖。

不喝酒的瘦子

那天何勇被唐五当着众人的面骂了一顿。晚上下班之后，心里不痛快的他叫上我和鸭子两个人一起去饭店喝了点酒。酒喝完，人微醉，气还没消，我们就拉着他一起去九镇老电影院旁的舞厅跳舞，寻寻开心。

那个年代，交谊舞、迪斯科刚刚流行起来，舞厅的生意极好。

那个年代的舞厅也不像现在这样的豪华气派，就是一间大房子，顶上挂几盏霓虹灯、射灯之类的，屋子一角用几块木板搭个小台子，上面摆着功放机、话筒，沿着墙边再杂七杂八地摆上几张茶几、凳子，中间空出一大块地方就行了。

我们走进舞厅的时候，里面已经到处都挤满了人。

我们正在四处找位置坐，刚好遇上了秦三手底下的几个小弟，于是凑过去，一起搭了一张桌，然后各自找舞伴，跳了起来。

前半场是迪斯科，跳舞的都是年轻人，接着会有几分钟的中场休息，然后就是大家期待的、可以搂着小妞的交谊舞与贴面舞了。

那天，何勇一直没有跳舞，只是在那里不停地喝酒。待到中场休息的时候，我跳完舞坐了回来，刚好说歹说地劝着要何勇等下一起去跳舞、泡妞的时候，突然眼前一亮，舞厅顶上的照明大灯亮了起来。

登时，耳边就响起一些荡妇淫娃们的假装羞涩声和男人们意犹未尽的叹息声。还没等我反应过来，就发现空荡荡的场中央突然多了一个人。他发型诡异，手里拿着一个麦克风，装模作样地咳嗽了两声，说：“各位朋友，各位来宾，各位先生，各位小姐。不好意思，耽误大家一下。今天是我兄弟——牯牛大哥的生日！我心里舒服。我在这里为我兄弟唱一首歌，唱得不好，大家多多指教，不要嫌弃。唱完了，鼓个掌，我们所有人一起为我兄弟喝一杯。谢谢大家，兄弟，老子一世都当你是兄弟啊！祝你天天都发大财！”

此人已经醉得有些站不稳，却在那里胡言乱语，假装斯文。一时之间，舞厅里唯恐没有热闹看的闲人们都起哄不已，狂笑着纷纷附和。

这个人越发高兴起来：“你就像那一把火……”

“雷震子，这个小杂种真不要脸！”我兴趣盎然地坐在位置上欣赏着这难得一见的滑稽表演时，突然听到何勇低声骂了一句。我转头看过去，何勇望着我，像是喃喃自语一般说：“小麻皮一个，不晓得有什么狠处，在这里显个鸡巴！妈的，和牯牛一样，都是那么不要脸的人，他居然就敢当这么多人的面在这里唱。我操！一坨屎不臭，他还自己挑起来臭，这个猪养的！”

我早已经认出了那个人就是大名鼎鼎的雷震子，但是何勇口中的牯牛，我倒是第一次听说。于是，我随口说了一句：“你也是的，别个要出丑，你不随他，关你什么事？那个牯牛是哪个咯？”

没想到，一听我这话，本来一直快快不乐的何勇居然眼睛一亮，脸上显出了一副想笑又不屑于去笑的古怪神情来。

他兴冲冲地把屁股下的凳子一拉，一个大头就凑到了我的面前，说：“哈哈哈，义色，来来来，你这都不晓得，我告诉你，这两个猪养的轻狂得很啊。”

于是，在雷震子“出神入化”的歌声中，我又听到了一个让我瞠目结舌的故事。

简单来说，就是雷震子开始打流之后，居然也混到了一个马子。这个马子漂亮不漂亮我就不多评论了，反正要是我的话，我是绝对不会下手的。

关键是这个女的很风骚。当雷震子与她的关系达到了搂着抱着一起进录像厅的程度之后，雷震子觉得自己已经拥有了绝对的主权。高兴劲还没有过，他就发现，自己的女人居然还和另外一位叫做牯牛的人也保持着这样的关系。

这下完了，主权有争议了。

雷震子彻底地懵了。主权的归属又到底应该依据什么来划分？难道是谁先插旗谁就赢？

于是，雷震子不顾一切，疯狂进攻，终于在某个月黑风高的夜晚，将自己插进了那块丰腴的土地。悲哀的是，事后他发现牯牛的旗居然也在上面。接下来的一段时间，雷震子整日借酒浇愁，逢人就诉说心中的悲苦。这件事，就是在那段时间，他自己说出去的。

雷震子找过牯牛单挑，结果他被牯牛给打败了。

奇怪的是，牯牛是个厚道人，牯牛并没有因为自己是胜者而否定雷震子对于这份主权的争议资格。既然这样，雷震子没办法了，他只能选择与牯牛一起搁置争议，共同开发。

他们和谐地相处着，他们以为会有三个人的天长地久。

谁知道，无形无迹当中，又有一个人冒了出来，晴天霹雳般插了一杠子，显然，杠子还比他们两人的都大。

女孩离开了他们。但是，没关系，他们并不悲伤，因为孤独的他们成了兄弟。

在雷震子的歌声中，我听完了何勇的讲述。何勇说完，歌也唱完，一切都是那样地不真实，就好像什么都不曾发生。只有真实的我，依旧沉浸在真实的震撼与想象中，久久不能自已。

突然，一个中气十足，绝对不同于九镇的口音压过了舞厅的一切，将我唤醒过来：“喝你妈！干啥？找事儿？”

“啪啦”一声，玻璃杯摔碎在地上的清脆声与女人的尖叫声同时响了起来。

顺着声音望去，刚好看见一手端着个酒杯的雷震子被人推得一个趔趄，后退几步才站稳，差点摔倒在地上。

推他的人是一个个子很高大魁梧的年轻人，表情凶狠，站在原地瞪着他。在这个年轻人的旁边还站了另外一个同样满脸凶狠、个子稍矮的男子。这两人的后面，依稀还可以看见有个坐在位置上的人，但是被身前二者挡住了，看不清面貌。

“哎，朋友，你误会了，我没得别的意思，我就是想要……”站稳身形的雷震子脸上一阵青一阵白，不知所措地停了几秒之后，端着酒一边说着什么，一边又想上前。

“你他妈的没完没了是吧？你再上来看看？给老子滚！”推他的那人却没有半点和缓的样子，不依不饶地大声说着，庞大的身躯向前踏了一步，耸立在瘦弱的雷震子面前。雷震子眼中的惊恐更浓，赶紧停在了原地。

一个大鼻子的男子飞快地穿过空旷的舞池，走向了雷震子，男子身后还跟着三四个人。

“兄弟，怎么了？”大鼻子男人站到了雷震子的身边。

这时，我看见那个一直坐在位置上的人也站了起来。那个人一米八左右的个子，极瘦，却不给人半分柔弱的感觉。相比身边同样高大的两个人，他的五官显得要清秀得多。

这个人站在了两帮人的中间，同样用一口卷着舌头的北方口音说：“没事儿，没事儿，兄弟，我的两个兄弟喝多了，你的朋友也是，没啥事，回去吧。”

清秀瘦子一脸笑意地对着雷震子，边说话边伸手试图把身边的同伙拉回去。

此刻仗着自己人多，雷震子一反怯懦之态，胆子明显大了起来，张着嘴，吵着闹着。瘦子身边的两个年轻人显然也不是省油的灯，摩拳擦掌要向前冲，再次被瘦子给拦住了。

听着两帮人的争吵，慢慢地，我也听出了一个大概。这个瘦子可能是那三个北方人的头领，雷震子唱完歌之后，端着酒杯，一桌一桌地找人喝酒，前面的人都和他喝了。到这三个人那桌之后，这个瘦子和雷震子喝了一杯，以为就完了。

没想到，正在兴头上的雷震子却不知轻重，非得要拉着另外两人喝，那两个人没办法，喝了。雷震子发人来疯，说什么远方的朋友，招待不周，不算完，还要找瘦子再喝一杯。

瘦子没发火，旁边的人却忍不住了，就这样干了起来。

“咱别在这磨叽，够牛逼，我们出去单挑！操！”

“你操个鸡巴操，你个北方佬来了这里，嗨皮子（黑话，嚣张得瑟）！是不是想死？”

那个瘦子始终在劝着自己身边的朋友，大鼻子也在把雷震子往回劝，可是雷震子与推他的那个年轻人之间的火气却越来越大。慢慢地，局面终于走向失控，两边的人开始拉扯了，声音也越来越大。

我刚还在想着可以看一场戏，却听到身边“啪”的一声轻响。何勇挪开位置，猛地一下站了起来，我赶紧伸手去拉，一把没拉住。

“日！”我低骂一声，却又担心何勇吃亏，不得不跟了过去。鸭子不声不响地走在我的旁边，秦三的小弟们也纷纷站起身，跟了过来。

“雷震子，你而今是不是以为你鸟得很，九镇是你的，在这里装大哥欺负外地人？”人还没走到跟前，何勇的骂声已经远远传了过去。

正闹在兴头上的雷震子，圆睁双眼，恶狠狠地看向了我们这边。一看到是何勇，雷震子的脸色立刻变了，目光闪烁不停，表情尴尬，想笑又没有笑出来。

“这是哪个啊？”雷震子旁边的那个大鼻子看了何勇一眼，居然没有半分惧怕的神色，转过头向雷震子问道。

“老子是你嗲嗲！”不待雷震子回答，已经走到人群中间的何勇，又朝大鼻子气势万千地说了一句。

大鼻子原本平和的脸色遽然变得通红，身形一动，却被雷震子一把环腰死死抱住。雷震子笑着说：“勇哥，哈哈，没有看到你也在这里啊。勇哥，没得事，没得事，等下我过去敬你一杯酒啊，不好意思，不好意思，闹到你了啊。哎呀，色哥，鸭子哥也在啊。”

这句“色哥”传到我耳朵里面的时候，我一开始并没有意识到是在叫我，等反应过来，才发现，真不知道应该高兴还是愤怒。这些日子里，我在街头上也混了一个脸熟，偶尔有几个小流子尊敬我，就喊声“三哥”，这个人居然喊我“色哥”。再说，我还真不晓得他是怎么认识我的。

“你们是不是在这里欺负外地人？”

“没有，没有……”

“你是不是喜欢嗨皮子？”

何勇的声音陡然大了几倍，一巴掌就甩在了雷震子的头上，顿时，我只看见满头黑发如同狂草乱飞。

看来，何勇是准备把白天受唐五的气在雷震子身上发泄出来了。雷震子吓得噤如寒蝉，张着嘴，剩下的话半句也没有说出来。

“干什么？”大鼻子大吼一声，伸出手推了何勇一把，还没等他的手离开何勇的胸膛，鸭子的脚就已经踢到了他的身上。雷震子飞快上前抱住了那人，干瘪的身躯挡在了我们之间。

几乎与此同时，另外一只手也从后方搭在了何勇的肩上，正是那位瘦子。

何勇脸上恶狠狠的样子变了，他仔仔细细地盯了大鼻子片刻，目光转向了身后。那个瘦子的笑容很讨人喜欢，他对何勇说：“兄弟，没关系。这位朋友也是喝多了。没关系，不好意思，打扰大家了。”

说到最后一句，瘦子还礼貌地对着周围的观众点了点头。何勇依旧一言不发地看着瘦子，直愣愣地盯着。我知道要坏了，赶紧上前一步，挡在了何勇身前。

“你把手拿开！”

瘦子脸上的笑容开始变得僵硬。

“拿开！”

瘦子的手缩了回去。

这时，何勇伸出手把我扒到一边，指着那三个北方人说：“你们听好！这个地方叫九镇，老子叫何勇。老子也不喜欢你们，你们最好现在给老子走出去。”

瘦子的脸色刷地一下变得铁青，他身边一个人忽地就冲了上来：“我操你妈！”

我一只手抓住了何勇，另外一只手伸向了冲上来的那个人的胸膛：“莫乱来。”

我感到自己的手掌向后剧烈一歪，一股强大的冲击力透过与衣物传到了我的手臂。我下意识地准备加大手臂推挤力道，用以抗衡那个高大魁梧的年轻人向前冲所带来的庞大力道时，这股力道却突然消失无踪。

我有些不解地抬头看向被我推住的那个人，却发现他的肩膀上多出了一只手。那只手的手背瘦骨嶙峋，隐约间可以看见根根冒起的青筋，手指修长纤细，指尖最前端因为用力而有了些许青白。

那只手的主人正是面目清秀的瘦子。高大年轻人扭过头看着他的朋友，脸上的表情依旧凶狠愤怒，眼中却掺杂着屈辱与疑惑，居然连话都不敢多说。瘦子连看都没有看他，眼睛一动不动地盯着我，说出了何勇片刻前的那句话：“把手从我兄弟身上拿开！”

我将自己的右手从高大年轻人的胸膛上抽回，尽量将脸上的表情放轻柔，对着瘦子说：“朋友，我的朋友也喝多了，今天心情不好。得罪的地方，莫见怪。没得事，你们坐你们的，跳你们的舞，没得任何事。”

瘦子的脸色依旧铁青，眼神却开始缓和。

我继续说：“出来玩，图个开心。我负责把我的兄弟搞走，鸭子，把何勇扶走。何勇，你是不是硬是要惹事？你吃多了啊？朋友，你最好也管好你的朋友，我们这边人多些。”

瘦子年纪轻轻，修养与城府居然远远超出了他身边的两个同伴。当我的这句话刚刚说出口，他的脸色就彻底正常了下来。他只是轻轻拍了两拍那个高个子的肩膀，高个子就只得狠狠瞪了我们一眼之后，转头坐了回去。

“多谢哒，玩得开心啊。”

“不客气。”

瘦子对我笑了一笑，坐到了位置上。转过头，我与鸭子一起扯着何勇往回走去。

当我拥着何勇转身的那一刻，我们听到一个声音传来：“莫走！”

我们下意识地停住了脚步。

“刚刚打了我和我兄弟的事怎么算？”说话的人，居然是那个看上去有些呆头呆脑、本本分分的大鼻子年轻人。

虽然他说的话让我也感到一丝恼火，但是当时的我根本就没有把他放在心上。瞟了一眼之后，我就径直回过了头，死死抓住已经石化在原地的何勇，边继续往回走，边丢下了一句话：“朋友，你最好莫要惹事，你去玩你的。”

说这句话的同时，我正在与何勇拔河。何勇试图坚持着不动，我则用尽全力把他往前拉。我已经占据了上风，何勇的脚步已经开始向前移动。突然，何勇缓慢移动的身躯就向前飞了起来。起飞的力道之强，甚至把我都带出了一个踉跄，差点摔倒在地。

余光中，我看到了身旁伸在半空的一只脚，耳边传来雷震子的呼喊声：“牯牛，搞不得……”

那一刻，我晓得这个夜晚再也没有了转圜的余地。

第六章
终于有人肯为我卖命

爱帮忙的牯牛

打一架其实并没有太大的关系。麻烦的是，自从亲眼目睹沙娜死在自己跟前之后，现在的鸭子已经不再是当初的鸭子了。当我和何勇一起扑向牯牛时，他并没有跟我们一起打。他安安静静地转过身走向了旁边，然后，悠悠闲闲地选了又选，最后在一张桌上拿起了一瓶还没有启开的啤酒。

两帮人扭打成一团，雷震子虽然始终不敢还手，却又全然不顾我们的猛烈攻击，始终停留在人潮最中心，不离不弃地守护在大鼻子的周围，哀求着，拉扯着，试图劝架。

不知道什么时候，我看到鸭子出现在了我眼前左侧的位置。他高高地扬起了右手，装着一满瓶啤酒的酒瓶被头顶的霓虹射灯照耀着，在我的眼里印下了一道璀璨的半透明光芒，画出一道完美的弧线敲碎在了雷震子的头顶。沉闷喑哑却震撼人心的爆炸声响起，一块飞溅的小碎片飞过了我的额头，我感到了一丝火辣的疼痛。

没有一个人再动，每个人都保持着自己做出的最后一个姿势，像是被点了穴道待在了原地。只有雷震子在一片诡异的寂静中，身体前后摇晃着，摇晃着，却不曾倒下。

鸭子伸出手，抓住了雷震子的头顶的那朵“芙蓉花”。我甚至都看到夹杂在雷震子头发里面的玻璃碎片划破了鸭子手上的皮肤，鲜血从手背流出。他自己却好像茫然不知，眼中放射着那种毫无感情的可怕眼神，右手肘猛地后拉，送出，半截尖锐的酒瓶插入了雷震子的腹中……

“啊……”

无数惊恐的尖叫响了起来。

我一脚踢开了前方拉着我衣裳的牯牛，猛地扯起鸭子、何勇转头跑向舞厅大门。

身后传来了牯牛慌张惊恐的哭腔：“雷震子！”

当天晚上，我们都没有回家，何勇带着鸭子跑到了乡下，我则睡在了我姑姑家。不过，我们派了人去医院打听消息，雷震子没有死。

第二天大清早，我就见到了牯牛。每天，我都很早就去上班，那天也是一样，去的时候，老一哥已经将收购站的大门打开。我刚准备进去，却听到了旁边一个喊声：“义色！”

一扭头，发现街角边，居然站着昨天那个大鼻子。他的双手插在口袋里面，一双眼睛冒着寒光，死死地看着我，我感到自己的每一根头发都立了起来。

我做好了打架的准备。没想到，大鼻子却说：“我兄弟还在医院里面，肚子上划了很大两条口子，肠子都看得见。”

“那你想怎么搞咧？”

“我没得钱，他也没得钱。”

我思考着他这句话里面的含义，没有说话。大鼻子等了几秒，又开口了：“雷震子不是坏人，他昨天只是喝了酒，而且一直都在给你们认输服小，你们怎么就这么下得了手？打架的是老子！他哪里得罪了你们，要让他受这么大的罪？他昨天疼得叫了一晚上，如果今天，我搞不到钱救他，他死了，我也要你们偿命。我晓得，不是你搞的，不过你在场，我找不到他们，我就找你。你死了，老子最多吃花生，给你偿命。”

“好多钱？”

“不晓得。”

我一下愣住了。大鼻子当时的样子，确实让我相信他是有杀我的心，但当时的我并不害怕这个，而是因为他说得对。

不管雷震子怎么轻狂，至少他不应该遭昨天那样的罪。昨晚的事情，是我们做得不地道。我的经历早就已经让我明白了一个人平白无故遭到飞来横祸的痛苦，所以我想帮帮他。但是，大鼻子居然给我说不晓得要好多钱，难道他胆子大到还想敲诈我？

没办法之下，我只得试探着说：“捅了两条口子，也没得好大的事情。我而今身上只有两百多块钱，先给你，你先去医院，我等下再拿点钱，就当是我们这边出的医药费，中午的时候，我给你们送过来。不过，我也先给你说好，你而今和我在这里讲狠，没得关系。只是你如果想要你们兄弟今后可以在九镇平平安安过，你最好莫要在我的兄弟们面前讲狠。敢杀人的不是只有你一个。”

大鼻子没有丝毫客气，更没有讨价还价，他飞快地伸出手，接过了钱。然后，再次出乎我意料的是，当他抬起头来，我居然看到他的眼眶红了。我实在是想不明白他到底在哭什么，这两兄弟确实与众不同。

我听到他说：“色哥，那中午还麻烦你跑一路，多谢哒。”

“嗯，没得事。”

大鼻子转头走了两步，突然又回过头来，无头无脑地说了一句：“色哥，我叫牯牛，多谢哒。”

我和雷震子、牯牛两个人变成了朋友。这应该就是所谓的“不打不相识”。

我没有想到外表油滑的雷震子骨子里面居然是一个极度忠厚简单，某种程度上甚至有些自卑的本分人；也没有想到看上去老实憨厚的牯牛居然是一个绝对一根肠子通到底，无比倔强、认死理的家伙。对于是非对错，他有着非常坚定的自我判断。比如，他依然深深地痛恨着鸭子与何勇，无论我如何从中调解，他最多也就是答应不再报仇，可也绝不愿意与二人产生任何的交集。但是另一方面，他却又颇为荒谬地将同为当事人的我当做了朋友，而且我似乎还无法拒绝。

不过，最初一段时间，我们毕竟还只是朋友，我并没有刻意去想那么多。真真正正让我觉得他们或许可以与我生死相依，可以替我去办将军所托付的那件事情，是因为某一天，我突然发现，他们真的把心交给了我。我想，他们之所以会这样，也许是因为在此之前，我先贡献出了自己的心。

我心底下其实多少都是有些讨厌雷震子的。他太卑微，卑微的人很难拥有别人应该给予的尊严。无论对谁，他都低头哈腰地笑，笑的时间长了，也就让他人的潜意识中开始习惯于接受这一份臣服。

而且，他太爱赌。

我曾经劝过他很多次，每次他的脸上都是那种有些羞涩、有些惭愧却又有些不以为然的笑容，对我说："三哥（我要他和牯牛叫我义色或者姚义杰，但是他们不愿意，经过双方妥协，终于变成了三哥），你又不是不晓得，我这个人就是没得什么出息，也只有这么点爱好了。呵呵，张麻子他们又喜欢鬼邀伴（方言，形容损友叫着做不好的事），邀着我一起玩，这么久的朋友了，不玩又说我不给面子，也得罪人。三哥，你说话了，我雷震子绝对是听到耳朵里要算数的，我今后还是尽量少玩，慢慢戒了。"

说的次数一多，知道只是做无用功之后，我也开始烦了，慢慢地也就不再多说。

常在河边走，哪有不湿鞋？何况赌博本来就号称万恶之首。终于，沉浸其中的雷震子还是惹出了事来。

雷震子打牌对于牌友的选择不分老少，不分穷富，只要能打就行。所以，他的牌友基本上遍布了九镇赌界各个层面。有钱时，就约着人找个隐秘的地方正式开局聚赌；没钱时，在九镇上街的老茶馆里面和一帮老倌子（方言，老头子）们，一毛五分地打，一待也能待个半天。

其中，与他最为气味相投，打牌次数最多的是刘毛、张麻子那一帮人。这帮人像我一样，也不是好人。他们也是跑社会的流子，不过，是流子当中最被人看不起、名声最臭的那种，用黑道上的话来说，他们是“涌马”。

所谓涌马，就是指不登门入户，通常只在街道上、汽车上掏人口袋，取人钱财，偶尔还兼职搞搞小敲诈、小诈骗的扒手。

只是，不被人尊重，不代表他们没有势力。

安优在1983年被枪毙，后来的那位领头者又因为杀人去坐牢之后，九镇地面上，他们虽然没有了往日的风光，却依然有着一大帮人，而且这帮人还非常齐心。

所以，虽然一直以来，我们都很看不起他们，但通常而言，彼此间都是井水不犯河水，见面打个招呼，各过各的生活，属于两个绝对没有来往的圈子。

出事之前的几天，雷震子已经输完了自己所有的钱。结果那天，刘毛又遇见了他，说今天晚上有一个从泉村来的乡下佬，身上有两千多块钱，约着雷震子一起去下套笼（设局，出千）。

雷震子很想去，却没有钱。当他犹豫的时候，刘毛已经转身离开，走之前，给他丢下了一句话：“雷震子，活该你就是个穷命，好不容易有个发财的机会，你又搞不到。明天多在街上走走咯，遇到了，我帮你买包烟抽，当是刘哥我帮你一把，分个红。”

且不说雷震子本来就赌瘾天大，单是刘毛的这句话就让他受不了。他本来就是一个极度喜欢打肿脸充胖子，坐在冰片上还要唱雪花飘的角儿。他一把拉住刘毛，说：“什么意思？刘毛，老子雷震子还差你一包烟啊？而今我是没得钱，你告诉我地方咯，我晚上过去。”

“雷震子，你莫嗨皮子啊。讲话要想清白再讲啦，我先告诉你。你如果去，我就不叫别人了。你莫要搞得到时候，我没有叫别人，你也不去，挡老子财路，就莫怪老子到时候翻脸不认人啊。”

“哎呀，你少啰唆。你只讲，几点钟？哪里？”

“那要得咯，今天搞得早些，七点半架势（方言，开始），在张麻子屋里。”

“要得！”

“小麻皮，莫玩我哦，搞死你。”

“是的咯，屁话多！”

刘毛一走，雷震子从亢奋的情绪中清醒过来，他开始有些发慌了。他知道，现在已经约好了，到时候，他如果不去的话，向来认钱不认人、心狠手辣的刘毛一定不会放过他。

但是，去的话，哪里来的钱呢？当然，他可以找我借，而且那个时候，我也应该是他朋友当中最有钱的一个。但奇怪的是，也许因为雷震子始终都有些惧怕我，就算穷到连早上吃碗牛肉粉都赊账，他也不曾找我开口借过一毛钱。

那么，我这里的路断掉了，雷震子还能找谁呢？

只有一个人，肯定会帮他的人。

牯牛。

十赌九骗

牯牛虽然与雷震子关系很好，但是他与雷震子完全不同。他工作很勤奋，用钱很节省，也从来都不打牌，就算雷震子叫过他无数次，他也从来都不打。

在九镇中心地区的文昌阁里面，去年开始投资建起了一个农贸市场，牯牛就在这里上班。他是一个杀狗的屠夫，每天一大早，我上班路过时，都能看见他围着一件满是鲜血的深蓝色围裙，跟在师傅后头，杀狗宰羊。

当时，还没有专门供人食用的肉狗，而九镇人又非常喜欢吃狗肉。

所以，牯牛杀狗的那家店子生意很好，经常供不应求。他师父以前每隔两三天都要到周边的乡下去收狗，现在，师父想图个清闲，这项任务就落在了牯牛的身上。

每到收狗之前，师父就会在前一天把两三百块钱交给牯牛。

那天，刚好是要准备收狗的日子，让雷震子动了心思的就是这笔钱。快要下班的时候，雷震子跑到牯牛的店子里面找到了牯牛："兄弟，还在忙啊？"

"是的啊，你怎么来了？"

"呵呵，反正也没得啥事，过来看看吵，哎呀，你说，这个狗肉吃起来那么香啊，刚被杀的时候，剥的皮怎么这么臭啊？"

"把你杀了，也一样地臭。血腥味吵，蠢货。"

牯牛边忙边与雷震子有一搭没一搭地聊着。

终于，雷震子忍不住了，说出了借钱的请求。

"你又要去打牌吧？"

"真的不是啊，我上次打牌欠了刘毛三百多块钱，今天他屋里的哥哥被车撞死了，逼着我要账啊。我一分钱都没得，他说遇到今天这种大事，如果我都不还他钱，他就要办我了。哎呀，兄弟，我不求人的，求你一回好不好？"

"妈的，你这个月找我拿了快一百块钱哒，还不求人？老子一个月也只有这么多钱啊。再说，我身上也确实没得一分钱。要不，你先去找三哥想下办法？"

"三哥还不骂死我啊。兄弟，我求求你哒。你多少借我一点。我晓得你存了钱，要不你把你师傅收狗的钱先借我点，你明天再补上，过两天我再一起还你，好不好？"

牯牛当然不敢把师父的钱借给雷震子。不过，牯牛毕竟是个向来都对朋友义薄云天的人，在雷震子可怜巴巴的请求之下，他最终还是采取了雷震子的建议。从师父的钱里面先拿出了70元给雷震子。他准备第二天下乡收购之前，自己再去银行取钱补齐。

当时，牯牛的钱放在脱掉的外套里面，而外套又放在离他一两米的店内一张板凳上。他洗了手，走到店内，从外套里面拿出钱，数了70元交给雷震子之后，他又埋头杀狗了。

然后，雷震子偷偷拿走了剩下的两百元钱。

雷震子想的是，今天晚上要下套笼宰人，稳赢不输，一打完牌，赶在明天早上牯牛下乡之前，就可以把钱还给他，还能给一些利息。而且，就算是输了，牯牛自己也还能从自己存的钱里面补上，不会耽误正事。而他也可以找其他办法赚钱，还给牯牛。

但是，他没有想到的是，自从认识他之后，牯牛整天整天地请他吃饭喝酒，有时还要连带着他的各路朋友一起请，已经花了不少积蓄。当时，牯牛的存折里面总共只有一百八十三块零六分。

晚上八点多钟，牯牛和雷震子一起来我家里找到了我。距离刘毛与雷震子约好打牌的时间只过了一个多小时。

雷震子的右脸颊上肿了很大一块青包，他低着个头看都不敢看我，牯牛则前所未有地怒气冲冲。

然后，他们告诉了我事情的经过。原来，七点半，雷震子带着牯牛的270元钱，准时赶到了张麻子家。奇怪的是，刘毛口中那个泉村的乡下人却没有来，来的依旧是刘毛、张麻子、小七、老黑四个旧牌友。雷震子觉得很奇怪，他问怎么回事，刘毛说那个人放了鸽子，下次遇到了，再找他麻烦。当时，雷震子有些害怕，不能下套笼坑人，硬打硬地赌博，他没有赢的底气，怕输掉牯牛的钱。

所以他准备回去，却被刘毛几个人强行拉住了，花言巧语地一阵挽留。怪只怪雷震子的赌瘾又确实太大，他受不了那种身上有钱，眼前有伴的诱惑，终于他还是留了下来。

一个小时之后，他就已经输得只剩下了六十来块钱。他想要起身去上个厕所，撒掉那一泡“输尿”，再洗一洗“抓钱手”，然后力挽狂澜。刘毛家的厕所和打牌的客厅之间有一道小小的走廊，走廊后面就是洗手的水龙头。雷震子走到厕所边，打开了厕所门之后，却又临时决定先洗手。

在洗手的时候，他听到几句低声的对话：

“这个蠢货，下套笼套他，哈哈！”

“哈哈，这两天生意不好，大哥的老倌子要办50岁生日哒，这下我们的人情钱就来了，哈哈。”

雷震子再蠢也明白了，他就是那个被套笼套住的蠢猪。

他原本有些惧怕刘毛，但是那一刻的他可能是被愤怒冲昏了头，也可能是因为和刘毛的过多接触，认为熟悉的刘毛不会真的对他怎么样。

他冲了回去，破口大骂。

于是，他被打了一顿，从张麻子的家里赶了出来，连桌上剩余的六十几块本钱都没有让他拿走。他跑到了牯牛家，这个时候，牯牛才知道身上的钱已经全部被雷震子拿了，牯牛的世界完全崩溃。雷震子也知道了牯牛存折里面的钱根本就补不上这个漏洞，他也跟着一起崩溃。

崩溃的他们找到了我。

一股怒火从心底狂涌而上，我尽量地克制着，看着牯牛说："牯牛，不碍事，你莫急，实在不行了，你先从我这里拿，怎么都不得让你耽误明天的正经事，放心。"

牯牛满是感激地看着我，不等他说话，我转头看着雷震子说："雷震子，你确定他们下套笼套得你？"

"是的，三哥，我亲耳听到的，哎，我对不起牯牛，是我蠢。"

"你而今莫说这些屁话。我问你，哪个打的你？"

"刘毛和张麻子、小七三个人，老黑没有动手。"

"你打牌打到死，妈的！你快点死回去。我现在看到你就讨嫌。牯牛，你先在屋外头等我，我等一会儿就出来。"

"哦。"

转身进了卧室，穿上大衣，再到后头客厅给家人说了一声，我走出了家门。

牯牛正本本分分地等在我家前边的巷子口，雷震子居然也没有走，畏畏缩缩地站在一旁，想看又不敢看我。

"你还站在这里搞鸡巴？"我没好气地说。

"三哥，我……"

"我告诉你，我而今真的看到你就讨厌，今天这件事，我是看牯牛的面子，帮他的忙。从今以后，你莫来找我哒。我们今后就不认得！"

"三哥，三哥，我……"

"你是不是真的还要老子发火，滚远些！"我踏前一步，站在了雷震子的面前，矮小的他，头部只到我的胸部上方。他抬头看着我，眼中满是惊恐，泪水居然就涌了出来。我寸步不让地看着他。慢慢地，他的目光垂了下去。

“雷震子，你先回去咯，我陪三哥就要得哒，你先回去。”

听到牯牛的话，雷震子的目光完全黯淡了下去。他低下了头，转身默默地离开。

看到他离去时孤独悲伤的背影，我心底有一丝的恻隐，但我还是忍住了叫回他的想法。因为，在这条路上，感情不重要，良心不重要，重要的是如果一个人做了对不起朋友的事情，就必须要付出代价。

这才是打流。

十分钟之后，我和牯牛一起来到了九镇西头的张麻子的家门前。

“张麻子，张麻子。”

“哪个？”

“义色！”

屋里静了一两秒钟，张麻子的声音再次响起，语气中满是狐疑、戒备：“搞什么咯？”

“你开门吵。”

门在我的面前打了开来，张麻子的脸出现在我眼前。

我不顾挡在身前的张麻子，抬起手，一把推开大门，走了进去。在我的脚步紧逼之下，张麻子接连退了好几步，让到一旁，说：“哎呦，义色大哥，稀客啊，找我什么事哦？”

客厅里面，刘毛、小七、老黑三人围着一张桌子，桌上有酒有菜。他们纷纷抬起头看着我和身后的牯牛。

“义色，是你啊，来来来，坐下喝杯酒啊。”刘毛站起了身来。

“雷震子今天是不是在这里输了钱？”

一听到我的话，四个人脸上的表情都变了，再也没有之前伪装的亲切。他们对视了两秒，刘毛说：“义色，打牌有打牌的规矩，愿赌服输，各由天命。你是什么意思？帮雷震子出头啊？”

“你把钱给我！”

“义色，我告诉你，你莫以为你而今傍着唐五混得好，欺负我们这些小麻皮。老子赢的钱，天公地道，你开口就要拿啊？”

“刘毛，你最好莫要我发火。你把钱给我，你打雷震子，下套笼玩他的事就算哒。”

“你想怎么搞咧？老子这里四个人，你动一下看。”

小七、老黑都站了起来。

我笑了起来，他们的脸上都出现了莫名其妙的警惕之色。我走到了一旁的张麻子身边，盯着他，说：“麻子，你说，你安安静静地当个涌马，天天偷点钱过日子就好，你怎么就有这么大的胆子敢和着刘毛这个杂种一起惹事，还惹我的兄弟呢？张麻子，你说说看？”

张麻子的嘴巴张了一张，又闭上，又张开：“义色，都是街上玩的，我们开始也不……”

我一拳直接打在了张麻子的嘴上，牙齿戳到了我的指骨，痛感传来。张麻子半声闷哼，双手捂着口鼻，鲜血已经从指缝间喷涌而出……

虽然我没有和涌马打过架，但是我看到过好几次涌马被失主抓住了痛打的场面，每一个都跪在地上苦苦求饶，这已经足够让我看不起他们。当时年少轻狂的我，很难想象我会对着除了父母之外的任何人下跪。下跪的男人在我的眼中，基本就算不上男人。我当然不怕这些算不上男人的人。

我本以为，我和牯牛两个人可以很轻松地就搞定一切。

我却忘了一点：他们是惯偷，是就算被人打了，下次也还要继续再偷的惯偷。连脸都不要，连打都不怕的老涌马，当他们人多势众的时候，还有可能让我轻易地拿走已经属于他们的钱吗？

人为财死鸟为食亡，如此而已。

所以，平日里干瘦干瘦、并不起眼的小涌马刘毛居然在开打的那一刻表现得那么硬气，确实让我大吃了一惊。那一架，我和牯牛打得相当惨烈。

我一拳打得张麻子措手不及，接着又两脚将他踹翻。牯牛则提起身边的一辆二八自行车砸向冲过来的小七与老黑。

刘毛冲向了客厅的另外一方，那一方通往张麻子家里的厨房。他从厨房里提出了一把菜刀。看到刘毛转身向后冲，积累起来的打架经验就已经让我意识到了不好，我大声呼喊着牯牛，要他拦住刘毛，同时自己也试图往里面冲。

但是我们两个都被剩下的三个人拦住了。

于是，几秒钟后，我就看到刘毛手上的菜刀对着我的脑袋飞了过来，我转身要跑，躺在地上的张麻子却抱住了我的腿。我只得上半身向后一闪，后背传来了一阵火辣辣的疼。

我知道，我们已经失掉了先机，我准备招呼牯牛先走，我望向了身边不远处的他，就在此时，我看到了一个让我惊讶的牯牛。

他飞快地向我这边跑了过来，身后小七的奋力拉扯，居然丝毫阻止不了他跑动的力量。他就像是一头矮小却力大无穷的棕熊，后腰一扭，轻松甩脱了小七双手的纠缠。他赤手空拳地跑到了高举着右手，准备砍下第二刀的刘毛身后，一只手死死地抓住了刘毛握刀的手腕。

然后，他伸出另外一只手，和平日杀狗的情形一模一样，厚实的手掌放在了刘毛的后脖子上，用力一掰，就将刘毛的上身扭得歪斜了下去。不顾后头已经赶到的老黑，他壮实的上半身一个乌云盖顶压在了刘毛的后背，两个人都摔向了地面。

两人的四肢剧烈而快速地扭动了两下，当牯牛再次站起来，我看见那把菜刀已经到了他的手中。

就在那个小小的房间，牯牛手拿一把刀，飞奔着追杀其他的四个人，追到一个，砍翻，再追一个，再砍翻，直到屋子变得彻底安静。

整个过程中，他没有一丝的心软和胆怯，就像是平常工作时的他，干脆而利落。

当我们拿完钱，牯牛扶着我走出张麻子家们的时候，被砍了三四刀的刘毛居然还没有服软。他斜靠在墙边，对我说了这么句话："义色，你狠，你要得。你记着，等黄皮哥出来哒，我们再说，你记着！"

牯牛去了走廊另一头的医生办公室，刚被缝了五针的我坐在医院注射室的一张长凳上。

流子家里很少开火，懒得磨菜刀，我穿的衣服又多，伤势并不严重，但是心里却有一股无处发泄的火。

木门响动，牯牛推开门走了进来，不咸不淡地聊了两句后，他给我说："三哥，你莫怪雷震子，他其实是个好人，只是太不懂事了。真的，你莫怪他，他是真心当你是大哥，上次你帮他出了医药费，他一直都在我面前念这件事。"

我懒得理他，没想到，向来不太多话的牯牛却依旧说个不停，慢慢地，我也听出了一些味道。我问："是不是他来了？"

"嗯，他去了张麻子家，而今在就站在外头，不敢进来。"

"三哥，你让他进来吧，他眼泪水都出来哒，刚刚拉着我说了半天，他想来看看你。"

"三哥……"

牯牛马上就要二十了，年纪比我大，但是他一口一个三哥地喊着，刚刚又才救了我一命，我还能怎么说呢？看着我没有搭腔，牯牛胆子大了，转过头对着外头喊道："雷震子，你进来咯。"

外头一片安静，没有声音。

"你进来吵，三哥不怪你哒。"

门被打了开来，雷震子眼泪汪汪地站在门口，那朵"芙蓉花"在灯光的照耀下，显得格外鲜艳。

"三哥……"

我没有理他。

"三哥，我再也不打牌哒。你的医药费，我出。"

"老子差你的一点钱啊？"

听到这种傻里傻气的蠢话，火气又上来了，我对他大吼着，雷震子一愣一愣地看着我。房子里面又变得一片安静，实在心烦，我扭过头看向了另外一边。

刚转过去，就听到耳边传来牯牛的大喊和跑动声："雷震子，雷震子，你干什么？干……”

我下意识地飞快转过头去，看见雷震子已经站在了门外，他左手拉着门，看着我，在牯牛马上要跑到之前，大叫了一声，同时左手抓着门猛地往外一扳：“老子再也不打牌哒，啊……”

薄薄的木门在我和牯牛的面前关了起来，与门框重重重合一下之后，好像遇到了一根强韧的弹簧，马上又大力弹开，抖动不停。

牯牛一把将门往里拉了开来，原来雷震子将自己的右手食指插入了门缝当中。雷震子的指头没有断，但是整个指甲盖都被夹得翻了起来。

雷震子并没有实现自己的诺言，他没有戒掉赌，那天过后，他还是一如既往地沉迷于打牌。不过，他再也不曾做过那些见不得人的事情了。而且，无论雷震子打牌还是不打牌，我都不再那么讨厌他。因为，我知道，他和牯牛一样都是在用情交我，用心敬我。

我很感谢上苍给了我这样的兄弟。他们的出现，让我打流路上产生质变的那个关键终于摆在了眼前。

枭雄

在中国古代的传说中，有四种最为邪恶的鸟类——恶、淫、凶、毒。毒鸟为鸩；凶鸟为隼；淫鸟为鸨，而枭，就是排名第一的恶鸟。为什么它会排名第一呢？

因为枭一出生就开始吃自己的母亲，母亲在疼痛难忍之下，嘴里会死死咬着一根树枝，枭鸟一直吃啊吃啊，直到将母亲全部吃光，含住了母亲嘴里留下的那根树枝之时，它就正式长大了。

这种行为的邪恶远远超过了鸩的毒、鸨的淫乱和隼的残忍，它是四大恶鸟里面唯一堪称有违天理的鸟类，所以在邪恶榜上，它一马当先。

熊“市长”就是一个真正的枭雄。在他们那个市，每一个人都知道八面威风的熊“市长”有一个半身不遂、毫无用处的亲哥。他哥本来不是残疾人，相反，曾经还是一个身体健壮，在地方上小有名气的流子。

只是，在五六年前的某一天，人们突然发现他再也不能打流了，他变成了一个下半身完全不能动弹，整天流口水的瘫子。事后，熊“市长”告诉人们，他哥哥是因为喝醉了酒，从三楼摔了下来，摔成了这样。

将军告诉了我真实的内幕：熊“市长”哥哥的瘫痪是由熊“市长”一手造成的。因为，他上了他哥哥的女人，而他哥哥得知了消息。在他哥哥放话出去说要办他之后，他率先一步解决了他的亲哥。后来，他顺理成章地继承了他哥哥遗留下来的几乎所有一切，除了那个女人。

一个连未来大嫂都不放过，连同胞兄弟都敢办，连跟他出生入死多年的小弟的生意都要抢的人，他该有多么可怕。

昨天，将军打了电话给我，说熊“市长”这段时间和他们市的另外一个大哥之间爆发了冲突，现在已经到了办他的时机。无论愿意还是不愿意，我都已经没有了退路，这个可怕的对手已经正式站到了我的面前。

唐五到死的那一天都依旧活在社会的最底层，所有草根阶层应该有的特质在他的身上都有着明显的印记。但是，他却是一个绝对与众不同的草根，他堪称是草根中的精英。因为，他有着很多来源于自身生活经历，并不被这个社会的主流意识形态所接纳，看似粗鄙却绝对一针见血的个人生存哲学。

比如，他曾经说过这么一句话：“钱最厉害的地方就是能够让人做自己不想去做的事。”

我记住了这句话。

接到将军通知我办事的电话时，我第一个想到的人就是牯牛。当初，舞厅里面，处于绝对弱势的牯牛敢主动挑战气势汹汹的何勇，就已经显示了他的剽悍；在张麻子家里打的那一架，更是让我刮目相看。如果能够带上他，这对我而言，必定是极大的帮助。

本来，我不想带雷震子。在这些相处的日子里，我已经发现，在那副貌似邋遢痞气、油滑奸诈的流子外表之下，是一颗卑微懦弱、忠厚老实的灵魂。

雷震子，其实注定就不是一个适合打流的人，但是仔细考虑之后，我还是改变了自己的决定。因为，雷震子是我们里面唯一会开车的人。现在，很多人都会开车，这是一件再也普通不过的事情。可20年之前，一个会开车的人就代表他也是一个有用的人。至少，当事情失去控制的时候，他可以让我们逃离得更快。

我知道，依我们现在的关系，办熊“市长”的事情，只要我说，他们两个就一定会帮我去做。甚至，我都不用背上丝毫情感道义方面的负担。同生共死，两肋插刀，这本来就是中国市井中几千年以来对于“义气”这两个字的最佳诠释。

可是，我也明白，他们一定不想做。我不愿意勉强我的兄弟去做一件不想做的事情，何况，这件事本身就有着极高的危险性。所以，我给了他们一个选择。

早在与将军吃饭的那天，将军就说过他会负责所有的费用。在我决定了告诉牯牛、雷震子两人之后，我给将军打了一个电话，向他要了五千块钱。

就在九镇大饭店，唐五曾经约我吃饭的同一张桌子上，我宴请了牯牛和雷震子。没有任何的隐瞒，也没有丝毫的遮掩，当酒菜上齐，我敬了他们一杯酒，然后告诉他们，我想要办一个人。

牯牛没有让我失望，他耸了耸肩，说：“三哥，随便什么时候。”

雷震子也显示了让我有些感动的勇敢：“三哥，你要办人，还搞这么正式干什么？说一声就是了吵。是哪个小杂种？老子帮你弄死他，你都不用出面，帮你搞舒服就是了。”

“你们莫急，先听我说一下情况。”

接下来，熊“市长”的一切细节，包括他与唐五，我和将军之间的关系，我都对两人和盘托出。最后，我对他们说：“我只是想问一下你们，不是一定要你们搞。你们要想好，这件事不是打一架那么简单，是要见血的。”

我看着牯牛，牯牛却移开了他的眼光，没有开口。他疑虑重重，神色有些不太自然。无论谁遇到这样的事情，都会害怕、退缩、权衡，我可以理解，却依旧不由自主地感到了一丝失望。

“三哥。”雷震子看着我，嘴角不断抽动着，想笑又没有笑出来，目光游离不定，像是一头受惊的小兽，神色间有些愧疚，更多的是紧张而仓皇，喊了我一声之后，却又低下了头。

“三哥，我其实也不是怕别的什么。我就是想，这件事如果让五哥晓得了，那不得了啊。都是一条街上玩的，天天抬头不见低头见，五哥的手段你又不是不晓得。他要是晓得你背叛他，我就担心到时候你出事。我倒是没得什么，我一个小麻皮。”

雷震子低着头，我看不清他脸上的表情。但是，他说这句话的声音微弱而颤抖，说到后面几个字的时候，已经有些微不可闻，最后，只剩下了短促而粗重的呼吸声。

我有些愤怒，因为雷震子说出了我心底里面不愿意去面对的那一层东西，他说出了我卑鄙的灵魂。我知道他是无心，他向来都是一个简单的人。

可是，这个世界上，有些时候，老实人、老实话是很让人讨厌的。我下意识地想要为自己辩护一下，话到嘴边，我却发现，面对着这两个真情相待的兄弟，我什么都说不出来，如果逼着自己去说，那只会更假。气氛变得有些压抑，仿佛无形中多了一层看不到摸不着，却让人非常难受的罩子，将我们这张小小的桌子与外头的世界隔绝开来。

清理了一下干涩发紧的喉咙，我强迫着自己低笑了一声，尽量将语气放得轻松，说：“呵呵，你们两个啊，不碍事，不碍事，这件事本来……”

“三哥，我帮你。”牯牛的声音突然响起，打断了我的说话。我有些恍惚地看着他，瞬间之后，明白了过来。一时之间，我的感情太过于强烈、太过于复杂，我无法用词语将它描绘出来。我只晓得，从那一刻起，我也可以为这个年轻壮硕、一脸憨相的男人去死。

“雷震子，这件事，你不想搞就莫搞，不碍事的，没得哪个会怪你。晓得不？你去了搞不好还要坏三哥的事。你安安心心的就要得哒。”极度震惊当中，耳边传来了牯牛继续的说话声，字字入耳，清晰可闻，却又显得那样缥缈，好像来自一个久远的梦境。

我机械而惯性地顺着这个声音，扭头看向了话中的主角，雷震子。

雷震子的脑袋已经抬了起来，他的脸色有些发白，看了牯牛和我一眼之后，目光又垂了下去，摆在桌面上的右手握成了爪，食指指尖飞快地抠着桌面，来来回回。

“沙沙……”

时光在聒噪而单调的刮擦声中飞快消失，却又好像一动不动地停滞着。我看到雷震子的食指突然停了下来，使劲地按在了那道刮痕的尽头，指甲盖呈现了一片雪白。他抬起头，瞟了我们一眼，目光再次飞开，若有所思地望着我身后渐黑的天空，声音虽小，却非常坚决地说：“你们怎么搞，我就怎么搞。”

当时的我们都以为雷震子做出这个决定是因为他本质上就是一个讲义气的人。那时的我们都还太过年轻，我们不能明白，雷震子的心里除了义气之外更多的是孤独。人性中渴求着认同与归属感，惧怕被抛弃、被隔离的终极孤独。我们原本还可以给予他更多，只可惜，当明白这个道理的时候，雷震子已经离我而去很多年了。

雷震子，我确实欠他太多。

最后，我拿出了将军汇给我的已经分成了两份的五千元钱。那一刻，我看到两人的眼睛里面再也没有了犹豫与忧虑，只有掩藏不住的兴奋和激动。

那是一种让我惊心动魄的赤裸裸的欲望。可是，牯牛毕竟还是那个忠肝义胆的牯牛，他抵抗住了欲望的诱惑，他真诚而坚决地推辞着不要，雷震子没有办法之下，也只能跟着说不要。我说：“你们也不用推辞，这个钱不是我的，是将军给你们的。你们也不认识他，该收的钱就要收。而今给的只有这么多了，但是如果事办好了，我保证数目比这个绝对要多。”

“牯牛，这是你的。拿去，拿去啊。”我把钱送到了牯牛面前，牯牛停顿了片刻，手终归还是伸了出来，握住了钞票的另外一头。一股试图将钞票从我手中抽离的力道传来，我也加大了握住的力气，牯牛有些诧异地抬头看着我。

突然，我就感到了愧疚，我说："兄弟，你一定要想好，这就是买命的钱。"

牯牛没有说话，眼睛还是那样盯着我，我只感到指尖一松，钞票已经离开了我的手。前方，牯牛的脑袋轻微地点了点。

"三哥，什么买命不买命咯，没得这个钱，我的命也是你的。哈哈，三哥，说真的啊，我还从来没有一次性拿过这么多钱呢，哈哈。"雷震子想要客气，却又实在忍不住狂喜地说个不停。

那一天，告别了牯牛和雷震子之后，我回到了家，耐着性子坐在客厅里陪着家人看电视，脑子里面却越来越乱。实在忍受不了内心的焦虑，我走进了自己的房间，坐在床上，反反复复地思考着早已想好的全盘计划。

我的计划是这样的：明天，我会向唐五请一个星期的假，借口是要去邻县的姑妈家处理一些事情。然后后天早上，我和牯牛、雷震子分批坐车到市区集合，再转道市区赶往将军所在的那个市。在将军那里我最多待两天，第一天摸清所有的情况，第二天办熊"市长"，办完了连夜就走。牯牛和雷震子会回各自乡下的家里住几天，而我则去姑妈家，直到一个星期之后回来，回来的时候，我会带一些那个县的特产送给唐五。

这样一来，只要我们不是被当场抓住或者当场认出，没有人会怀疑到我们的身上来。

唯一让我有些不满意的地方是，我们只有三个人。就算牯牛和雷震子开始没有答应我，他们不去，我自己一个人也会去办熊"市长"。我已经在将军的面前做出了自己人生的选择，无论对错，我都只能背负着它，一步步前行，没有退路。

现在他们愿意去了，我很高兴。可我还是觉得人有些少，雷震子并不是一个可以拿刀的人，实际上我压根也就没有准备让他拿刀。他只需要负责在我和牯牛办完事之后，开车带我们走就行。

可是，要知道，两个人对熊"市长"一个，要弄死他很简单，但如果想要不引人注目，快速而干脆地废了他，是很有些难度的。偏偏这件事情绝对出不得半点差错，一旦有了任何意外，包括将军在内，我们所有人都必将死无葬身之地。

我纠结在这个点上，想了很久，越想越心慌。耳边先是传来外面隐隐的电视声，偶尔的交谈声；然后又是关闭电视机声、洗漱声；最后，万籁俱静。

不知道过了多久，我终于沉沉睡去。

唐五没有多言半句，就同意了我的请假。一切准备妥当的我站在难得的冬日艳阳之下，连日里焦虑紧张的心也不免有了一丝放松。可是，当雷震子站在我的对面，一脸笑意地说出了一句话的时候，我感觉自己就像是被上帝摘去了翅膀的路西法，从温暖的天堂直接跌入了冰寒刺骨的地狱。

他说："三哥，你这件事还差不差人？"

手脚上的冷汗不断渗出，我用最后的一点自制力努力控制着自己的颤抖，看着雷震子，一字一顿地说："你把我们的事，告诉了别个？"

声音干涩枯哑，简直不像是我的声音。我已经没空去理会自己的失态，我静静地等待着雷震子的回答。雷震子的脸色一片惨白，片刻之前的笑意已经消失无踪。他惶恐紧张地望着我，额头上隐隐冒出了一层细细的汗珠，语无伦次地说："没有，没有，三哥，没有，我……我没有，我对哪个都没有说，三哥，这件事，我没有说，我真的没有说。"

吊在嗓子口的心终于落了下来，剧烈的心跳过后，我感到脑袋里面一阵空白与眩晕，长长吐出了一口气："那到底是怎么回事？"

"三哥，不是的，是我一个朋友，铁聚，我今天中午请他吃了一顿饭，他找我借钱，我看他而今也混得不如意，所以，想问一下？"

怒火终于涌了上来，我一脚就将雷震子踢得坐在了地上，踏前一步，指着他大骂道："我捅死你的老娘！雷震子，你个狗杂种，你是不是有不得两个钱？肚子里面装不得什么事，你就别他妈答应帮老子做事！有个钱就在别人面前显，你显个鸟啊显！别个当你是坨狗屎，你晓不晓得？万一出事，老子和牯牛都要被你这个杂种害死！你个成事不足败事有余的蠢货！”

雷震子坐在地上不敢说话，也不敢起来，就那样呆呆地看着我。骂了半天，也骂累了，又拉不下脸真的开打，我只得拿出一根烟，怒气冲冲地走来走去，想要思考，脑子里却好像灌进了一桶糨糊。

“三哥，我什么都没有说。真的！我就是给他借了五百块钱。他和我是一个村的，一起玩到大的条卡朋友（方言，发小，穿开裆裤玩大的朋友），就像是我屋里的亲哥哥。他实在是没得法了，找我开口借二十块钱。我就拿了五百块给他。我真的什么都没有说。”

看着坐在地上的雷震子可怜兮兮的样子，我的怒气终于消退了一些。我走上前去，想把他扯起来，他居然像小孩子耍赖皮一样，还强着不肯动，嘴里还不断念着：“三哥，我真的什么都没有说。”

“你起不起来？你不起来，就给老子死在这里，别起来了。”

“三哥，那个人和我关系真的蛮不错，就像是我和你一样。我确实也没有给他说任何东西，就是借了钱，三哥，你相信我。我不会这样不知轻重。”雷震子看我的脸色缓和了一些，赶紧边说边站了起来。

“他未必没有问你哪来这么多钱啊？你倒是大方啊，一出手就是五百，你自己穷得像个鬼，站着像根账桩，蹲着像个账坨，你欠一身的账，你还借钱给别人！他不问你？”

“问了，我说是我打牌赢的，呵呵。”雷震子毫无廉耻地笑了起来，笑得我鼻孔里面都冒青烟。

“放你娘的狗屁！你赢钱，你他妈的，你自己信不信？”

“……”

雷震子的笑容僵住了。

“他未必比你还蠢些？”

“……”

雷震子的眼睛里面又冒出了惊恐之色，身体开始往后退，看样子是做好了再次挨踢的准备。我大大抽了一口烟，再也懒得看他，目光转向了另外一个清静的地方，想了一会之后，问道：“你那个朋友是个什么人，和你关系到底怎么样，靠不靠得住？你他妈给老子说实话！”

“靠得住，靠得住！有几年，我们过年都是在一起过的。小时候，他穿不了的衣服，他屋里大人都给我穿，真的就和一家人差不多。就算他看出什么了，他也绝对不会出卖我，就像我绝对不会出卖你一样。真的，三哥，绝对是铁聚啊！”一听到我这么问，雷震子脸上的笑容马上就堆了起来，甚至带着些许得意之色，飞快地回答，居然还不忘记拍一下我的马屁。

“他也是打流的啊？”

“不是的啊。”

“那你问老子差不差人？你吃多哒没卵事啊！”

“哎呀，三哥，这你就失误了啊。我就说你啊，我佩服还是佩服你，不过有些时候呢，你真的是聪明一世糊涂一时，未必只有打流的才狠啊？我告诉你吵，我这个朋友……”

在这个弱肉强食的世界里，在他短暂的生命里，雷震子始终都像是一颗长在茅厕旁边的小小野草，一直都活在生物链的最底端，卑微低贱，甚至还有些恶俗肮脏。但是，雷震子的内心却永远都是那样地单纯与善良，远远地超过了我以及我所见过的所有人。他从来不会记仇，他也从不会因为别人的厌恶和欺负而长久地去恨一个人。

他只会记得人们偶尔对他些许的好、些许的尊重，并且用别人看来傻里傻气，却是他自己最为擅长、最为真诚的方式表达出来。听到我的询问之后，雷震子已经忘记了我的暴怒和片刻前踢他的那一脚。乐而忘形、急于邀功的他，无意中把另外一个日后成为我左臂右膀的人送到了我的眼前。

雷震子的那个朋友姓彭，名叫彭飞，和雷震子是一个村的老乡，比我们都要大上几岁。在全国上下高声说着“谁是最可爱的人”的年代，在全国姑娘都要嫁给军人的历史洪流中，他义无反顾地加入了中国人民解放军。

只可惜，彭飞没有等到渴望已久的战争，他也没有成为梦想中的英雄，甚至连一个三等功的勋章都没有得到。他只是如同绝大多数的热血儿郎一样，在绿色的军营里面度过了默默无闻的几年青春。

等他带着些许的失落与满腔再创天地的雄心退伍回来，却发现时代已经变了，这已经是一个不需要英雄的时代。除了一副好身体以及从小练就的农活手艺之外，他一无所长。而那些善变的姑娘们早就掉过头去喜欢个体户、年轻干部了。

最后，将他从迷茫与困惑中解救出来的还是那两位卷着裤腿，两腿泥巴的老人。家里人几乎是砸锅卖铁，借了一切能借的债，求了所有能求的人，历尽千般艰难、万种辛苦，终于在九镇政府一个唯一愿意接受他的部门替他谋到了一份职业。九镇的人们通常称呼那个部门为“计生办”，有些时候，人们也叫它“夭亡鬼”。

其实，那个年代的计生办和现在计生办的性质绝对不同。在二十年前，计生办绝对算是一个肥水衙门。只不过，在九镇，愿意到这个衙门里面上班的人并不多，尤其是九镇本地出身的干部，更加是避之不及。

为什么？就因为人们口里的那句“夭亡鬼”。“夭亡鬼”是九镇三镇十八乡范围内的一句方言，按照字面意思来说，是指那些年纪轻轻就意外死亡的人。但是在九镇，无论儿女如何不听话，父母都绝对不会用这句话来说他们。它专门形容那些已经被人仇恨，人们咒他不得好死，要遭天打雷劈的人。

人们对计生干部如此仇恨也有着自己的原因，九镇一直都地处交通不便的中南部山区，信息闭塞，文化水平普遍不高，也正因如此，千百年来的传统也就保存得更多。“不孝有三，无后为大”“有女空万担，养儿不再穷”这些话虽然不对，却是那个年代里，每一个九镇人深深记在心中的祖宗遗训。

所以，在他们的意识中，计生干部断了他们的户，绝了他们的后，这是不共戴天的仇。在法制社会，他们不敢用其他的方式报复，背后骂骂人还是没问题的。彭飞就进了这么一个单位，成了一个人见人厌的新晋“夭亡鬼”。

残忍的职责

彭飞不是一个很会在官场上混的人，他沉默寡言，不善交际，更不像雷震子一样喜欢拍马屁。可是他背负着父母的所有期望，所以在工作之初，他也很用功，很努力。他就这样过了大半年，直到年关来临，喜气笼罩九镇万民，彭飞却没能过得了这一关。

在那个年代，几乎所有的政府部门、国营企业都有一个硬性规定的指标，只有达到了这个指标，才有资格在年底评选中评优，只有评上了优，科室里的人才会有年终奖，只有拿了年终奖，这些薪酬微薄、无权无势的基层干部才能让家里人开开心心地过一个好年。

九镇计生办当然也不能例外。彭飞上班的第一年年底，他们计生办主任发现还差好几个指标没有达到，他急了，全科室的人也都急了。

于是，主任决定要像往年一样，在年底之前，大抓计生工作，给党和人民交上一份满意的成绩单。在素来民风剽悍的九镇地区，平时计生工作也都进行得非常困难，暴力抗法，计生干部受伤的事情时有发生。可比起年关时节，这些只是小巫见大巫。

计生干部的出现让人们从过年的喜庆一下跌落到绝后的痛苦时，所造成的巨大反差，会让人发狂，会让人不计后果地报复。况且计生干部也是人，他们因为不得不做的本职工作，被人骂了一年，没有谁还想在过年的时候，继续被人指着脊梁骨骂“夭亡鬼”。所以，计生办那些老油子纷纷躲之不及。自然而然，这个重任就落在了初来乍到，啥事不懂，也没有资格挑拣的年轻后生彭飞的身上。陪他一道的只有无法推卸责任的主任和主任指定的另外一个能说会道的人。

在处理之前那几家超生户的过程中，彭飞就已经感到了非常的内疚。平时，他们出来办事，遇到了会来事的或者情况确实可怜的人家，他们也会睁一只眼闭一只眼，得过且过，良心上没有这么大的负担。但是现在，被逼上梁山的主任已经变成了一头红了眼的饿狼，不管什么情况，只要被他们抓到了，一律送到卫生所，没有任何人情可讲。

在这个过程中，彭飞在顶头上司的命令之下也用了些非常手段，和抵抗的村民打了架，而且还越打越凶。因为他发现，只有别人打在他身上时产生的痛楚或者他打在别人身上时产生的快感才能让他暂时忽略身边那些老人、妇女悲凉绝望的眼神，撕心裂肺的哭泣，才能让他保持着最后一份尊严。

在年底科室的团年会上，堪称海量的彭飞却喝醉了，喝醉的他又开始痛哭，哭得如丧考妣，同事纷纷来劝，劝不住。喜庆的日子里面，被扫了兴的人们，耐心终于开始消退。最后，主任板着脸说，如果要哭就出去哭。

彭飞失掉了家人用尽一切为他换来的那份工作，跌入了对于往事的追悔。他在九镇租了一个小房子，用尽所有的能力去赚钱，来报答家人，然而他却在贫困中贫困，在痛苦中痛苦，在憋屈中憋屈。

再然后，雷震子带着我一起打开了那间小房子的那扇木门。如果不是亲眼见到，我绝对不会想到人类居然能够居住在这样的环境里面。放眼望去，那个小且逼仄的房间已经不再是用猪圈就可以形容，那简直就是一个垃圾场。在无数散发着奇异恶臭的垃圾当中，一个胡子拉碴、头发极长、双眼无神、面色苍白的男子坐在一张小床上，一动不动，安静而专注地看着我们。

最后，我们约上了下班的牯牛，四个人一起来到了雷震子租住的地方。我把自己账户里面的1700块钱取了出来，然后带着只剩下零头的存折一起摆在了彭飞的面前，并向他表示，现在少给的，事后会全部补上。

很多年后，彭飞跟我说，就是那一瞬间的狂喜和心跳让他突然明白了，在这个不需要英雄的年代里，只有钱才会让人成为英雄，而我，就是那个真正可以让他成为英雄的人。

我们就像是四个在沙漠里渴了八百年之后才遇见水的孤魂，狂喝了一顿酒。如雷震子所说，彭飞的酒量果然极好。我醉的时候，没有看到他醉，我只看到了他眼里冒出了一种咄咄逼人的光。

因为初见面时的诡异场景，和他冷静到有些淡漠悠远的言谈与喝酒的豪气之间太过鲜明的对比，被酒精燃烧的我们不再叫他彭飞。

那一天开始，我们所有人就已经习惯称呼他为“癫子”。

练香功的黑道大哥

那个年代没有高速公路，在市区会合之后，我们一起登上了一辆破旧的中巴车。车子载着我们在同样破旧的公路上面颠簸了十来个小时。见到将军的时候，天空已经布满了点点繁星。

面对着初次见面的牯牛三人，将军表现得大方得体，分别甩给了他们每人一条万宝路，然后扭过头拍了我一下，笑着说：“我们两兄弟，我就没得这么多烟给你抽了，这就是到了你自己家，要什么，就别和老子啰唆，你自己去买。”

区区三条烟，短短一句话，既使牯牛他们体会到了一份热情，又让我感受了尊重。言谈之间的那份老到，让年龄并不算太大的我不得不暗自叹服。

小将军已经在一家不太显眼的酒店之内摆好了丰盛的酒席。在一片融洽中，我们大吃、大醉。一路的风尘与连日里来一直压抑的紧张、惶恐不知不觉中无影无踪。席散，我醉意盎然地走出饭店，抬头看去，片刻前的繁星居然全部消失不见。天空下起了小雨，雨水淋在脸上，昏黄的路灯多了一层光晕，模糊得有些遥远。

不知为何，我的鼻子有些酸楚。

将军所在的那个市是一个世界有名的旅游风景区，自从改革开放之后，前来游山玩水的国际友人越来越多。所以，虽然地方经济没有我们那个市发达，为了招待八方来客，却也在去年率先修建起了一栋我市没有的四星级宾馆，名字叫做邮政大厦。

将军就安排我们住在那里。走之前，他还带来了四个女孩，要我们放心大胆地玩，这个地方是专门用来招待外宾的，绝对不会有人查房。

我本想拒绝，无意间却瞥到了另外三人迎风招展的裤裆，无奈之下，只得婉拒了自己的那一个，和将军告辞之后，抛下身后万种风情，转身进入了自己的房间。

自从打流的那天开始，我就不再是一个洁身自好的人，我并不是没有嫖过娼，更不是不喜欢女人。因为我知道，只要身边躺着一个漂亮的女人，那么这整整一晚我都无法好好地休息。但是，今天我需要休息，需要在绝对的安静中仔细地理清一些事情，所以我不能将精力浪费在其他的事情上面。

明天，将会是风云莫测。

躺在床上，看着电视，却完全不知道里面播放的是什么东西，我脑子全力运转，回想着席间将军给我说的计划。

当时正是气功大师们的黄金时代。借着气功的名义，形形色色的江湖骗子大行其道，各种各样的功法风靡全国。其中有一种极为流行的功法，号称几千年的佛教秘传，连莲花生大师、唐三藏、济公都是功法传人。因为据说人只要一练功，身体周围几米的范围都会散发出一种神秘的香气，所以取名为“香功”。

熊“市长”也练这种功。一个为了保护自己，可以废掉亲哥哥的人，自然万分珍惜自己的生命。他想要长寿，所以，他很少喝酒，很少熬夜，只爱赚钱和练功。不过，熊“市长”毕竟是一个黑道大哥，他不可能每天跟着一帮中老年妇女一起在广场上练功，这样太没有格调了。

他练功的地方是离他家不远的一个香功“大师”家里。据说，他是那位大师唯一的真传弟子，这个传言让他骄傲自豪的同时，也让他越发虔诚。

将军说，这两年来，熊“市长”每天晚上都会去练功，风雨无阻。

明天早上七点之前，将军会给我们送一辆车过来，我点名需要的斧头、杀猪刀和铁锤都会放在车上，然后他会带我们去认路。

明天晚上七点钟左右，将军会把游戏厅这个月的分红送给熊“市长”，并请他吃饭，吃饭时，熊“市长”肯定不会多喝酒，但将军会尽量拖延时间，好让他晚点去大师家里练功。练功大概要一个半到两个小时，练完之后，寒冷的街道上理应没有什么路人了，我们就在那个时候动手。

办完之后，我们开车到他们市通往我市的公路旁的某个地方，他会带人等在那里，车子给他，他再安排另外一辆车连夜送我们走。之后，我们不要再联系他，他会主动联系我们。

我对自己有充分的信心，牯牛也是一个能办事的人，对癫子虽然还不算太了解，可这两天我看出了他对于钱的极度渴望，单凭这一点，我想他也不会让我失望。

至于雷震子，我根本就没有计划让他加入，他只需要开着车等在一旁，我们办完事，上了车，他记得挂挡、踩油门就行。这样看来，只要将军那边不出现什么大的差错，这个计划基本可以算是完美无缺。将军会出什么差错吗？甚至，他会出卖我吗？

当这两个荒谬的念头不受控制地浮现在脑海的时候，我就第一时间强行驱散了它们。

不是我容易相信人，而是根本就没有将军会出错、会出卖我的理由。这本来就是两道不需要解答的问题。

我有一个很奇怪的习性，知道大事要来临的那段时间，我会非常紧张，但是当事情真正来临的那一刻，我的心反倒静了。那一夜，我睡了，睡得很香。第二天，我很早就起床，窗外，风景如画，冬日暖阳，神清气爽。

人最恐惧的时刻是什么？是当你站在最高端，认为控制了一切，却突然发现自己跌入了最低处，什么都不再受你控制的那一刻。所以，一个多小时之后，接到小将军送来的那个消息时，我的状态只有四个字可以形容：魂飞魄散。

“咚咚咚。”急促的捶门声响起时，我正在房里坐立不安。将军绝对是一个说一不二的人，他说过今天早上七点之前会送车过来，那就一定会来，而且一分钟都不会迟到。但是现在已经快八点半了，还是没有见到他的人影，这非常反常。

反常即妖。所以，当捶门声传入耳朵的第一时间，一股巨大的不祥感立即就笼罩了我。这个时候来找我的只能是将军，可将军从来不会这样冒失唐突地大力捶门。

几乎是条件反射一样从凳子上弹向了大门。门刚打开一条缝隙，一股极大的力道就已经将门推开，撞在了我的身上。没等我反应，小将军已经闪身走了进来。我站在那里看着他，他也站在那里看着我，表情非常奇怪，似哭似笑，非哭非笑，鼻孔一下下地扩张收缩。我还在揣摩着他的表情，却看到他的嘴角向下一撇，眼圈一下就红了："三哥，三哥，啊啊……"

我飞快地关上了房门，一把扯着哭得说不出话的小将军走到了房间里面，点燃一支烟，递给他，看着他抽了一口之后，我才说："老弟，莫哭，怎么回事，先莫哭。"

"啊啊……三哥，我哥，出事哒，啊啊……我想着你们还在这里等，来告诉你们一声，啊啊……我哥哥被人杀了！"

我浑身上下每一根汗毛都立了起来，一股电流刹那间过遍了我全身每一个细胞。两只手完全不受控制地颤抖，我试图握紧，手指尖传来了一片冰凉。

"杀了？"我不知道自己说出来的是什么声音，我明明感觉自己是在吼叫，但是传到耳朵里面的声音却是异常地嘶哑和低沉。小将军停止了哭泣，愣在那里，看着我。

"已经死了？"我再说了一声。

"没，没有，还没有，还在医院，我来的时候，还在抢救，医院下了病危通知书，啊啊……后脑壳上被砍了好深一刀，啊啊……医生讲的，没得好大的搞头哒。哥哥啊……"

说到最后，小将军又放声痛哭起来。

"笃笃笃。"

门外再次响起了敲门声，声音轻柔而谨慎，此时此刻却好像是一连串的惊雷在整个房间里面炸响，炸得我晕头转向。我看向小将军，小将军也同样不解地望着我，眼中满是惶恐。我用最快的速度、最轻的步伐走到茶几旁，拿起了上面那个厚厚的玻璃烟灰缸，对着门外说：“谁？”

“我，三哥，你在做什么啊？我好像听到你房里……”是癫子的声音，他就住在我的隔壁，那个年代的宾馆隔音并不是很好，他应该是听到了我房里的响动。

“哦，没事，你先回去。”不待他说完，我提高音调打断了他的说话。吊到了嗓子口的心跌落下来，那一刻，我敏锐地意识到，癫子是一个非常细心的人。

听着脚步远去，我将烟灰缸放回到桌面，一不小心，烟灰缸从指尖滑落，跌在桌上，激起成片脆响。我这才发现，手心又湿又滑，全身上下已经渗透了一层冷汗。

“到底怎么回事？你先别哭，先把事说清楚。”我已经有些厌烦了接二连三的恐惧和震惊，不自觉地将这种厌烦在语气中体现了出来。同样被敲门声吓得连哭泣都忘掉的小将军，被我的语气所传染，暂时从悲痛中解脱，给我说出了整件事情的经过。原来，今天六点多钟，将军就起床了，洗漱完毕之后，他走出了家门，准备去朋友那里提车。出门之前，将军还专门交代了依旧躺在床上的小将军一声，说可能会和我一起吃个早饭，中午的时候去游戏厅看看，要小将军早点起来去开门。

十分钟之后，小将军就被震天响的敲门声打断了正在刷牙的动作。

敲门的人是住在他家那条巷子里的一位老人，这位老人只说了一句话：“快点，快点，冰冰，你哥哥被人杀哒！”

将军一出家门就遇到了伏击。

几个人居然忍住山区冬夜的严寒，在他家门口候了他一整夜。当第一刀砍在将军身上的时候，将军拔腿就跑，他没有跑掉。就在离自家门口十来米的巷子口上，他被守在那里的两个人堵住了。前后夹击，将军几乎完全没有反抗，第一时间就被劈翻在了地上。

最致命的一刀，劈在后脑，根据小将军描述那一刀的深度来看，武器不是杀猪刀就是马刀，一般的砍刀、菜刀劈不出来那样的效果。这不是教训人，教训人不用带这样的家伙，这也不是要废了将军，废人不可能对着后脑劈，这确确实实是要杀了将军。但是，没有人见到砍人者是谁，包括那个早起锻炼的老人，他除了知道一共有五个人之外，对其他一无所知。

砍人的人脑袋上都带着那种下面有一条固定带，能够遮住嘴鼻的毛线帽。砍完之后，他们没有片刻停留，转身飞奔而去。

小将军见到他哥哥的时候，他哥哥就已经快要不行了，脸色铁青，手脚都开始发凉。彻底昏迷之前，他哥哥给他说了两个字："义色。"一到医院，医生屁话不说，直接就先出了一张病危通知书，逼着小将军签字，签了才敢进行抢救。小将军确实也不是一个简单的人，在等候医生手术的时候，他居然还能想到哥哥的话。于是他转头就坐了一辆慢慢游（出租车出现之前，通行于我省的一种载客用三轮摩托车）赶到了我这里来。

听完小将军的描述，一时之间，我没有任何想法，大脑已经彻底混乱，我根本无法思考。

"三哥，怎么办？要不你们先走吧？有什么事，我到时候再打电话告诉你。"小将军那一年17岁，我只比他大了两岁不到。但是那一刻，他就像是一个被父母抛弃，站在黑夜里的小孩，就那样孤独无助地看着我。

他可怜巴巴的样子让已经被这个疯狂的早上彻底搞晕的我，终于想出了应该去做的事情。我走到了他的跟前，将手放在他的头上，说："老弟，你先去医院，陪你哥哥，其他的事你现在都别想，救人要紧。你放心，我就住在这里，我不走。你哥哥这件事，不可能就这么完了。"

小将军的眼眶再次变得通红，水汽迅速笼罩了他的眼眸，一层又一层，终于顺着睫毛滴了下来。足足有几秒钟时间，他什么都没有说，但是我却深深地感受到了那种生死相依的真诚。

"三哥，呜呜……"小将军已经没有办法说出一句完整的话来了。

我摸了摸他的头发，一把将他扯了起来，指着床边的电话说："而今还不是哭的时候，你哥哥都这个样子哒，你还没得出息，那就完了。你游戏室的电话号码我有，等一下有什么情况，你就打这个电话找我。我有事，就打你游戏室的电话，你安排一个靠得住的人守在那里。我不叫你，你先别过来了，就在医院。现在就去，你哥哥信得过的兄弟，多叫几个，小心别个补刀，懂吧？”

小将军点了点头。

“去吧，去吧，快点！”看着小将军飞快地消失在了走廊尽头，我没有关门，现在，是时候叫醒其他的人了。

今天也许还有很多的事情要去办。

第七章
自古江湖，有鬼途，无人归

何去何从

“三哥，那现在怎么办？”听我说完了所有一切之后，被我从床上叫醒，连牙都没来得及刷的雷震子已经完全从睡意中清醒过来。他骨子里的胆怯和懦弱也一同被这个血腥的早晨唤醒。看着他吞吞吐吐说话的样子，我知道他还有半句话没说出来，他真正想问我的是：“如果别人找到我们了，怎么办？”

“三哥，我们要不要去医院看下将军？”显然，牯牛的胆气要比雷震子大得多，但是他的这句话，于我而言，也一样等于没说。癫子先前就已经被小将军和我的谈话惊醒，已经漱洗完毕的他看起来要比其他两个人双眼浮肿、头发蓬松的样子更为精干。但是，他却没有说话，他只是安静地坐在边上，安静地望着我。

“现在不去看他，去了也没有用。我就想和你们商量一下，将军这件事，是别个专门来办他。我不在这里，我不管，但是而今我在这里，他是我的兄弟，我不可能不管。”小将军走了之后，我就那样浑然不知地站在门边，不知道站了多长时间，一直等到骨子里面的恐惧开始慢慢散去，就是在那时，我真正坚定了要为将军报仇的念头。

现在，我说出了心底的真实想法，这也是我答应过小将军的承诺。只是，当我把这个决定说出口的那一刻，我看到了雷震子的失望，也看到了牯牛的担忧，只有癫子还是那样安安静静地坐着，像个石雕，让人琢磨不透他的真实想法。

四个人的呼吸声此起彼伏，却都无一例外地被控制得悠远而细长，大家都好像生怕打扰了这一刻出现在房间里的那种奇妙的沉默。他们的表现让我有些失望，我想他们很难真的给我一个决定。也许，何去何从只能靠我自己了。

无数个念头在心里出现又消失，就这样过了很久很久，我手上的半支烟都已经快要抽完。牯牛终于动了，他挪动了一下自己壮硕的屁股，窄小的木凳随着他的动作发出轻微的吱呀声。等到我的眼睛完全与他对视的那一刻，牯牛从鼻子里重重地呼出了一口气，说："三哥，我来就是帮你办事的，你要怎么办都行。"

我有些激动，但我更加清楚，这并不是一个适合为兄弟义气而激动欢呼的时候，于是淡淡地点了点头。

"三哥，那我也搞。"雷震子也说话了，声音依旧怯怯的，可他毕竟还是说话了。

我屏住呼吸，看向了癫子，癫子没有说话，也没有避开我的眼神，他同样定定地看着我，可是我偏偏却又感觉他看的并不是我。一秒、两秒，癫子还是没有开口的迹象。在有些暧昧难言的气氛中，其他两人也看向了癫子。我已经暗自做好了决定，如果他不铁我，那他就回去，给他的钱就算了。可是如果这件事，他敢泄露半句，就算老子回不去了，也一定要通知何勇他们帮我办了他。

离忍耐的极限越来越近，终于，我轻轻吐出憋了很久的那口气，目光从癫子的脸上移开。话已经是将出未出，到了我嘴边的那一刻，癫子的声音却先一步传来："三哥，我刚想了很久，帮将军报仇，我没得问题，怎么赚钱都是赚，给我钱就行……"

他说到这上半句的时候，我的话吞了回去，心也放了下来。不过，那一瞬我没有感动，只有隐隐的愤怒和鄙视。虽然我明白癫子办这件事归根结底就是为了钱。但是这几天以来，我尽力地待他如兄弟，在这个时候，他首先想到的还是钱，我多少有些不满。

我已经做好了等他说完话后，开口讽刺羞辱他一下的准备。没料到的是，接下来，癫子后面的半句话却让我有了另一种完全不同的感觉。

“不过，三哥，小将军说没有看到人，那你怎么晓得是哪个办的将军，我们到哪里去找人呢？”

我一下呆住了。其实，癫子的这个疑问，我已经想过了，我只是存了一丝侥幸。我认为平日里，将军在这个市混得很开，朋友很多，小将军虽然没有打流，为人却也不错，这个时候，应该会有人帮他。那么，就可以要小将军出面打探消息，我只需要办事就行。

虽然我自己都觉得这个想法有些靠不住，但是将军受伤的消息让我太过于震惊，小将军当时表现得也太可怜，我毕竟也是一个被感情控制的普通人，同仇敌忾的愤怒使我只想要为他报仇。在这样的主观心态影响之下，一线的希望就已经足够蒙蔽我的理智了。而且，我原本还以为，在这四个人的圈子里面，我是属于那个想问题最周全的人，什么事我自己想好就行了，并不需要给其他人交代。

只是，现在的情况显然并不是这样，很少说话的癫子居然一针见血地把问题指了出来，这是出乎我意料的。

“嗯，我可以要小将军找一下，他天天跟着他哥哥玩，将军在这里朋友也多，应该没啥问题。”我的话，说得连我自己都有些心虚。

“三哥，你开始说那些人估计是去杀将军的。你想，我们只是想要把熊‘市长’搞残，都废了这么大的力气来计划，都晓得不能留下痕迹。别个杀人的人，你觉得会不会这么蠢？将军被砍前几个小时，自己都一点消息没有得到，还和我们喝酒。他弟弟这么容易就问得出来吗？”

“……”我哑口无言。

“怎么就打听不出来呢？这又不是什么大城市，比九镇大不了好多，打流的也不是成千上万那么多，时间长了，迟早要找到。”牯牛帮我说话了。

“三哥，你只有一个星期的假。时间长了，万一这里出了什么事，唐五那边晓得了，又准备怎么搞？”

我开始感到自己的面子上有些挂不住了。但同时，我隐隐也感到了一丝开心，当过兵，还在场面上混了一段时间的癞子确实不是一个街头那些一无是处的小流子所能比的，他果然是一个非常细心周详的人。

这样的人，帮我，总比害我强。

“哎，癞子，你就说你到底干还是不干？你只是想要钱吵？不得了啊，问东问西，而今是不给你钱还是怎么了？要听你啰唆？三哥，莫理他，他搞就搞，不搞算了。少了一碗胡萝卜，一样的整桌酒席。”自从那次我救了雷震子，耿直忠厚的牯牛就始终当我比亲大哥还亲。此刻，他照样耿直地替我出了头。

我看到雷震子在一边小心翼翼地悄悄拉扯着癞子的衣角，癞子的嘴巴紧紧闭了起来。

我不是一个见不得别人半点牛逼的人，我知道，现在有了癞子这样一个人对我会是多么大的帮助。于是，我对牯牛点了点头，又扭过去看着癞子说：“癞子，你别听牯牛的，他就是这么个脾气，你是怎么想的？这个房间里，都是兄弟，没有什么先来后到之分。你想赚钱是应该的，我也想赚钱，我又不是你的领导。你有什么话，你就说。”

“三哥，我没得别的意思，我开始说了，反正都是赚钱，我跟你来了就是来了，你搞什么，你决定，我搞就是了。我只是想了想，报仇这件事急不得，真的。牯牛，你也莫见怪，我没得别的意思。”癞子仰脸看着我，甚至还转过头去对着牯牛笑了笑，牯牛也有些不好意思地回了他一笑。

我对着癞子点了点头：“那你觉得我们现在应该怎么办呢？”

听了我的话后，癞子又转过头看了看牯牛，一根肠子通到底的牯牛再次报以歉意的微笑。癞子这才开口说：“三哥，我觉得报仇这件事急不得。牯牛开始说了，反正迟早要查出来，查出来之后，你再来办人也不迟，到时候，为兄弟报仇，天经地义，就算是唐五晓得，也说不得什么了。我觉得，而今最重要的是将军的安全。”

将军的安全？除非我现在去医院守着，可这显然不可能。癞子之前的那些话已经让我对他刮目相看，我想他应该不是出于这样愚蠢浅显的想法，一定还有其他的原因。

我脑子开始急速转动，同时，示意癞子继续往下说。

“早上那些人如果是来杀将军的，而今将军在医院，不见得就一定会死，也可能会抢救过来。现在别个应该不会冒这么大的风头去办他，但是过段时间呢？他休养的时候呢？不可能哪个24个小时守着他吧？真要安全，只有把别个想办他的路断了，我们自己肯定断不了。”

“那你的意思是？”

“我们断不了，警察可以，我们把这件事搞大！”

“怎么搞大哦？”

就在雷震子插嘴的同时，隐隐有些极为关键的东西开始在我的脑海里面出现，一时之间却还有些摸不到、抓不着。

“三哥，我们其实可以按照先前的计划，还是搞熊‘市长’！”说到这里，癫子一扫平素里那种安静淡然的样子，看着我的双眼炯炯有神，隐隐有一丝掩盖不住的得意之色。

“什么？”

“为什么呢？”

在牯牛、雷震子两人的询问声中，我脑子里面仿佛轰然一声巨响，一道灵光飞快闪过，一理通百理通。经过一早上的浑噩之后，那一瞬间，前面的路在我眼前突然明朗了起来。

明知山有虎，偏向虎山行

将军他们这个市和九镇一样，地理上属于同一个地区。这个地区自古以来都是流放犯人的地方，以盛产悍匪山贼闻名。从古到今的人命案层出不穷，那些有钱有势的老板，争夺矿产时，用枪和炸药灭人满门的事，也屡见不鲜。在这一亩三分地里面，将军混得再好，他也只是一个二流的流子。别说今天他还没有死，就算他死了，警察也不见得就一定会当做一件大事，全力缉凶。可是熊“市长”不同了，他是公安局副局长的亲表弟。

我笑了，这个早上我第一次笑了。我说：“癫子，你有什么话继续说，还装什么扭捏啊，说！”

癫子也笑了起来，边笑边说："三哥，我是这样觉得的啊。办将军的人，只会有两个，一个是而今和他大哥不对盘的那个毛老板，要搞定熊'市长'，所以先找将军开刀。另外一个就是他大哥本人。将军不是说熊'市长'早就看他很不舒服了吗？你看啊，我们先假设办将军的是那个毛老板，那么我们现在办了熊'市长'的话：第一，熊'市长'的表哥插手，场面上的人一插手进来，毛老板再鸟，他也不可能和场面上的人搞吧。将军肯定就没得事；第二，我们这个时候办熊'市长'，这个黑锅，毛老板不想背也要背，除非有人事先就晓得将军安排了我们，不然的话，现在将军都这个样子哒，哪个会认为是他下的手？我们也就越发安全。而今这个时候了，将军已经出事半天了，我们还可以坐在这里谈，我估计别个晓得我们存在的可能性不大。

"再者，假设办将军的那个人是熊'市长'，那也没得问题。第一：将军没得事的时候，也没有动熊'市长'，而今将军被他办得快死哒，他肯定会认为将军更加不可能动他，是吧？第二，把熊'市长'一办，他一残废，还有哪个理他？就算他还想要将军的命，只怕也没得这么容易哒，是吧？第三，真的是他，我们也就算直接帮将军报了仇。"

牯牛的脸上也出现了恍然大悟的表情，雷震子的脸上更是露出了对这个和他一起长大的"哥哥"佩服到五体投地的表情。

癫子说的每一个字我都听了进去，他说得非常对。不过，与此同时，我的脑海中却出现了另外一种被癫子启发，却连癫子都不曾想过的思路，而正是这种思路，才让我决定听从癫子的建议。

我和癫子确实是完全不同的两种人。

他非常谨慎细致，考虑问题从理智出发，选择最好的方式来行动；我不同，我考虑每一个问题的根本出发点好像都只有一个：利益，最大的利益。只要这一个目的达到了，就算不太理智，要冒些风险，那也没有什么关系。如果说对于这件事情，癫子想的是闹大的好处，那么，那一刻我想的就是不闹的坏处。

癫子说得很对，我想要为将军报仇的可能性是非常渺茫的。一起精心策划的办案，没有那么容易被人看穿。按着这个目标走下去，纠结在其中的话，最后最大的可能就是，时间到了，我连熊'市长'都没有办，就不得不回去。

如果熊“市长”没有办，那么很简单，会有这样一些后果：假设砍人的是熊“市长”本人，将军被砍之后，死了就死了，没死，他也完了，熊“市长”会更加不把他当人，会越发地打压、排挤他。没被砍之前的将军就已经被逼得走投无路了，被砍之后，他的下场可想而知。

再假设砍人的人是头号大哥毛老板，那就更加麻烦。将军是熊“市长”的头号手下，他砍将军，却不直接砍熊“市长”，就是表了一个态，证明自己已经到了全力一搏的最后状态，逼着熊“市长”服软。

依毛老板现在的势力，如果动了杀人的心，老谋深算的熊“市长”是绝对不会再去直接硬碰，这和那些在街头打混，穷得像鬼的小流子打架不同。在毛老板和熊“市长”这样的大哥之间并不一定要分出一个明面上的输赢才行。很有可能，最终他们会暗地里达成某个协议。无论协议的内容是什么，将军的仇肯定报不了了。

这样的话，不管主使者是谁，将军就被白砍了。

将军说过熊“市长”废了，也就完了。其实，将军也一样，如果他莫名其妙地被人砍了，而大哥根本就不帮他报仇，那他也就完了。因为，天长日久，道上的流言飞语也就会接踵而来，每一个以打流为生的人，都精得像猴，时间长了，人们难免会有猜疑，砍人的是不是就是熊“市长”。

就算不这样，人们至少也可以确定，将军不再是那个受到熊“市长”器重的将军，就连仇他的大哥都不帮他报。落井下石繁多，雪里送炭难有，江湖路，想要再走就难了。

将军完了，那我也是白干一场。

我也就永远都成不了像唐五那样不会受人欺负的人，我也有可能会变成第二个将军，有朝一日一旦被唐五抛弃，就狗屁不是，我更有可能成为那个买酒的老梁，不得不为现实折腰。

现在那些惧怕我、不敢再嘲笑我的人们，也会像当初那样骂我是臭狗屎。

只要干了，我的命运就一定会不同。

将军的命运也会不同。熊“市长”一倒，将军只要不死，凭他二号人物的地位，就必定可以东山再起，甚至接收熊“市长”的一切。情况再好点的话，毛老板被熊“市长”的表哥盯死，群龙无主，将军甚至有机会登上那个连他自己都没有想过的位置。

癫子说得没错，事已至此，将军究竟是被谁砍的已经不再重要，报不报仇也不重要。重要的是他在被砍了这几刀之后，能够得到什么样的结局。

要达成这一切的关键只有两个：办熊“市长”，将军没事。

后者在神，前者在我。

我想，我已经明白自己应该怎样去做了。

那一天，当我们商量完毕，决定依照原定计划办熊“市长”之后，我们所有人都做了一件事情：我们将自己房间的床单剪成了一根根的布条，然后系在一起。

为什么这么做？因为，我们不知道砍将军的是什么人，我们不知道他们会不会找上门来砍我们，我们更不知道他们何时来，怎么来，有多少人。我们只晓得，万一他们来了，我们就完了。

我们唯一能做的只有准备好随时跳楼，可我们住在三楼，我们也不想死，所以，我们做了那些布条。做完了这个准备之后，剩下的就是几乎看不见尽头的等待。

就在这样的等待中，我们每个人都忍受着灵魂的煎熬。

神经质一般聆听着门外走廊的任何动静，但凡有脚步声响起，我们都会第一时间抓起烟灰缸，或者拿起已经系好一头，堆放在窗下的布条，准备随时将它从窗口扔下去。脚步声慢慢变远，动静渐渐消失，我们还会仔仔细细地等上很久，甚至还会轻手轻脚地滑到门边去看一看、听一听。

然后，我们会带着一身冷汗坐下来，暗自庆幸的同时又开始胡思乱想，在快要崩溃的时候，又用最后一丝理智坚强地把自己拉回现实，告诉自己：没事的，肯定没事的，要出事，早出事了。这样会让我们得到片刻的安慰。片刻过后，又是胡思乱想，又是坐立不安，又是最后一丝理智……周而复始，循环不休。

直到下午三点多，房间里的电话在寂静中突然响起，被惊得头发都立了起来的我将话筒拿了起来。拿起之后，我居然都不敢说话，只是屏住呼吸，像是一个有着强烈偷窥欲的小人，无声无息地听着话筒另一端的动静。

“三哥，三哥，是不是你？在吧？”小将军的声音传来的那一刻，七魂六魄才算是正式归位。

“啊，我在。老弟，你哥怎么样了？”在小将军的反复询问中，我一直等到可以确定自己的声音不会发抖，也不会出现任何其他的异常之后，才说出了我的第一句话。

“三哥，我哥哥还在重症看护室，我还进不去，不过医生的手术做完了，他说还行，血止住了，伤口也缝了，血压这些也都开始稳定，就是失血太多，再加上脑壳上那一刀，还不确定对人到底有没有影响，不晓得会不会发炎。人而今还有些发烧，医生说，要等到烧退了，才晓得是不是完全没得危险哒。不过，听医生的口气，应该好一些了。”

“哦，那就好，那就好，你哥哥身体一向都很好，应该没得问题，你莫太担心哒。你那边安排人陪着你哥哥没有？”

“我安排了，我哥哥有两个跟着他的小伢儿，一向办事都还蛮利索的，我安排在这里陪着。”

“靠不靠得住啊？”

“应该没得问题，这两个伢儿一直跟着我哥哥玩，就是二条和拐子，你认不认得？”

“不认得，我除了你们兄弟之外，没有见过别人。靠得住就要得。人千万要选好。”

“晓得了，三哥，我给你说件事啊，熊‘市长’刚才来了一趟。”

一听到这三个字，我的心立刻吊了起来：“嗯，他说了什么？”

“没有说什么，拿了五百块钱，说等我哥醒了再来看他。妈的，我哥哥帮他挡刀都挡了两次，而今出事哒，打发叫花子一样给五百块钱，老子都不想收。”

我一下就紧张了起来，赶紧打断了小将军的话，大声问道：“你收了吵？”

“收了，收了，三哥，我没有表现出什么，我只是跟你说。我晓得，而今得罪不起他。”

“嗯，老弟，你下午是不是还在医院里？有没得什么其他的事？”

“是的，都这个样子了，我还哪里有心思搞事啊，我就在医院里，和屋里人在一起。”

“那要的，晚上晚一点，你抽个时候来我这里一趟，我有事要找你一下。”

“好，三哥，具体什么时候？”

“随便你，我反正都在，你不要太早就是了。哦，对了，来的时候，记得帮我带一把刮胡刀，要手动的那种，记得吧？我有用。”

“好，三哥，我记着了。”

“那没得什么事了吵？”

“没得了，我就是给你打个电话，通个消息。”

“那好，那先就这样，晚上到了再说。我们的事，你对哪个都不要讲，你哥哥的那些兄弟你都不要说，绝对绝对只能你一个人晓得，千万记着啊。”

“好的，放心，三哥。那我就先挂了啊。”

将军吉人天相，一定没有问题，小将军的这个电话就是一个好的开始，为他担心也是无用。现在万事俱备，剩下的只有等着小将军晚上到来之后的具体安排了。

熊“市长”，你欠将军的，这次连本带利，我都要帮他全部讨回来。

跟踪

晚上十点多钟，在我度日如年的等待中，小将军终于出现在我的面前。出乎我意料的是，当我告诉他，我准备依照他哥哥的原定计划，继续办熊“市长”之后，他的脸上居然没有表露出太多惊讶。

我问他为什么。他说，这两年，熊“市长”对他哥哥的打压越来越过分。这次的事情，虽然不能肯定主使者就是熊“市长”，但不管怎么样，他哥哥的今天完全是由熊“市长”一手造成的。他已经做好了心理准备，要是他哥哥醒不来了，就算我不去帮他办，他一个人也会要熊“市长”全家给他哥哥陪葬。

小将军的话吓了我一大跳。我真的没有想到，这个聪明机灵的年轻人心中居然会有那么强大的仇恨，而这种仇恨居然会让他变成一个想要灭人满门的魔鬼。将军想尽千方百计，宁愿自己多吃苦也绝对不让小将军出来打流的决定，是对的。

兵强则灭，木强则折。小将军这样的人，肯定可以在道上混得风生水起，可是，他也一定不会长命。再三交代小将军不要冲动，一切事情交由我来处理之后，我才谈起了今晚的正题。

“老弟，我可能需要你帮忙做一些事情。”

“三哥，你说。”

“那天吃饭的时候，你哥哥给我做的安排，你都晓得吵？”

“嗯，晓得。”

“那车和家伙，还是按你哥哥说的那样准备，有没得问题？”

“没得问题，这些东西本来就是我哥哥交代二条准备的，二条早就已经准备好了，因为哥哥出事，才没有给你。而今还放在原地方。”

“那要得。还有就是，明天，你帮我搞一辆慢慢游过来，再看能不能找一个合适的人，带我踩一下盘子（黑话，看情况，摸底细），要不要得？”

“好，慢慢游，我等下回去就安排，应该没得蛮大问题，多出点钱就是。带路的话，要不，我来带你们？”

“你莫来，找一个其他的人，那个二条，到底人怎么样，是不是绝对可靠？”

“三哥，绝对没得问题，就是他经常跟在我哥哥后头，熊‘市长’也认得他。”

本来，我准备叫个人带下路，到了之后，不露面，立刻走就可以了。但是此刻，听小将军这么一说，我临时改变了主意，这件事风险太大，不能有任何疏忽，万事还是尽量稳妥为妙。

“那就算了，你晓不晓得熊‘市长’一般都会在什么地方出现，你告诉我地址，我明天自己去跟。”

“嗯，三哥，你看这样好不好？打流的都晓得，熊‘市长’每天都会去他的那家饭店查账，而且他中午饭基本上都在那里吃。地方也蛮好找，就在市中心，一看就看到了，很大。”

“嗯，好，你明天尽量早点把东西送过来，再有就是，明天晚上这个时候，你再辛苦一下，过来一趟，等白天踩了盘子之后，究竟怎么做，到时候我再具体和你说，好不好？”

“好，三哥，那谢谢你了。”

“老弟，而今你不用和我说这些话。你哥哥的事就是我的事，最关键是你哥哥不出问题就好，日子还长，其他的今后再谈。这个时候，我就不留你哒。你记着，最好今天把事安排好，多给我留些时间，我也好弄周全些。”

“嗯，三哥，那我就先走了啊。”

“嗯，走吧，好生照顾你哥哥。”

临走前，小将军将我交代的剃须刀片给了我。

我记得古龙先生在一本书里面，写过这么一段话：一个人，最简单的易容，就是改变眉毛。只需要剃光或者是改动自己眉毛的形状，这个人的样子在别人眼中立刻会有很大的不同。

之前，在唐五抢收购站生意时，熊“市长”见过我一面，虽然那次见面的时间很短，他几乎都没有拿正眼瞧过我，还以为我是一个瘸子。而且，我们这次办他的时间也定在晚上，他理应认不出来，但是我不愿意冒这个险。

对着浴室的镜子，我仔仔细细地将自己的眉毛修剪得又短又细，乍一看上去，我自己都觉得怪异无比，判若两人。

上午十一点不到，对于机械和车辆极为懂行，天生就应该去当个好司机的雷震子开着小将军送过来的那辆慢慢游，和我一起来到了熊“市长”饭店的街对面——一个小学门前。这个时间段上，饭店里面还没有什么人，只有几个服务员在懒洋洋、有一下没一下地擦着桌子、扫着地。担心被人看出来，又担心一不留神没有看见熊“市长”，窝在慢慢游的车斗里面，我几乎没有任何心情做别的事，只是一瞬不瞬地死盯着饭店大门。

突然，听见坐在前面驾驶台的雷震子给我说：“妈的，这个狗杂种有钱啊，三哥，你看这个饭店装修得……啧啧啧，老子长这么大还没有进过这么豪华的店子吃饭。”

巨大的心理压力之下，雷震子不着调的闲谈让我一阵心烦，斜斜地瞟了他一眼之后，忍住了没搭话骂他，强迫自己的注意力依旧放在前方饭店。

谁知道，他看我不作声，虽然把语调压低了一些，却还在没完没了地自言自语：“老子什么时候发财哒，也搞这么家饭店，红问饭店。名字起得就不好听啊，呵呵。”

一股怒火在我心底油然而生，刚准备开口就骂，却又意识到有些不对头，雷震子说的饭店名字和将军两兄弟曾经跟我说的不太一样。诧异之下，仔细对着前方的饭店招牌看了一眼。顿时，我又想气又想笑，说：“雷震子，你少他妈的出洋相好不好？你仔细看看，这是个问字啊？红河饭店。你个蠢货！你他妈的少说两句话，不讲话不会憋死你。安心做事好不好？操！”

原来，那个饭店的招牌是用行书写的，“河”字旁边的那三点，除了上面一点还算是清晰之外，下面两点连成了一片，看上去很像是“问”字，雷震子这个没出息的居然就真的读成了“问”。笑着笑着，不知道是心里的压力还是雷震子的愚蠢太让我失望，我又有些不耐烦起来，口气也越来越凶。

雷震子讪讪地望着我，有些不知所措。等我火气慢慢消退，不再骂他时，我听到他小声地说道：“三哥，其实那个字，我认得。我只是想逗你笑一下，你这两天话都不怎么说。我想让你开心一下。你别生气了。我不说话哒。”

顿时间，百样感触汇聚心头。我不喜欢动不动就向人道歉，越是亲近我就越说不出来。这种内疚怪异的心态也让我感到尴尬，我只得将脸偏向一边，故作专注地看向了饭店方向。

就在那一刻，我看到了熊“市长”。

我只见过他一面，但是当时他的气势太盛，气势磅礴的人是很难让人忘记的。所以，当极为瘦削的他和几个一看就是有权有势的场面人模样的同伴一起走向饭店大门时，我一眼就认出了他来。

眼前的熊“市长”谈笑自如，举手投足间与上次给我的那种嚣张跋扈的印象完全不同，斯文有礼，的确很像是一个正正经经的成功商人。我拿出口袋里将军给我的那张照片，再次对比一下之后，确认没错。不由得重重吐出一口气，我知道，鱼儿已经上钩，接下来就要看我这个渔夫的功夫了。

下午一点多钟，熊“市长”再次出现在大门前，和方才一起进去的那几个场面人一一握手告辞。原本假模假样、道貌岸然的场面人现在已经喝得面红耳赤，与一个黑道大哥勾肩搭背，喜笑颜开，亲如兄弟。

送走了那帮人，熊“市长”转身进了饭店，下午四点多钟，他再次走了出来。这次，跟在他身后的是几个一看就是流子的年轻男子。他们分别坐四辆慢慢游，一起去了市区西边的一家普通民宅，就连晚饭都没有出来吃。雷震子装作路过，在门口听了一听，听见里面有推牌九的声音。

我们一直等到晚上九点，熊“市长”那帮人出门了。到了市中心之后，人们各自散去，熊“市长”独自一人坐慢慢游进了一个大院，院子大门上挂着市文化局的牌子，正是之前将军给我说的那个香功大师的住址。

十点多钟，熊“市长”从文化局大院出来，他没有坐慢慢游，沿着街边步行了四五分钟。夜已深，路上虽不时有车辆经过，但是行人已经不多，路两边都是一排排的民居或者门面，大多已紧闭大门。

一路上，熊“市长”没有表露出半点戒备的举动。甚至，我还看见他在四周无人时，做出了一种只有小孩子才会做的手舞足蹈的动作，我想他一定很高兴。之后，他拐进了另外一个属于食品公司的院子，再也没有出来。

这是他自己家。

回到宾馆时，已经快午夜十二点，小将军早就等在了那里，和牯牛一起待在癫子的房间闲谈。见到小将军之后，我给他说的第一句话是：“明天早上七点之前，你把所有东西给我拿过来。”

那一天，我已经知道，自己一定可以摆平熊“市长”了。不是因为我厉害，而是因为熊“市长”太强。身边那些以平辈论交的场面人和身后那些剽悍忠诚的小弟充分证明，在这个市，熊“市长”已经强到拥有了自己的势力范围。一个整天待在自家门口的人是不会有太多戒备的。所以，我就能办他。

情深不寿，强极则辱，世间万物，如是而已。

破旧的车厢里充斥着浓烈的柴油味道，窗外的寒风从缝隙吹了进来。我揉搓着有些发僵的手掌，看向窗外的文化局大院。

今天气温又下降了，空中时不时地飘下一两片分不清是雪还是冰粒的东西，钻进脖子里，冷得人全身都起鸡皮疙瘩。街上的行人比昨天的更少，公路两旁都是黑糊糊一片，只有偶尔一两间民居的窗口上投射出的那些温暖的橘黄色光芒提醒着，我身处一个城市的怀抱，而不是荒郊野外。熊"市长"进去半个多小时了，时间应该差不多了，早些准备总是好的，看了雷震子一眼之后，一拉门闩，我走下了车。

"嘭嘭"两声关门声响起，牯牛和癫子一左一右站在了我的身旁。

"走吧。"我紧了紧大衣的领口，手臂接触到了怀里的那把杀猪刀，心里微微有些发紧。我回头招呼了两人一声，率先走向了路边。身后，发动机发出了低沉的呻吟，车子顺着路边开动，转了个弯，擦着我们身边远去。

以文化局的大门口为中心，癫子和牯牛两人走向了左边，而我一个人走往了相反的方向。

我站在离文化局大门二十米远处的一块草坪后面，附近十米左右的范围内都没有建筑，草坪中心一簇城市美化用的植物，刚好挡住了前方街道上过往车辆发出的光芒。站在这里，我隐身于黑暗之中，看得清外头，外头却看不到我。

食指和拇指夹着烟蒂，将烟头的光芒掩盖在手掌当中。我一口接着一口地抽，烟雾从口中吐出，飘荡在冬夜，带着一种模糊的淡橘黄色，美丽得迷离而妖异。

我想起很久之前，在那些还只有快乐的日子里面，曾经听老梁说过的一个故事：在山的另外一边，有这么一家人，家里非常贫穷。某一天，父亲出门捡了两条咸鱼，回家后舍不得吃，悬挂在饭桌上方的房梁之上。从那一天开始，父亲便吩咐母亲做饭时不再做任何的菜，全家人吃饭时，想要吃菜了，就抬头看一眼咸鱼。刚开始的时候，由于咸鱼的诱惑，全家人吃得津津有味，慢慢时间长了，大人还能支撑着勉强下咽，几岁的儿子却怎么都吃不下了，有一次实在忍不住，多看了两眼咸鱼。父亲勃然大怒，拍着桌子大骂说：“小畜生，你也不怕咸死？”

那一年，刚听到这个故事的时候，我并没有什么感觉，我只是和其他的小孩一样，看着老梁略带期待的眼神，迎合着他，张着嘴一起傻笑。但是，在这一刻，当这个故事莫名其妙地出现在我脑海中时。我突然发现，也许老梁当初期待的并不是我们的傻笑。

也许，我们每个人的心里都有这么一条咸鱼，正是因为这条看得到得不到的咸鱼的诱惑，我们才开始争夺名、利、权、贵，才开始有了胸怀天下与不甘平凡。

也许，导致熊“市长”今晚这一劫的真正原因，并不是我和将军，而是他的那一条咸鱼。我们每个人都被这条咸鱼勾引着向前走，无论前方的路是如何艰难。

没有人考虑过是否值得，更没有人想过假如真的得到了这条咸鱼，吃的时候，我们会不会真的被它咸死。

我们只是这样贪婪而可耻地往前走着。

我不知道熊“市长”是否已经吃到了这条咸鱼，我不知道在摆平他之后，我和将军会不会得到我们的那条咸鱼。我更不知道淡泊潦倒的老梁是不是早就已经看破红尘，明白了为了一条咸鱼不值得的道理。

我只晓得，还没有吃过咸鱼的我真的很希望吃到属于自己的那一条。我想，我付出的代价也许就是那些傻笑的快乐日子。

一阵隐约的说话声将我从沉思中惊醒过来，抬头望去，穿着一件深色中长棉袄的熊“市长”一边和门卫打着招呼，一边走出了大门。

小心醉汉

戴上了事先已经预备好的棒球帽，拉开半截拉链，将手伸进胸膛，我握住了杀猪刀上那个带着体温的干燥刀柄。

吸进最后一口烟，把帽檐向下一拉，擦动了身边植物的叶子，我走了出来。熊“市长”低着头在前方十几米处向前走着，也许是因为寒冷，今天他的脚步比昨天快了一些，少了点昨天的轻灵，多了些冬夜的归意。

抬眼望去，隐约间可以见到远方空旷的街边停着一大堆黑糊糊的东西，那是雷震子的车。可是，为什么没有见到癫子和牯牛两个人？现在我已经走过文化局大门一两百米的距离了，为什么他们还没有出现？

难道出了什么事情？紧张中，熊“市长”突然扭过头来向我这边看了一眼。就在那一瞬间，我感觉自己身体里面所有的血液都已经凝固。我脑中几乎无法控制地冒出了一个念头：我完了！我的双腿下意识地放缓了节奏，我几乎都已经做好了转身就跑的准备。

熊“市长”将自己的脑袋放回了原来的位置。原来，在他的眼中，我只是一个再平凡不过的陌生路人。散于九天的魂魄回到了身体，我看见前面五六十米外的地方，不知道从哪里突然冒出了两个歪歪倒倒的醉汉，相互搀扶着、打闹着，向我们这边走来。

癫子和牯牛终于出现了。在扑面而至的寒风中，我甚至都能听到他们呢喃不清、醉意盎然的对话声。我加快了自己的脚步。

熊“市长”明显停了一停，看清是两个醉汉之后，他有些嫌恶地避向了更为黑暗的路边。两个醉汉却好像是完全走不了直线一般，歪歪斜斜地对着熊“市长”迎了过来。

前方，已经被逼到了路边花坛边上的熊“市长”终于不得不停住了自己脚步，其中一个醉汉不偏不斜地撞在了他的身上。

“捅你娘！瞎哒！”一声暴喝响起，那是癫子荒腔走板的普通话声音。我们当然可以不用这么麻烦，夜深人静，直接上去干倒熊“市长”

就行。但是，昨天一天的跟踪，让我的这个想法起了一些变化。

在将军被砍的这两天里，熊“市长”表现得如此轻松，完全没有设防。这向我传达了两个信息：一、派人去办将军的人就是他自己，他知道不会再有人办他，所以他不怕；二、他已经和办将军的人达成了协议，知道自己没有了危险。

那么，我们再这样上去直接开干，就显得有些奇怪了。所以，我们对最初的计划做了一些小小的改动。

改动的目的在于，让熊“市长”费尽心思地去想，他被人办到底是因为一个意外，还是有更为隐秘的内幕，比如那个和他达成了协议的人。

骗人，就是要骗得他抓耳挠腮。

癫子一把抓住了熊“市长”的衣服。我飞快地跑向了前方，熊“市长”后脑勺上的头发已经清晰可见。

“你晓不晓得我是哪个？”熊“市长”说出了一句大大出乎我意料的话。那一刻，我发现，让将军当大哥是对的。因为，熊“市长”他不配。如果是唐五，他一定不会这么说。唐五会带着和蔼的微笑，柔声说：“朋友，你喝多了，早点回去。”

“老子管你是哪个？你是不是瞎哒？”

牯牛刻意地挑衅着。我无声无息地站在熊“市长”背后，将杀猪刀从怀里抽了出来，

“妈了个小麻皮，你晓不晓得老子是哪个？我哥哥又是干什么的？是不是想死啊？”

“是，老子是想死，还想钱！”模仿着他们市的方言说出这句话的同时，我一只手从后头伸出，捂住了熊“市长”的嘴巴，另外一只手向前一送，些许的阻挡之后，手里的杀猪刀被两层温软湿热的物体紧紧吸住，很难动弹。

“不许喊！不许喊！喊一声，弄死你！”

癫子的斧头也架在了熊“市长”的脖子上，他的眼中冒出了极度的惊恐，沉闷不清的呼叫和热气一起从我捂住他嘴巴的手指缝间冒了出来。

“搜身，拿钱，拿钱！”癫子非常聪明，忙里偷闲，继续演着戏，边说边一把抢过了熊“市长”手里的小包。牯牛则装模作样地搜着口

袋，我死命将挣扎不休的熊“市长”往更为黑暗的花坛后面拖。

三个人合力把熊“市长”摁倒在地上，牯牛拿着铁锤对着熊“市长”的额头就是两下，熊“市长”的呻吟声开始变小，人已经有些晕乎，双腿的剧烈踢腾变成了轻微抖动。趁着这个机会，我一只膝盖跪在熊“市长”的肚子上，双手将他的大棉袄往上掀起，紧紧裹住了他的脑袋，死死压着，故意对癫子说：“快点，拿钱，差不多了就走。”

熊“市长”一动不动，任凭牯牛和癫子两人搜身。

黑暗中，我看见癫子的眼睛明亮得有些吓人，我对着他点了点头，他说：“等下这个杂种报警怎么办？废了他？”

“快点！”

本来已经像是晕厥过去的熊“市长”再次剧烈抖动起来，从他的呜咽声中，我甚至清楚地听到他说：“不会，不会！求求你们，你们拿钱走吧！我不报警，啊……”

一声虽然模糊却让我心惊肉跳的闷哼之后，熊“市长”晕厥过去。

如同雷震子是一个天生的司机一样，牯牛应该也是一个天生的屠夫。前前后后，他只用了不到一分钟。整个过程中，他的脸上都是那种青筋暴起、咬牙切齿的表情。举着铁锤，先是两边膝盖各三四下，一摸，然后把脚踝扳过来，扳过去，正正反反又是各三四下，就收工了。

我用手摸了摸靠我最近的那个膝盖。没有摸到膝盖，我摸到的是一个被衣服包裹住的类似于已经碎成了很多片的瓷盘的物体。

小将军办事的水平不亚于他的哥哥。当我们赶到那个约定的地点时，他已经在那里等我们了。换上了他准备的另外一辆车，沿着那条几天前来时的路，我们踏上了归途。

坐在车上，我无惊无喜，没有痛苦，没有内疚，更没有对于同类的怜悯和悲伤，心底只有终于完成了一件很艰难的工作之后的那种疲惫和茫然。

我知道我已经变成了一个衣冠禽兽，正如当初那个亲手将他同胞哥哥推下三楼的熊“市长”。现在，他和他哥一样变成了残废，那我呢？

也许，我们都只是在各自的宿命中造各自不同的孽，最后再等着不同的人来给我们那个相同的结局。

自古江湖，有鬼途，无人归！

出来混，终归要还。

办熊“市长”的这几天，就像是半睡半醒间的一场昏梦，不知道自己在做什么，为什么而做，可偏偏又有着明确意志所赋予的目标，还按着既定的步骤走了下去。走完之后，犹如梦醒，浑浑噩噩，记不起梦境，却有片段不断闪现。

所幸的是这一切终归还是结束了。它一定会给我们所有参与者的未来造成巨大的影响，只不过这种影响何时到来，是好是坏，我们一无所知。那天晚上，在城郊的一个垃圾场边，告别了小将军，我们兄弟四人没有片刻的停留，直接驱车赶往了我市。

就在连夜回去的路上，发生了一件匪夷所思的事情。

这是一件确确实实曾经发生在这个世界上的，由我本人和雷震子、牯牛、癫子四人一起亲身经历的，并且至今回忆起来都绝对不会有半点误差的真实事件。

《湘西往事：黑帮的童话2》即将出版，精彩预告：

如今“义色”这个名号在九镇黑道上已经无人不晓了，曾经那个软弱的少年姚义杰也已经不复存在。可当“义色”好不容易站稳脚跟，却发现九镇也只是湘西黑帮这盘大棋中的一角，市里的黑道大哥悟空早就对他耿耿于怀。经过一番你死我活的拚杀，险些丧命的“义色”终于心灰意懒，决心远离惊心动魄的街头厮杀，做起了人生的第一笔正经生意。随着生意蒸蒸日上，湘西人骨子里那刚烈、不甘平庸的性格又开始骚动，驱使他重操旧业，继而越陷越深……

敬请关注《湘西往事：黑帮的童话2》。

读客®知识小说文库

读 小 说 · 学 知 识

什么是读客知识小说？

畅销全国的读客知识小说文库，每部小说都在精彩的故事中，融合了丰富系统的人文知识；让您每一次充满乐趣的阅读，都成为汲取知识的智慧之旅：

◎ 关于西藏宗教、文化、地理的百科全书式小说《藏地密码》（何马著）

◎ 逐层讲透村、镇、县、市、省官场现状的自传体小说《侯卫东官场笔记》（小桥老树著）

◎ 讲述中国社会底层结构变迁的黑道小说《东北往事：黑道风云20年》（孔二狗著）

◎ 讲透中国传统政商关系的至高经典《红顶商人胡雪岩》（高阳著）

◎ 从“文革年代”的胡同里杀出来的京城大亨成长史《北京教父》（王山著）

◎ ……

每个系列，都是人文知识丰富、销量过百万册的超级畅销小说。翻开读客知识小说文库的每本书，您都将在感受小说无穷魅力的同时，轻松获取某一方面的系统知识，增强自己对这个世界的理解，成为一个学识渊博的人。

读小说，学知识，锁定读客知识小说文库。

《侯海洋基层风云》全国热卖中！

翻开本书，深入基层，层层深入，读懂中国

带您到中国的最基层，新闻报道的背面，体制改革的现场，去看一个公务员摸爬滚打的命运。

1992年春，邓小平南巡，“建设社会主义市场经济”的讲话，横扫大江南北，像雷霆一样，贯进岭西省茂东市巴山县师专学生侯海洋的耳朵里，让这个20岁的小伙子，心生无限遐想。

1993年，刚当了几天乡村教师的侯海洋，转身投入波澜壮阔的“全民下海”洪流，蹲在路边当起了鱼贩子。

1994年，侯海洋南下投奔姐夫，适逢海南房地产泡沫破灭，没赶上好时代，只赶上破产自杀的姐夫的葬礼。

1995年，身心疲惫的侯海洋回到茂东市巴山县柳河镇，感到时代变革的狂飙，抵达这里的时候已经减弱，但仍如微风一样，吹动着一草一木，起伏不已。

侯海洋意识到，宏大的社会变革，不只是电视新闻里传来的精神或掌声，当它抵达基层的时候，就会立刻主宰自己的命运；他开始在“新闻联播”里，寻找自己下一步的方向。

翻开本书，深入基层，发现个人命运与体制改革相纠缠的中国逻辑。

《东北往事：黑道风云20年》全国热卖中！

一部由亲历者向您讲述的真实黑道故事

作者孔二狗，自小成长在一个充满血腥与杀戮的环境中；犹如来自黑道社会内部的深喉，他向我们讲述了1986年至今20余年来，北方某市黑道组织触目惊心的发展历程。全书情节真实、跌宕起伏，刻画了近百个性格鲜明的黑道人物，描述他们活得怪诞、死得荒唐的悲喜人生，让读者近距离观察到一个令人震颤、黑暗而暴力的非法阶层，亲历一种极端凶险、乖戾的病态生存方式。

从八十年代古典流氓的街头火拼，到九十年代拜金流氓的金钱战争，再到如今的官商勾结，整个流氓组织的演变过程，光怪陆离、惊心动魄。经过20年的血腥洗礼，多少活泼泼的生命灰飞烟灭之后，剩下的个体与团伙，最终演化成真正具有黑社会性质的可怕犯罪组织……

这部小说一出版，就轰动了整个华语世界，引起广泛的评论和赞扬，被成千上万的忠实读者痴迷追读。上市以来，连续28周排名各大图书畅销榜，目前累计销量已突破100万册，孔二狗掀起的阅读狂潮，让任何人都难以抗拒。

翻开本书，带你直击黑道病态生存现状。